王必胜 主编

·中国百年散文典藏书系·

城市卷

回城市的老街走走

老舍 俞平伯 等 / 著

人民日报出版社

图书在版编目（CIP）数据

回城市的老街走走 / 老舍等著 . —北京：人民日报出版社，2013.12
(中国百年散文典藏书系 / 王必胜主编)
ISBN 978-7-5115-2099-9

Ⅰ.①回… Ⅱ.①老… Ⅲ.①散文集 – 中国 – 现代②散文集 – 中国 – 当代
Ⅳ.① I266

中国版本图书馆 CIP 数据核字（2013）第 208103 号

书　　　名：	回城市的老街走走
著　　　者：	老舍等
出　版　人：	董　伟
责任编辑：	宋　娜　张　扬
装帧设计：	金刚创意

出版发行：人民日报出版社
社　　　址：北京金台西路 2 号
邮政编码：100733
发行热线：(010) 65369527　65369846　65369509　65369510
邮购热线：(010) 65369530　65363527
编辑热线：(010) 65369521
网　　　址：www.peopledailypress.com
印　　　刷：北京中新伟业印刷有限公司

开　　　本：880mm×1230mm　1/32
字　　　数：197 千字
印　　　张：8.5
版　　　次：2014 年 2 月第 1 版　　2014 年 2 月第 1 次印刷

书　　　号：ISBN 978-7-5115-2099-9
定　　　价：29.00 元

序

散文这个精灵

王必胜

尽管散文是一个没有确切定义的文体，尽管散文的历史是一个没有定论的悬案，尽管散文也曾不被某些作者所认可——有所谓雕虫小技、壮夫不为的戏言。然而，散文的实际状况是它的生命是强盛而博大的，她是文坛一株大树，她是文学的一个精灵，无远弗届，无所不在，从古至今，林林总总，留下了众多精品，制造了许多经典。对于文化的传承，对于文学的发展，对于人生的精神引领，散文之功，善莫大焉。可以说，泱泱华夏文坛，散文成为一个漂浮于人生和社会之上的文学精灵，对社会和文坛的影响，不可忽略。设若没有散文，中华典籍会留下多少空白和遗憾。即便自现当代文学实际看，散文成就了许多大家，也是各类高手们一试天地的园地。所以，散文这个文学精灵，游荡于文学的天空中，也裨益于社会人生，成为许多读者心中的爱神。文学，是一个经典不断被传承的活动。当我们面对诸多散文经典时，我们不能不以一种敬畏虔诚的心，享受着散文大家给予的精神滋养，也享受着散文佳作带给我们的阅读愉悦。

这就是，为什么当下文学并不太为读者所青睐，而散文或可一枝独秀，仍有不少读者追捧，仍有众多的集子和年度选本行销于世。在灿烂的文学天空，散文的绚烂光影，灵动而优雅的姿态，温暖而亲和的面容，装点出无边的风景。

为什么，一个并没有明确的文本定义、杂糅了诸多文学样式之长的文体，一个亦古亦新的文本样式，在如今文学分工越来明确、细化之时，仍有相当的人气，在创作和阅读两个端点上仍然相得益彰，为当下其他文学形式所鲜见。除了她轻巧的文本样式，灵动的文学情志，雅致的文化情怀，摇曳的文体风格等等之外，我以为，这个文学宝库中，屹立着若许的文学精品，众多的文本经典，成就了这一文学形式有如高山大原般的气象。这些出自不同时期、有着不同风格的佳作，如同厚厚的基石，构成了散文文本的经典性，形成了散文世界的斑斓景观。散文这株文学长青树，其生命葳蕤，其枝繁叶茂。

于是，在浩繁而迹近泛滥的散文选本中，人民日报出版社郑重地推出一套《中国百年散文典藏书系》，以七个不同的专题，收纳了四百余篇、二百余位作家的佳作，让我们从气势和规模上，感受到泱泱中华散文王国里，草长莺飞，洋洋大观；这条文学的山阴道上，目迷五色，气象万千。散文的选题，是开阔而多彩的，散文的写作手法，是开放而不拘泥的，散文的语言，是多彩而个性独特的。我们可以从这数百篇文学名篇佳作中，体味到散文文本的经典气象，领悟到不同的人生和社会内容，其包罗万象，妖娆多姿，其情怀悠悠，风致卓然。我们也可以从这个选本中读到，在文学王国里，那些亲情、友爱、恋情，这事关人生普通情感的诸多题旨，其丰厚的内涵和感人的情怀；也可从中体会到大千世界、浮世人生，所持守的人类基本情怀；我们还可以看到，这些人情世情，自然人文，如何在大家们的笔下，表达的如许精微，如许的热烈，也如许的透彻。当然，那些高情大义、普世情怀，那些相濡以沫，危难与共，或者那些相忘于江湖，君子之交等等，不同的情与义，相同的人情与友爱等话题，在众多的作品中，有充分的展现和精彩的描绘，让读者产生共鸣。当然，作为时下丰富而轻捷地展示社会人生，书写时代精神与个人情怀的散文，在更广阔的视野上关注现实，展示民生，描写情怀，丛书选题也相应地以城市、乡村、自然、哲理等不同部分划分，有的甚至是相同的题旨下选同题文章，更有一种特别的意义。自近代以降，散文大家英雄辈出，几代人在不同的时空中，共同书写相同的题旨内容，它们被纳入其中，这虽是编辑的巧妇之作，却权当一次有如穿越性的文学同题竞技，其意义独特，足可玩味，让读者诸君从这些同题目、或同题材的展示中，更为丰富地理解散文对于人生情感和自然人文，别有情致的书写。同时，也可以体会到不同作家们的功力与魅力。无论是老者，那些上世纪初年驰骋文坛的泰斗宿将，还是后来者，那些晚出几十年后才活跃文场的新进后生，他们对于社会人生的感受，人各有异，着眼点不一，却能够在不同的背景上展示出自我，展现一个人独有的文学世界、一个人特殊的心路情怀。这种老与新、传统与现代，互为交集的文学景象，很有意义。作家们倾力倾情地写出心中的自然，写出变化的城市与乡村，写出现代文明下的精神求索，包括种种认同与抗拒，寻找和皈依，等等，无论是正面的书写，还是质询与期待，出于人生的一种大爱，出于对社会人文、自然生态等等的敬畏与尊重，在多姿多彩的散文世界里，打造了一个集合型的文学的人文精神，书写出一个整体性的人生世界。

  对散文的经典性认定，没有明确统一的标尺，但读文相类于识人，大体是雅致清丽，有品位，有情味者，方可为大雅之作。如是，这套丛书放在你面前，你可从容地品评，或许，从这众多佳作中，看到了编辑们的心血，或者，读它们，有了一次关于散文的有意味的文学之旅，那就够了。对于散文来说，丰富了我们的生活，增加了人生的某种见识，得到了文学的快乐，甚至引发出阅读后的感悟，找到了自己的某些共鸣。这样，编者万幸，文学也是有幸。

  文学的经典，可以是恒定的，有时也是一个活的流动体，或者，它是在不断的开掘和发现中阐释其特殊的意义的。

  是为序。

写于 2013 年 12 月 10 日

目录
CONTENTS

上海的少女 / 鲁　迅　001

说北平 / 林语堂　003

北京的茶食 / 周作人　008

谈成都的树木 / 叶圣陶　010

洛阳小记 / 张恨水　012

我所知道的康桥 / 徐志摩　019

南　京 / 陈西滢　029

饮食男女在福州 / 郁达夫　031

贵阳巡礼 / 茅　盾　039

桨声灯影里的秦淮河 / 朱自清　042

黄昏的观前街 / 郑振铎　050

桂林的山 / 丰子恺　055

青　岛 / 闻一多　059

济南的冬天 / 老　舍　061

清河坊 / 俞平伯　063

湛江十日 / 冰　心　068

台北家居 / 梁实秋　076

曲阜游记 / 李健吾 081

曼哈顿街头夜景 / 丁　玲 086

巷 / 柯　灵 088

长治马路宽 / 卞之琳 090

成都散记 / 黄　裳 099

花　城 / 秦　牧 108

到底是上海人 / 张爱玲 114

城市只是一处"名利场"么？/ 王晓明 116

初访福建 / 汪曾祺 121

龙门印象 / 萧　殷 129

哈尔滨 / 靳　以 136

西安散记 / 秦　似 142

行吟阁遐想 / 黄秋耘 150

白发苏州 / 余秋雨 152

想象胡同 / 铁　凝 159

上海与北京 / 王安忆 163

回老街走走 / 舒　婷 167

城市的标识 / 张抗抗 170

从棣花到西安 / 贾平凹 173

鸣笛香港 / 韩少功　177

感觉城市 / 刘元举　186

永远的桂林 / 梁　衡　190

成都的茶铺 / 李劼人　195

一只松鼠的城市 / 刘醒龙　198

山顶上的国家 / 熊育群　202

脆弱的城市 / 张承志　210

云南云 / 公　刘　216

香港故事 / 小　思　221

香港的高楼和北京的大树 / 汪曾祺　224

南昌的孤独与爱 / 范晓波　226

南京人 / 叶兆言　233

揭秘"卫嘴子" / 林　希　239

尊重城市 / 方　方　245

弄　堂 / 穆木天　250

聆听西藏 / 扎西达娃　255

上海的少女

■ 鲁　迅

在上海生活，穿时髦衣服的比土气的便宜。如果一身旧衣服，公共电车的车掌会不照你的话停车，公园看守会格外认真的检查入门券，大宅子或大客寓的门丁会不许你走正门。所以，有些人宁可居斗室，喂臭虫，一条洋服裤子却每晚必须压在枕头下，使两面裤腿上的折痕天天有棱角。

然而更便宜的是时髦的女人。这在商店里最看得出：挑选不完，决断不下，店员也还是很能忍耐的。不过时间太长，就须有一种必要的条件，是带着一点风骚，能受几句调笑。否则，也会终于引出普通的白眼来。

惯在上海生活了的女性，早已分明地自觉着这种自己所具的光荣，同时也明白着这种光荣中所含的危险。所以凡有时髦女子所表现的神气，是在招摇，也在固守，在罗致，也在抵御，像一切异性的亲人，也像一切异性的敌人，她在喜欢，也正在恼怒。这神气也传染了未成年的少女，我们有时会看见她们在店铺里购买东西，侧着头，佯嗔薄怒，如临大敌。自然，店员们是能像对于成年的女性一样，加以调笑的，而她也早明白着这调笑的意义。总之：她们大抵早熟了。

然而我们在日报上，确也常常看见诱拐女孩，甚而至于凌辱少女的新闻。

不但是《西游记》里的魔王，吃人的时候必须童男和童女而已，在人类中的富户豪家，也一向以童女为侍奉，纵欲，鸣高，寻仙，采补的材料，恰如食品的餍足了普通的肥甘，就想乳猪芽茶一样。现在这现象并且已经见于商人和工人里面了，但这乃是人们的生活不能顺遂的结果，应该以饥民的掘食草根树皮为比例，和富户豪家的纵恣的变态是不可同日而语的。

但是，要而言之，中国是连少女也进了险境了。

这险境，更使她们早熟起来，精神已是成人，肢体却还是孩子。俄国的作家梭罗古勃曾经写过这一种类型的少女，说是还是小孩子，而眼睛却已经长大了。然而我们中国的作家是另有一种称赞的写法的：所谓"娇小玲珑"者就是。

说北平

■ 林语堂

北平好像是一个魁梧的老人,具有一种老成的品格。一个城市与人相似,各有不同的品格,有的卑污狭隘,好奇多疑;有的宽怀大量,豪爽达观。北平是豪爽的,北平是宽大的。他包容着新旧两派,但他本身并不稍为之动摇。

穿高跟鞋的摩登女郎与着木屐的东北老妪并肩而行,北平却不理这回事。胡须苍白的画家,住在大学生公寓的对面,北平也不理这回事。新式汽车与洋车、驴车媲美,北平也不理这回事。

在高耸的北京饭店后面,一条小路上的人过着一千年来未变的生活,谁去理那回事?离协和医院一箭之地,有些旧式的古玩铺,古玩商人抽着水烟袋,仍然沿用旧法去营业,谁去理那回事?穿衣尽可随便,吃饭任择餐馆,随意乐其所好,畅情欣赏美善——谁来理你?

北平又像是一株古木老树,根脉深入地中,藉之得畅茂。在他的树阴下与枝躯上寄生的,有数百万的昆虫。这些昆虫如何能知道树的大小,如何生长,根在地下有多深,还有在别的枝上寄生的是什么昆虫?一个北平居民如何能形容老大的北平呢?

一个人总觉得他不了解北平。在那里已经住了十年以后,你偶然会在小路上发现一个驼背的老人,后悔没有早日遇见他;或是一个可爱的老画家,露着大肚子坐在槐树下的竹椅上用芭蕉扇摇风乘凉梦想他过去的日子；或是一个踢毽子的老人，他能把毽子放在头顶上一点一点的移动着，然后由背后掉下来时，平落在他的鞋底；或是一个刀手；或是一个儿童戏剧学校的太太；或是一个人力车夫变成满洲国的高贵人；或是一个前朝的县太爷。一个人怎敢说他了解北平呢？

北平是一个"珠玉之城"，一个人眼从未见过的珠玉之城。它是具有紫金的御色屋顶，以及宫殿亭园楼榭的珠玉之城。它为珠玉结成的古城；它有紫色的"西山"，青带似的"玉泉"，"中央公园"垂老的杉树，以及"天坛"、"先农坛"。城内有九个公园，三个御湖，名为中南北"三海"，现在任人游览。并且北平有蓝天洁月，雨夏凉秋，与高爽的冬日气候。

北平像是一个国王的梦境，它有宫殿、御园、百尺宽的大道、艺术博物院、专校、大学、医院、庙塔、艺商、与旧书摊林立的街道。北平像是一个饮食专家的乐园。它有数百年的饭馆，招牌被烟熏得破旧不堪，还有肩上搭着手巾的光头堂倌，他们的招待是十足和蔼的，因为他们在满清政府服侍过高官大吏，曾受了传统的特别训练。北平是贫富共居的地方，每个邻近的铺号都许一个贫老的人记账取货，街上贩卖的东西很便宜。你可以流连在那里的一个茶馆里，一整个下午不走。北平是采购者的天堂，广有中国古代的手艺品、书籍、图画、古玩、玉石、珐琅镶嵌、灯笼之类。那是一个到处能买货的地方，商贩也会带着货物走上门来。在清晨，门外路上货贩众多，叫卖声形成极美妙的调门儿。

北平是清静的，它是一个住家的城市，每家都有一个院落，每院都有一个金鱼缸和一株梧桐或石榴树。那里的果蔬新鲜，桃就是桃，柿就是柿。他是一个理想的城市，每个人都有呼吸之地，农村幽静与城市舒适媲美。那里的街道排列恰当，清晨在花园中拔白菜的时候，抬头可以看到西山的雄姿——然而距离一家大百货商店，只有一箭之地。

北平有多样性——多样的人。它有法律与触犯法律的人，守法的警察与作奸犯科的警察，盗贼与保护盗贼的人，乞丐与乞丐之王。它有圣贤、罪人、回教徒、除妖的藏人、算命、拳手、和尚、妓女、中国与俄国的职业舞女、日本和朝鲜的走私者、画家、哲学家、诗人、收藏家、青年大学生、影迷。它有卑鄙的政客、年老息影的县官、新生活运动者、现充女佣的前清官吏的太太。

北平有五颜六色旧的与新的色彩。它有皇朝的色彩，古代历史的色彩，蒙古草原的色彩。驼商自张家口与南口来到北平，走进古代的城门。它有高大的城墙，城门顶上宽至四五十公尺。它有城楼与旗楼，他有庙宇、古老花园、寺塔。每一块石头，每一棵树木，以及每一座桥梁，都具有历史典故。

使北平成为理想的居住城市的原由，可列举下列三点来加以说明：

北京城虽始建于十二世纪，但它现在的式样是明朝永乐皇帝在十五世纪初建造的（永乐皇帝也重建过长城）。因之富有皇室的华贵。有一个南城，稍小于北城，自南城最南的门向内，有一条绵延五英里的中轴，它穿经依次相连的每一道城门，直抵皇宫正殿。

紫禁城位于北城的中心，周围绕有城壕与金色瓦顶的墙垣，背后是煤山，山上共有五座亭台，顶上盖有灿烂彩色的瓦。由煤山可以看到那条中轴，附近还有鼓楼。"三海"位于紫禁城的西面与西南面，那里是皇室的画舫遨游之地。

与中轴平行的是两条康庄的大道，在东城是哈德门大街，在西城是宣武门大街，每条大街宽约六十英尺。在紫禁城前接连两街东西直通的大道，是宽逾百尺的天安门大街。在外城南门附近，位于中轴东西两端的，是天坛与先农坛。那里是皇帝祈年风调雨顺之处。

因为中国人对建筑美的观念，须兼顾雅适而不仅在高伟，宫殿屋顶所以都属于平阔一类的，也因为皇帝之外，无人许住楼房，所以到处都显得极其宽阔。

因是使北平显得如此舒适可爱的，成为居民的生活方式。居住在繁华街衢附近的人，也都能安详生活。那里的生活程度很低，生活也颇富意味。政府官员与阔人可以聚餐于大饭馆，而洋车夫用个铜板，也可以买到油盐酱醋，不论在什么地方，附近总会有一个杂货店与茶馆的。

那儿很自由去追求你的学问、娱乐、嗜好，或者去赌博和搞政治。没有人理会你穿什么衣服，做什么事。这就是北平的兼容并包之处，你可以和贤人与恶人往来，和学者与赌徒往来，或者和画家往来。如果你景仰皇帝，可以到禁宫周围散步，幻想你自己也是一个皇帝。

如果你要是有闲，你可以在城内的九个公园中，任意游逛，坐在竹椅上或是杉树下的藤椅上，整一下午喝你的茶，所费不过是两角五分。那些茶役常是和蔼客气。或者在夏天的下午，你可以去游什刹海（湖），或者你可以出西直门去游览颐和园。

北平城外大都是村庄麦田，到处可见裸体的儿童，他们在路边嬉戏时，常向行人讨钱。你可以和他们交谈，或者闭目装睡，不理他们。你或者可以去圆明园找意大利宫殿的古迹，它是被八国联军强劫烧毁的。

在路过颐和园的途中，你可以在那里流连一整天的时光。沿途经过许多美丽的景象，玉泉山的大理石塔便在望了，在那里你可以流连一个下午，再前就是西山，景色迷人，可以数月忘返。

但是北平最迷人的，是住在那里的常人，他们不是圣人和教授，而是人力车夫。从西城到颐和园车费一元左右，你或者以为这是很便宜的。这的确是便宜，而车夫却欣然收之。看到车夫们沿途互相取乐，笑着别人的不幸遭遇，你会有莫名其妙之感。

在晚上返家的途中，你也许会遇到一个褴褛的老年人力车夫。他向你讲述他的遭遇时，口吻诙谐清雅。如果你以为他年纪过老，想要下车步行时，他一定要强拉你回家。但是如果你忽然跳了下来，然后把车钱照付，他向你表示的那种竭诚感激，是你有生以来从未见过的。

北京的茶食

■ 周作人

在东安市场的旧书摊上买到一本日本文章家五十岚力的《我的书翰》，中间说起东京的茶食店的点心都不好吃了，只有几家如上野山下的空也，还做得好点心，吃起来馅和糖及果实浑然融合，在舌头上分不出各自的味来。想起德川时代江户的二百五十年的繁华，当然有这一种享乐的流风余韵留传到今日，虽然比起京都来自然有点不及。北京建都已有五百余年之久，论理于衣食住方面应有多少精微的造就，但实际似乎并不如此，即以茶食而论，就不曾知道什么特殊的有滋味的东西。固然我们对于北京情形不甚熟习，只是随便撞进一家饽饽铺里去买一点来吃，但是就撞过的经验来说，总没有很好吃的点心买过。难道北京竟是没有好的茶食，还是有而我们不知道呢？这也未必全是为贪口腹之欲，总觉得住在古老的京城里吃不到包含历史的精炼的或颓废的点心是一个很大的缺陷。北京的朋友们，能够告诉我两三家做得上好点心的饽饽铺么？

我对于二十世纪的中国货色，有点不大喜欢，粗恶的模仿品，美其名曰国货，要卖得比外国货更贵些。新房子里卖的东西，便不免都有点怀疑，虽然这样说好像遗老的口吻，但总之关于风流享乐的事我是颇迷信传统的。我在西四牌楼以南走过，望着异馥斋的丈许高的独木招牌，不禁神往，因为这不但表示他是义和团以前的老店，那模糊阴暗的字迹又引起我一种焚香静坐的安闲而丰腴的生活的幻想。我不曾焚过什么香，却对于这件事很有趣味，然而终于不敢进香店去，因为怕他们在香盒上已放着花露水与日光皂了。我们于日用必需的东西以外，必须还有一点无用的游戏与享乐，生活才觉得有意思。我们看夕阳，看秋河，看花，听雨，闻香，喝不求解渴的酒，吃不求饱的点心，都是生活上必要的——虽然是无用的装点，而且是愈精炼愈好。可怜现在的中国生活，却是极端的干燥粗鄙，别的不说，我在北京彷徨了十年，终未曾吃到好点心。

谈成都的树木

■ 叶圣陶

前年春间,曾经在新西门附近登城,向东眺望。少城一带的树木真繁茂,说得过分些,几乎是房子藏在树丛里,不是树木栽在各家的院子里。山茶,玉兰,碧桃,海棠,各种的花显出各种的光彩,成片成片深绿和浅绿的树叶子组合成锦绣。少陵诗道:"东望少城花满烟,百花高楼更可怜",少陵当时所见与现在差不多吧,我想。

登高眺望,固然是大观,站在院子里看,却往往觉得树木太繁密了,很有些人家的院子里接叶交柯,不留一点儿空隙,叫人想起严译《天演论》开头一篇里所说的"是离离者亦各尽天能,以自存种族而已,数亩之内,战事炽然,强者后亡,弱者先绝",简直不像布置什么庭园。为花木的发荣滋长打算,似乎可以栽得疏散些。如就观赏的观点看,这样的繁密也大煞风景,应该改从疏散。大概种树栽花离不开绘画的观点。绘画不贵乎全幅填满了花花叶叶。画面花木的姿态的美,加上留出的空隙的形象的美,才成一幅纯美的作品。满院子密密满满尽是花木,每一株的姿致都给它的朋友搅混了,显不出来,虽然满树的花光彩可爱,或者还有香气,可是就形象而言,那就毫无足观了。栽得疏散些,让粉墙或者回廊作为背景,在晴朗的阳光中,在澄澈的月光中,在朦胧的朝曦暮霭中,观赏那形和影的美,趣味必然更多。

根据绘画的观点看,庭园的花木不如野间的老树。老树经受了悠久的岁月，所受自然的剪裁往往为专门园艺家所不及，有的竟可以说全无败笔。当春新绿茏葱，生意盎然，入秋枯叶半脱，意致萧爽，观玩之下，不但领略它的形象之美，更可以了悟若干人生境界。我在新西门外住过两年，又常常住茶店子，从田野间来回，几株中意的老树已成熟朋友，看着吟味着，消解了我独行的寂寞和疲劳。

说起剪裁，联想到街上的那些泡桐树。大概是街两旁的人行道太窄，树干太贴近房屋的缘故。修剪的时候往往只顾到保全屋面，不顾到损伤树的姿致，以致所有泡桐树大多很难看。还有金河街河两岸以及其他地方的柳树，修剪起来总是毫不容情，把去年所有的枝条全都锯掉，只剩下一个光光的拳头。我想，如果修剪的人稍稍有些画家的眼光，把可以留下的枝条留下，该可以使市民多受若干分之一的美感陶冶吧。

少城公园的树木不算不多，可是除了高不可攀的楠木林，都受到随意随手的摧残。沿河的碧桃和芙蓉似乎一年不如一年了，民众教育馆一带的梅树，集成图书馆北面的十来株海棠，大多成了畸形，表示"任意攀折花木"依然是游人的习惯。虽然游人甚多，尤其是晴天，茶馆家家客满，可是看看那些"刑余"的花树以及乱生的灌木和草花，总感到进了个荒园似的。《牡丹亭·拾画》出的曲文道："早则是寒花绕砌，荒草成窠"，读着很有萧瑟之感，而少城公园给人的印象正相同。整顿少城公园要花钱，在财政困难的此刻未必有这么一笔闲钱。可是我想，除了花钱，还得有某种精神，如果没有某种精神，即使花了钱恐怕还是整顿不好。

洛阳小记

■ 张恨水

一、灯笼晃荡中到了洛阳

洛阳这个地名,说到口里,就觉得响亮,最近把这里一度改了行都,那就更贵重了。火车在黑暗里奔驰,我不时的由玻璃窗里向外张望,并没有什么,只是乌压压的一片低影子。我想着,一切留到明天再看罢,就坐着打瞌睡去,及至耳朵里听到人声嘈杂时,听到茶房说,到了洛阳了。匆匆的,收拾了行李,就走下车来。哈!这是新闻,那月台上很大的一片地方,只竖了两根长木头竿子,在上面挂了一盏小小的汽油灯,只是些混混的光,照着纷乱的人影子乱挤。在空厂子南方,有了新鲜的玩艺儿了,长的,方的,圆的,扁的,大大小小,罗列着一堆灯笼。我走近去,听到有人喊,中州旅馆吧?名利栈吧?大金台吧?这让我明白了,这些灯笼是旅馆里接客的。在郑州我就打听清楚了,洛阳以大金台旅馆为最好,这大金台三个字送到了耳朵里,我就决定了到他家去。将栈伙叫了过来,取了行李,受了检查,让栈伙引着路,我们就跟了他走。打灯笼的店伙,引着一车行李先走,另一个店伙,拿着手电筒,左右晃荡着引了我后跟。我所走的,是一条窄窄的土街,两边人家,都紧紧地闭着大门,每隔四五家门首,在那矮矮的屋檐下挂着一个白纸的方形吊灯,有的写着安寓客商,有的写着油盐杂货,仿佛我由二十世纪一跃而回到十八世纪了。我心里头简直说不出是一种什么感想。糊里糊涂的，随着那晃荡的灯笼，转了一个弯，这街上倒有几盏汽油灯，乃是理发店和洋货店，其余依然在混混灯光中。后来在一个圆纸灯笼下，我们进了一所大门。灯笼上有字，便是大金台了。这旅馆既像南方一条龙的房子，一层层向里，又有点像北方的房子，每进都是三合院。我挑了一间最好的房子住，里面是一副床，铺板，一张方桌，两把木椅，隔壁有间小黑屋子，一铺一桌，就让工友小李住了。那地皮还没收拾好，虽是土质，倒有些像鹅卵石铺面的，脚踏在上面，和上海新亚大酒店的地毯，有点儿两样，伙计送进一盏煤油灯来，昏黄的光，和这屋里倒很相衬，只听到小李在隔壁和店伙说：这是最好的旅馆，若不是最好的旅馆呢？我在这边听着，也笑了。

二、到洛阳应留意的几件事

到洛阳，就是内地了，一切物质文明，去郑州很远，旅馆还是江南小客栈那种组织，第一是没有电灯，电话也很少，（其实用不着）而且房间里也不预备铺盖。平常房间价钱由五角至一元二角，茶水还另外算钱。吃饭，到外面馆子里去叫，每晨有五六角，可以吃得很好。看官若也西行，当你到车站的时候，就可以叫栈伙来照应。不过你的行李挂了行李票的话，要立刻就到行李房去取。等到检查行李的军警走了，那就要等他明晨再来了。（这是指乘晚车来的而言。）再说，洛阳有两个车站，东站是进城去的。西站是西宫。西宫是驻军重地，游历的人，大可以不必上那里去。就是由东站下车，也有进城不进城之别。车站到城里，还有两三里路，晚上是进不了城的。好在客栈都在车站边，若是作短期游历的人，就可以住在车站

三、白马寺及其他名胜

　　洛阳是周汉唐许多朝代建过都的所在，自然是古迹很多。不过到了现在，多半不可寻访了，只有汉朝的白马寺，北魏的龙门雕刻，这还是值得游人留恋的。现时来游洛阳的人，也都是注意这两个地方。到了次日早上，我叫店伙来问了一阵知道到白马寺是二十多里路，到龙门是三十多里路，坐人力车子，当天都可以来回，每辆车子是一块钱。至于土匪，以前是出城门就保不住，现在绝对没事。我听了这话，半信半疑。不过最近有朋友到白马寺去过。我是知道的，且不问去龙门如何，我就决定了今天先到白马寺去。草草的吃了一些点心，由店伙雇好了两辆车，我和小李就于九点多钟出发。车子离开车站大街，穿过了一片麦田，先进了北门。这街虽是土铺的，两边店铺，倒也应有尽有。东街上有几家古董店，我曾下车看了一看，十之八九，都是假货，连价钱我也不敢问。游客要在洛阳买古董，这应该找路子到古董商家里去看货，好东西是决不陈列出来的。出东关，经过一座魁星楼，到东大寺。这寺，也是唐代建的一座大丛林，现在却剩了一片瓦砾。寺旁有破的过街楼一间，旁边树立一幢碑，大书夹马营三字。士大夫之流，对于这个地名，或者有些生疏，可是爱说赵匡胤故事的老百姓，他就知道，这是赵匡胤出世的地方。当年宋太祖作小孩子的时候，常是和那些野孩子在这里胡闹，后来他作了皇帝，在开封登了基，想起年小淘气的事，还回来看看呢。在这街口上，有个宋太祖庙，是后人立的，据说里面有一间屋子，就是赵家母子安身之所。如今只有大门是完整的，里面住了些和赵匡胤倒霉时候相同的人，也就无须寻访了。由这里坐了车子，顺了大路走，约莫走了十里路，车夫忽然停着车，指着很深的麦田里说：

先生,可以看看,这里有古迹。我心里想着,这麦田里那有东西;上前一看,麦里横着一块石碑,上书管鲍分金处。管是指着管仲,鲍是指着鲍叔。鲍叔说管仲穷,分钱给他用,历史告诉我们,这是真的。不过鲍叔分钱给管仲,是不是在大路上干的事,这可是个疑问。洛邑那是周地。管仲齐人也,是到周地来和鲍叔分金吗?所以这一处名胜,我打一句官话,应当考量。再过去五六里路,就是白马寺了。说起这处寺,真个也是提起了此马来头大。在这里,也就当先研究研究这个寺字。寺,在汉时,也是一种官署,并不是专为出家人供佛修行的所在。现时,我们在戏里头还可以听到,如大理寺正卿这种话。汉朝明帝的时候,印度和尚摩腾竺法兰带了佛经到东土来传道。因为他们那些佛经,是用白马驮来的,因之万岁爷在洛阳西雍门外盖了一幢官舍,供应这两个僧人,就叫做白马寺。这寺虽是屡废屡建,但是佛经同和尚初次到中国来的纪念,考古的人,是应当来看看的了。那庙门三座,坐北朝南,也不见怎样伟大。进门有一片大院子,左右两个大土馒头,这便是最初到中国来的两个和尚的坟,一个葬着摩腾,一个葬着竺法兰。正面大殿,有三尊大佛,两边十八尊罗汉。这罗汉是明塑,有两尊神气很好。殿外两厢配殿,正在修理着呢。庙后有个高阁,还有点旧时的形式,里面供了一尊二尺多高的玉佛,也是新运来的。高阁边,有个敞轩,游人可以小歇。在那里和僧人谈笑,知道这庙,在两年前,本来破烂不堪。自国府一度把洛阳作了行都,许多政府要员都到这里来过,觉得这里是中国佛教发源地,不应该消灭了,大家提倡复修起来,捐款很多,而且还在上海找了一个老和尚德浩,到这里来当方丈呢。关于白马寺的沿革,院子里碑上记得有,在此前一届的修理,在明朝嘉靖年间。大意说:

汉明帝永平七年甲子，四月八日，帝寝南宫，夜梦金人，上因君臣之对，遂使人至西域求佛道，乃得摩腾竺法兰，帝大悦，至十四年辛未，敕于西雍门外，建白马寺以居之。唐时，规模渐废，宋太宗命儒臣重修，以后历有兴废，明正德年间更大为修理。嘉靖年记。

　　由这点看起来，因为这是佛教源流所在，历代都设法保存它了。庙的左边，不到半里路，有一座汉塔，现在还是好好的。这塔六角实心，仿佛一条大钢鞭，竖在地上，倒和平常不同。塔在土台子上，有好些个碑石，树在旁边。最令人感到兴趣的，就是大金国的碑。南宋时候，金人曾取得了洛阳。碑上刻了许多金国汉官名姓，这也可以说是汉奸碑了。塔边，有狄仁杰的墓。

四、游白马寺须知

　　由洛阳到白马寺，并不是大路，中间只有个十里铺地方，可以歇歇。那里茶馆子，用瓦缸盛着冷水，放在屋檐下，送给过路人喝。我们若怕喝凉水，那就另花二三十枚铜子，叫茶店烧水喝好了。可是那水很混浊，茶叶也有气味，最好是用水瓶子，在洛阳背了水去喝。水既不好，吃的自然也没有，所以又当带一些点心在路上吃。人力车夫到了白马寺的时候，若遇到卖凉粉油饼的，他得和你借钱买吃的。那完全是揩油，你斟酌着办。回到了洛阳去，时候还早，你可以叫车夫，拉你看看别处景致。据我所知道的城里有中山公园（可以看点古物），周公庙，邵康节祠，二程祠，范文正公祠。这一些，我只到了周公庙。庙在西关外，改了图书馆了。庙里唐碑最多，大大小小，有好几百块，多半是墓志铭。现在分藏在许多屋子里，嵌在墙上和砖台上。后殿有周公像，现在是图书馆办公的地方，不能去看了。游周公庙，还要在图书馆签名，不然门警不让进去的。游了这些地，和车夫说明，加他二三角酒钱，他很愿意的。反正是一趟生意，乐得多挣几文。游客呢，也免得二次进城。

五、关帝冢

孙权杀了关羽，将首级送给曹操。曹操就把首级配个木身子，葬在洛阳城外。这冢，现时还在。游关帝冢，和游龙门是一条路，坐人力车，依然是一元钱来回。出南门，渡过洛水，（过渡钱，人车一角）顺着大路前进，约莫十里路，看到一带红墙，围住了柏林，那就是关帝冢了。进门有道乾石桥，先到正殿。殿上除了关像而外，根据三国演义，有四个站将的像。墙边放一把青龙偃月刀，长约一丈。刀形，是龙口里吐出半边月亮来，故名。后殿分三间，一是塑的行像，可以坐轿子出游的。一是看书像，一是卧像。这后面，有个亭子，靠了土墩，那就是首级冢了。庙里并没有僧道，现时归官家管理。

六、龙门石刻

出关帝庙，再南行，远远看到一带山影，那就是龙门。为了这里有北魏石刻，洞里又有许多前代人的碑记，所以有许多人不远千里而来，要看一看。其实，真要为游龙门而来，那会大大扫兴的。听我慢慢说来。到龙门约一里多路，有个龙门堡，开了有茶饭馆子，可以在那里先吃东西。面饭倒是都有，只是一不干净，二又太贵，一个人吃点喝点，总要花一块钱。出堡，不必坐车，可以步行。前面就是伊水，在伊水两岸，东边是伊阙，西边是龙门。伊阙山不大陡，所以那边石刻不多。这边呢，在面河的石壁上，高高低低，大大小小，都就了山石，刻着佛像。顺了山崖走，共有石楼，斋祓堂，宾阳洞，金刚崖，万佛洞，千佛洞，古阳洞等处。只是一层，大小佛头，一齐让人偷了去。小佛呢，连身子，都由石壁上挖了去。到了佛崖上，仿佛游历无头之国，你说扫兴不扫兴呢？石洞以斋祓堂宾阳洞最好，把山石凿空了，里面成为一个佛殿。宾阳洞外，有个石阁子，可以凭栏赏玩伊阙。龙门二十品在古阳洞顶上刻着，拓帖的人，要搭架倒拓，很费工夫。唯其是拓帖不容易，所以石刻还保存着，要不然，和佛像一样，早坏了。千佛洞万佛洞工程浩大，是在石洞壁上四周刻了无数的小佛像，然而现在也都没有头了。石像完整的，只有金刚崖，要爬崖上去，才可以看到。这也就因为石像太大，不容易偷割的原故。所以还完整些。在龙门买字帖，也要带眼睛。洞里卖的字帖，多是用原帖刻在木板上，翻版印出来的，这是游人一个小小学识，顺此奉告。

我所知道的康桥

■ 徐志摩

一

我这一生的周折,大都寻得出感情的线索。不论别的,单说求学。我到英国是为要从罗素。罗素来中国时,我已经在美国。他那不确的死耗传到的时候,我真的出眼泪不够,还做悼诗来了。他没有死,我自然高兴。我摆脱了哥伦比亚大博士衔的引诱,买船票过大西洋,想跟这位二十世纪的福禄泰尔认真念一点书去。谁知一到英国才知道事情变样了:一为他在战时主张和平,二为他离婚,罗素叫康桥给除名了,他原来是 Trinity College 的 fellow,这一来他的 fellowship 也给取消了。他回英国后就在伦敦住下,夫妻两人卖文章过日子。因此我也不曾遂我从学的始愿。我在伦敦政治经济学院里混了半年,正感着闷想换路走的时候,我认识了狄更生先生。狄更生(Galsworthy Lowes Dickinson)是一个有名的作者,他的《一个中国人通信》(Letters form John chinaman)与《一个现代聚餐谈话》(A Modern Symposium)两本小册子早得了我的景仰。我第一次会著他是在伦敦国际联盟协会席上,那天林宗孟先生演说,他做主席;第二次是宗孟寓里吃茶,有他。以后我常到他家里去。他看出我的烦闷,劝我到康桥去,他自己是王家学院(King's College)的 fellow。我就写信去问两个学院,回信都说学额早满了,随后还是狄更生先生替我去在他的学院里说好了，给我一个特别生的资格，随意选科听讲。从此黑方巾黑披袍的风光也被我占着了。初起我在离康桥六英里的乡下叫沙士顿地方租了几间小屋住下，同居的有我从前的夫人张幼仪女士与郭虞裳君。每天一早我坐街车（有时自行车）上学，到晚回家。这样的生活过了一个春，但我在康桥还只是个陌生人，谁都不认识，康桥的生活，可以说完全不曾尝着，我知道的只是一个图书馆，几个课室，和三两个吃便宜饭的茶食铺子。狄更生常在伦敦或是大陆上，所以也不常见他。那年的秋季我一个人回到康桥，整整有一学年，那时我才有机会接近真正的康桥生活，同时，我也慢慢的"发见"了康桥。我不曾知道过更大的愉快。

二

"单独"是一个耐寻味的现象。我有时想它是任何发见的第一个条件。你要发见你的朋友的"真"，你得有与他单独的机会。你要发见你自己的真，你得给你自己一个单独的机会。你要发见一个地方（地方一样有灵性），你也得有单独玩的机会。我们这一辈子，认真说，能认识几个人？能认识几个地方？我们都是太匆忙，太没有单独的机会。说实话，我连我的本乡都没有什么了解。康桥我要算是有相当交情的，再次许只有新认识的翡冷翠了。阿，那些清晨，那些黄昏，我一个人发痴似的在康桥！绝对的单独。

但一个人要写他最心爱的对象，不论是人是地，是多么使他为难的一个工作？你怕，你怕描坏了它，你怕说过分了恼了它，你怕说太谨慎了辜负了它。我现在想写康桥，也正是这样的心理，我不曾写，我就知道这回是写不好的——况且又是临时逼出来的事情。但我却不能不写，上期预告已经出去了。我想勉强分两节写：一是我所知道的康桥的天然景色;一是我所知道的康桥的学生生活。我今晚只能极简的写些,等以后有兴会时再补。

三

康桥的灵性全在一条河上;康河,我敢说是全世界最秀丽的一条水。河的名字是葛兰大(Granta),也有叫康河(River Cam)的,许有上下流的区别,我不甚清楚。河身多的是曲折,上游是有名的拜伦潭——("Byrou's Pool")——当年拜伦常在那里玩的;有一个老村子叫格兰骞斯德,有一个果子园,你可以躺在累累的桃李树荫下吃茶,花果会掉入你的茶杯,小雀子会到你桌上来啄食,那真是别有一番天地。这是上游;下游是从骞斯德顿下去,河面展开,那是春夏间竞舟的场所。上下河分界处有一个坝筑,水流急得很,在星光下听水声,听近村晚钟声,听河畔倦牛刍草声,是我康桥经验中最神秘的一种:大自然的优美、宁静,调谐在这星光与波光的默契中不期然的淹入了你的性灵。

但康河的精华是在它的中权,著名的"Backs"这两岸是几个最萤声的学院的建筑。从上面下来是 Pembroke, St.Katharine's, King's, Clare, Trinity, St.John's。最令人留连的一节是克莱亚与王家学院的毗连处,克莱亚的秀丽紧邻着王家教堂(King's Chapel)的宏伟。别的地方尽有更美更庄严的建筑,例如巴黎赛因河的罗浮宫一带,威尼斯的利阿尔多大桥的两岸,翡冷翠维基乌大桥的周遭;但康桥的"Backs"自有它的特长,这不容易用一二个状词来概括,它那脱尽尘埃气的一种清澈秀逸的意境可说是超出了画图而化生了音乐的神味。再没有比这一群建筑更调谐更匀称的了!论画,可比的许只有柯罗(Corot)的田野;论音乐,可比的许只有萧班(Chopin)

的夜曲。就这也不能给你依稀的印象，它给你的美感简直是神灵性的一种。

假如你站在王家学院桥边的那棵大槐树荫下眺望，右侧面，隔着一大方浅草坪，是我们的校友居（Fellows Building），那年代并不早，但它的妩媚也是不可掩的，它那苍白的石壁上春夏间满缀着艳色的蔷薇在和风中摇头，更移左是那教堂，森林似的尖阁不可浼的永远直指着天空；更左是克莱亚，阿！那不可信的玲珑的方庭，谁说这不是圣克莱亚（St.Clare）的化身，那一块石上不闪耀着她当年圣洁的精神？在克莱亚后背隐约可辨的是康桥最潇贵最骄纵的三清学院（Trinity），它那临河的图书楼上坐镇着拜伦神采惊人的雕像。

但这时你的注意早已叫克莱亚的三环洞桥魔术似的摄住。你见过西湖白堤上的西泠断桥不是（可怜它们早已叫代表近代丑恶精神的汽车公司给踩平了，现在它们跟着苍凉的雷峰永远辞别了人间）？你忘不了那桥上斑驳的苍苔，木栅的古色，与那桥拱下泄露的湖光与山色不是？克莱亚并没有那样体面的衬托，它也不比庐山栖贤寺旁的观音桥，上瞰五老的奇峰，下临深潭与飞瀑；它只是怯怜怜的一座三环洞的小桥，它那桥洞间也只掩映着细纹的波粼与婆娑的树影，它那桥上栉比的小穿阑与阑节顶上双双的白石球，也只是村姑子头上不夸张的香草与野花一类的装饰；但你凝神的看着，更凝神的看着，你再反省你的心境，看还有一丝屑的俗念沾滞不？只要你审美的本能不曾汩灭时，这是你的机会实现纯粹美感的神奇！

但你还得选你赏鉴的时辰。英国的天时与气候是走极端的。冬天是荒谬的坏，逢着连绵的雾盲天你一定不迟疑的甘愿进地狱本身去试试；春天（英国是几乎没有夏天的）是更荒谬的可爱，尤其是它那四五月间最渐缓最艳丽的黄昏，那才真是寸寸黄金。在康河边上过一个黄昏是一服灵魂的补剂。阿！我那时蜜甜的单独，那时蜜甜的闲暇。一晚又一晚的，只见我出神似的倚在桥阑上向西天凝望：

> 看一回凝静的桥影，
> 数一数螺钿的波纹：
> 我倚暖了石阑的青苔，
> 青苔凉透了我的心坎；
> ……

还有几句更笨重的怎能仿佛那游丝似轻妙的情景：

> 难忘七月的黄昏，
> 远树凝寂，
> 像墨泼的山形，
> 衬出轻柔暝色密稠稠，
> 七分鹅黄，三分橘绿，
> 那妙意只可去秋梦边缘捕捉；
> ……

四

这河身的两岸都是四季常青最葱翠的草坪。从校友居的楼上望去，对岸草场上，不论早晚，永远有十数匹黄牛与白马，胫蹄没在恣蔓的草丛中，从容的在咬嚼，星星的黄花在风中动荡，应和着它们尾鬃的扫拂。桥的两端有斜倚的垂柳与椈荫护住。水是澈底的清澄，深不足四尺，匀匀的长着长条的水草。这岸边的草坪又是我的爱宠,在清朝,在傍晚,我常去这天然的织锦上坐地,有时读书,有时看水;有时仰卧着看天空的行云,有时反仆着搂抱大地的温软。

但河上的风流还不止两岸的秀丽。你得买船去玩。船不止一种:有普通的双桨划船,有轻快的薄皮舟(Canoe),有最别致的长形撑篙船(Punt)。最末的一种是别处不常有的:约莫有二丈长,三尺宽,你站直在船梢上用长竿撑着走的。这撑是一种技术。我手脚太蠢,始终不曾学会。你初起手尝试时,容易把船身横住在河中,东颠西撞的狼狈。英国人是不轻易开口笑人的,但是小心他们不出声的皱眉!也不知有多少次河中本来优闲的秩序叫我这莽撞的外行给捣乱了。我真的始终不曾学会;每回我不服输跑去租船再试的时候,有一个白胡子的船家往往带讥讽的对我说:"先生,这撑船费劲,天热累人,还是拿个薄皮舟溜溜吧!"我那里肯听话,长篙子一点就把船撑了开去,结果还是把河身一段段的腰斩了去。

你站在桥上去看人家撑,那多不费劲,多美!尤其在礼拜天有几个专家的女郎,穿一身缟素衣服,裙裾在风前悠悠的飘着,戴一顶宽边的薄纱帽,帽影在水草间颤动,你看她们出桥洞时的姿态,捻起一根竟像没有分量的长竿,只轻轻的,不经心的往波心里一点,身子微微的一蹲,这船身便波的转出了桥影,翠条鱼似的向前滑了去。她们那敏捷,那闲暇,那轻盈,真是值得歌咏的。

在初夏阳光渐暖时你去买一支小船,划去桥边荫下躺着念你的书或是做你的梦,槐花香在水面上飘浮,鱼群的喋喋声在你的耳边挑逗。或是在初秋的黄昏,近着新月的寒光,望上流僻静处远去。爱热闹的少年们携着他们的女友,在船沿上支着双双的东洋彩纸灯,带着话匣子,船心里用软垫铺着,也开向无人迹处去享他们的野福——谁不爱听那水底翻的音乐在静定的河上描写梦意与春光!

住惯城市的人不易知道季候的变迁。看见叶子掉知道是秋，看见叶子绿知道是春；天冷了装炉子，天热了拆炉子；脱下棉袍，换上夹袍，脱下夹袍，穿上单袍：不过如此罢了。天上星斗的消息，地下泥土里的消息，空中风吹的消息，都不关我们的事。忙着哪，这样那样事情多着，谁耐烦管星星的移转，花草的消长，风云的变幻？同时我们抱怨我们的生活，苦痛，烦闷，拘束，枯燥，谁肯承认做人是快乐？谁不多少间咒诅人生？

　　但不满意的生活大都是由于自取的。我是一个生命的信仰者，我信生活决不是我们大多数人仅仅从自身经验推得的那样暗惨。我们的病根是在"忘本"。人是自然的产儿，就比枝头的花与鸟是自然的产儿；但我们不幸是文明人，入世深似一天，离自然远似一天。离开了泥土的花草，离开了水的鱼，能快活吗？能生存吗？从大自然，我们取得我们的生命；从大自然，我们应分取得我们继续的滋养。那一株婆娑的大木没有盘错的根柢深入在无尽藏的地里？我们是永远不能独立的。有幸福是永远不离母亲抚育的孩子，有健康是永远接近自然的人们。不必一定与鹿豕游，不必一定回"洞府"去；为医治我们当前生活的枯窘，只要"不完全遗忘自然"一张轻淡的药方我们的病象就有缓和的希望。在青草里打几个滚，到海水里洗几次浴，到高处去看几次朝霞与晚照——你肩背上的负担就会轻松了去的。

　　这是极肤浅的道理，当然。但我要没有过过康桥的日子，我就不会有这样的自信。我这一辈子就只那一春，说也真可怜，算是不曾虚度。就只那一春，我的生活是自然的，是真愉快的！（虽则碰巧那也是我最感受人生痛苦的时期。）我那时有的是闲暇，有的是自由，有的是绝对单独的机会。说也奇怪，竟像是第一次，我辨认了星月的光明，草的青，花的香，流水的殷勤。我能忘记那初春的睥睨吗？曾经有多少个清晨我独自冒着冷去薄霜铺地的林子里闲步——为听鸟语，为盼朝阳，为寻泥土里渐次苏醒的花草，为体会最微细最神妙的春信。阿，那是新来的画眉在那边凋不尽的青枝上试它的新声！阿，这是第一朵小雪球花挣出了半冻的地面！阿，这不是新来的潮润沾上了寂寞的柳条？

  静极了，这朝来水溶溶的大道，只远处牛奶车的铃声，点缀这周遭的沉默。顺着这大道走去，走到尽头，再转入林子里的小径，往烟雾浓密处走去，头顶是交枝的榆荫，透露着漠楞楞的曙色；再往前走去，走尽这林子，当前是平坦的原野，望见了村舍，初青的麦田，更远三两个馒形的小山掩住了一条通道。天边是雾茫茫的，尖尖的黑影是近村的教寺。听，那晓钟和缓的清音。这一带是此邦中部的平原，地形像是海里的轻波，默沈沈的起伏；山岭是望不见的，有的是常青的草原与沃腴的田壤。登那土阜上望去，康桥只是一带茂林，拥戴着几处娉婷的尖阁。妩媚的康河也望不见踪迹，你只能循着那锦带似的林木想象那一流清浅。村舍与树林是这地盘上的棋子，有村舍处有佳荫，有佳荫处有村舍。这早起是看炊烟的时辰：朝雾渐渐的升起，揭开了这灰苍苍的天幕，（最好是微霰后的光景）远近的炊烟，成丝的，成缕的，成卷的，轻快的，迟重的，浓灰的，淡青的，惨白的，在静定的朝气里渐渐的上腾，渐渐的不见，仿佛是朝来人们的祈祷，参差的翳入了天厅。朝阳是难得见的，这初春的天气。但它来时是起早人莫大的愉快。顷刻间这田野添深了颜色，一层轻纱似的金粉糁上了这草，这树，这通道，这庄舍。顷刻间这周遭弥漫了清晨富丽的温柔。顷刻间你的心怀也分润了白天诞生的光荣。"春"！这胜利的晴空仿佛在你的耳边私语。"春"！你那快活的灵魂也仿佛在那里回响。

……伺候着河上的风光,这春来一天有一天的消息。关心石上的苔痕,关心败草里的花鲜,关心这水流的缓急,关心水草的滋长,关心天上的云霞,关心新来的鸟语。怯伶伶的小雪球是探春信的小使。铃兰与香草是欢喜的初声。窈窕的莲馨,玲珑的石水仙,爱热闹的克罗克斯,耐辛苦的蒲公英与雏菊——这时候春光已是缦烂在人间,更不须殷勤问讯。

　　瑰丽的春放。这是你野游的时期。可爱的路政,这里不比中国,那一处不是坦荡荡的大道?徒步是一个愉快,但骑自转车是一个更大的愉快,在康桥骑车是普遍的技术;妇人、稚子、老翁,一致享受这双轮舞的快乐。(在康桥听说自转车是不怕人偷的,就为人人都自己有车,没人要偷。)任你选一个方向,任你上一条通道,顺着这带草味的和风,放轮远去,保管你半天的逍遥是你性灵的补剂。这道上有的是清荫与美草,随地都可以供你休憩。你如爱花,这里多的是锦绣似的草原。你如爱鸟,这里多的是巧啭的鸣禽。你如爱儿童,这乡间到处是可亲的稚子。你如爱人情,这里多的是不嫌远客的乡人,你到处可以"挂单"借宿,有酪浆与嫩薯供你饱餐,有夺目的果鲜恣你尝新。你如爱酒,这乡间每"望"都为你储有上好的新酿,黑啤如太浓,苹果酒、姜酒都是供你解渴润肺的。……带一卷书,走十里路,选一块清静地,看天,听鸟,读书,倦了时,和身在草绵绵处寻梦去——你能想象更适情更适性的消遣吗?

　　陆放翁有一联诗句:"传呼快马迎新月,却上轻舆趁晚凉,"这是做地方官的风流。我在康桥时虽没马骑,没轿子坐,却也有我的风流:我常常在夕阳西晒时骑了车迎着天边扁大的日头直追。日头是追不到的,我没有夸父的荒诞,但晚景的温存却被我这样偷尝了不少。有三两幅画图似的经验至今还是栩栩的留着。只说看夕阳,我们平常只知道登山或是临海,但实际只须辽阔的天际,平地上的晚霞有时也是一样的神奇。有一次我赶到一个地方,手把着一家村庄的篱笆,隔着一大田的麦浪,看西天的变幻。有一次是正冲着一条宽广的大道,过来一大群羊,放草归来的,偌大的太阳在它们后背放射着万缕的金辉,天上却是乌青青的,只剩这不可逼视的威光中的一条大路,一群生物!我心头顿时感着神异性的压迫,我真的跪下了,对着这冉冉渐翳的金光。再有一次是更不可忘的奇景,那是临着一大片望不到头的草原,满开着艳红的罂粟,在青草里亭亭的像是万盏的金灯,阳光从褐色云斜着过来,幻成一种异样的紫色,透明似的不可逼视,刹那间在我迷眩了的视觉中,这草田变成了……不说也罢,说来你们也是不信的!

　　一别二年多了,康桥,谁知我这思乡的隐忧?也不想别的,我只要那晚钟撼动的黄昏,没遮拦的田野,独自斜倚在软草里,看第一个大星在天边出现!

南 京

■ 陈西滢

要是有一天我可以自由的到一个地方去读我想读而没有功夫读的书，做我想做而没有功夫做的事，我也许选择南京做长住的地方，虽然北京和杭州我也舍不得抛弃。物质文明的毒实在受得太深了，穷乡僻壤里的小乡村一定住不来的，无论那里的风景怎样的幽雅。只要想生了病找不到一个你能够相信的医生，要用什么图书没有购买的地方！何况现在到处是土匪，到处是比土匪更可怕的军人？像上海天津那样的城市又是住不来的。在那里一个爱闲散自由的人简直喘不过气来。

也许有人觉得乡村与城市应当划分得清楚：乡村得像乡村，城市得像城市。可是我爱南京就在它的城野不分明。你转过一个热闹的市集就看得见青青的田亩，走尽一条街就到了一座小小的山丘，坐在你的小园里就望得见龙蟠的钟山，虎踞的石头。你发奋的时候，尽管闭门下帷，不见得会有什么外来的骚扰，你如高兴出门游行，那么夏天有莫愁湖的荷花，秋天有玄武湖的芦荻，鸡鸣寺看山巅的日出，清凉山观江上的落日，还有……许许多多名胜的地方，我实在不好意思说了，因为我已经十四五年没有到过南京，这次又匆匆的只住了一天！

自然城市和人一样，不会完全无缺的。南京的缺点，我一天的勾留发现出来，在少一个电影院和一个戏馆。这个缺点，在梁漱溟先生看来，也许正是南京的好处，因为这样可以免去他代人害羞的机会。可是我在那里一定会时时感觉一种缺憾，虽然我在北京也往往半年不看一次电影，三四月不踏进戏园的门槛。

平常人是常常要求娱乐的。他们的企求不是山水风物所能够满足，所以南京人有他们的秦淮河。不怕说杀风景的话，我实在不爱秦淮河。什么六朝金粉，我只看见一沟腌臜的臭水！我也在夕阳斜照的时光，雇了一个七板子遨游了一回，可是我并没有载回来满船诗情与画意。我只见两岸的河房，没有一家没有劈劈拍拍的麻雀；我只见数百只花船，也没有一船没有劈劈拍拍的麻雀；我只见一船船营养不足的女子，擦了浓脂厚粉，用那败瓦破竹的声音，唱那不成腔调的戏曲，助那些竹林游客们的清兴。我实在不爱秦淮河。我知道叉麻雀和狎妓是中国最普通的娱乐，并且我平常看到的时候已经可以连眉头都不皱一皱，可是同时同地看到几百桌麻雀和几百名妓女，我实在有些咽不下肚去。我很想望着一个电影院和一个戏园。

饮食男女在福州

■ 郁达夫

　　福州的食品，向来就很为外省人所赏识；前十余年在北平，说起私家的厨子，我们总同声一致的赞成刘崧生先生和林宗孟先生家里的蔬菜的可口。当时宣武门外的忠信堂正在流行，而这忠信堂的主人，就系旧日刘家的厨子，曾经做过清室的御厨房的。上海的小有天以及现在早已歇业了的消闲别墅，在粤菜还没有征服上海之先，也曾盛行过一时。面食里的伊府面，听说还是汀州伊墨卿太守的创作；太守住扬州日久，与袁子才也时相往来，可惜他没有像随园老人那么的好事，留下一本食谱来，教给我们以烹调之法；否则，这一个福建萨伐郎（Savadn）的荣誉，也早就可以驰名海外了。

　　福建菜的所以会这样著名，而实际上却也实在是丰盛不过的原因，第一、当然是由于天然物产的富足：福建全省，东南并海，西北多山，所以山珍海味，一例的都贱如泥沙。听说沿海的居民，不必忧虑饥饿，大海潮回，只消上海滨去走走，就可以抬一篮海货来充作食品。又加以地气温暖，土质腴厚，森林蔬菜，随处都可以培植，随时都可以采撷。一年四季，笋类菜类，常是不断；野菜的味道，吃起来又比别处的来得鲜甜。福建既有了这样丰富的天产，再加上以在外省各地游宦营商者的数目的众多，作料采从本地，烹制学自外方，五味调和，百珍并列。于是乎闽菜之名，就喧传在饕餮家的口上了。清初周亮工著的《闽小纪》两卷，记述食品处独多，按理原也是应该的。

　　福州海味,在春三二月间,最流行而最肥美的,要算来自长乐的蚌肉,与海滨一带多有的蛎房。《闽小纪》里所说的西施舌,不知是否指蚌肉而言;色白而腴,味脆且鲜,以鸡汤煮得适宜,长圆的蚌肉,实在是色香味俱佳的神品。听说从前有一位海军当局者,老母病剧,颇思乡味;远在千里外,欲得一蚌肉,以解死前一刻的渴慕,部长纯孝,就以飞机运蚌肉至都。从这一件轶事看来,也可想见这蚌肉的风味了;我这一回赶上福州,正及蚌肉上市的时候,所以红烧白煮,吃尽了几百个蚌,总算也是此生的豪举,特笔记此,聊志口福。

　　蛎房并不是福州独有的特产,但福建的蛎房,却比江浙沿海一带所产的,特别的肥嫩清洁。正二三月间,沿路的摊头店里,到处都堆满着这淡蓝色的水包肉;价钱的廉,味道的鲜,比到东坡在岭南所贪食的蚝,当然只会得超过。可惜苏公不曾到闽海去谪居,否则,阳羡之田,可以不买,苏氏子孙,或将永寓在三山二塔之下,也说不定。福州人叫蛎房作"地衣",略带"挨"字的尾声,写起字来,我想只有"坁"字,可以当得。

　　在清初的时候,江瑶柱似乎还没有现在那么的通行,所以周亮工再三的称道,誉为逸品。在目下的福州,江瑶柱却并没有人提起了,鱼翅席上,缺少不得的,倒是一种类似宁波横脚蟹的蝇蟹,福州人叫作"新恩",《闽小纪》里所说的虎鲟,大约就是此物。据福州人说,鲟肉最滋补,也最容易消化,所以产妇病人以及体弱的人,往往爱吃。但由对蟹类素无好感的我看来,却仍赞成周亮工之言,终觉得质粗味劣,远不及蚌与蛎房或香螺的来得干脆。

　　福州海味的种类,除上述的三种以外,原也很多很多;但是别地方也有，我们平常在上海也常常吃得到的东西，记下来也没有什么价值，所以不说。至于与海错相对的山珍哩，却更是可以干制，可以输出的东西，益发的没有记述的必要了，所以在这里只想说一说叫作肉燕的那一种奇异的包皮。

初到福州，打从大街小巷里走过，看见好些店家，都有一个大砧头摆在店中；一两位壮强的男子，拿了木锥，只在对着砧上的一大块猪肉，一下一下的死劲地敲。把猪肉这样的乱敲乱打，究竟算什么回事？我每次看见，总觉得奇怪；后来向福州的朋友一打听，才知道这就是制肉燕的原料了。所谓肉燕者，就是将猪肉打得粉烂，和入面粉，然后再制成皮子，如包馄饨的外皮一样，用以来包制菜蔬的东西。听说这物事在福建，也只是福州独有的特产。

福州食品的味道，大抵重糖；有几家真正福州馆子里烧出来的鸡鸭四件，简直是同蜜饯的罐头一样，不杂入一粒盐花。因此福州人的牙齿，十人九坏。有一次去看三赛乐的闽剧，看见台上演戏的人，个个都是满口金黄；回头更向左右的观众一看，妇女子的嘴里也大半镶着全副的金色牙齿。于是天黄黄，地黄黄，弄得我这一向就痛恨金牙齿的偏执狂者，几乎想放声大哭，以为福州人故意在和我捣乱。

将这些脱嫌糖重的食味除起，若论到酒，则福州的那一种土黄酒，也还勉强可以喝得。周亮工所记的玉带春、梨花白、蓝家酒、碧霞酒、莲须白、河清、双夹、西施红、状元红等，我都不曾喝过，所以不敢品评。只有会城各处在卖的鸡老（酪）酒，颜色却和绍酒一样的红似琥珀，味道略苦，喝多了觉得头痛。听说这是以一生鸡，悬之酒中，等鸡肉鸡骨都化了后，然后开坛饮用的酒，自然也是越陈越好。福州酒店外面，都写酒库两字，发卖叫发扛，也是新奇得很的名称。以红糟酿的甜酒，味道有点像上海的甜白酒，不过颜色桃红，当是西施红等名目出处的由来。莆田的荔枝酒，颜色深红带黑，昧甘甜如西班牙的宝德红葡萄，虽则名贵，但我却终不喜欢。福州一般宴客，喝的总还是绍兴花雕，价钱极贵，斤量又不足，而酒味也淡似沪杭各地，我觉得建庄终究不及京庄。

福州的水果花木，终年不断；橙柑、福橘、佛手、荔枝、龙眼、甘蔗、香蕉，以及茉莉、兰花、橄榄等等，都是全国闻名的品物；好事者且各有谱谍之著，我在这里，自然可以不说。

闽茶半出武夷，就是不是武夷之产，也往往借这名山为号召。铁罗汉，铁观音的两种，为茶中柳下惠，非红非绿，略带赭色；酒醉之后，喝它三杯两盏，头脑倒真能清醒一下。其他若龙团玉乳，大约名目总也不少，我不恋茶娇，终是俗客，深恐品评失当，贻笑大方，在这里只好轻轻放过。

从《闽小纪》中的记载看来，番薯似乎还是福建人开始从南洋运来的代食品；其后因种植的便利，食味的甘美，就流传到内地去了；这植物传播到中国来的时代，只在三百年前，是明末清初的时候，因亮工所记如此，不晓得究竟是否确实。不过福建的米麦，向来就说不足，现在也须仰给于外省或台湾，但田稻倒又可以一年两植。而福州正式的酒席，大抵总不吃饭散场，因为菜太丰盛了，吃到后来，总已个个饱满，用不着再以饭颗来充腹之故。

饮食处的有名处所，城内为树春园、南轩、河上酒家、可然亭等。味和小吃，亦佳且廉；仓前的鸭面，南门兜的素菜与牛肉馆，鼓楼西的水饺子铺，都是各有长处的小吃处；久吃了自然不对，偶尔去一试，倒也别有风味。城外在南台的西菜馆，有嘉宾、西宴台、法大、西来，以及前临闽江，内设戏台的广聚楼等。洪山桥畔的义心楼，以吃形同比目鱼的贴沙鱼著名；仓前山的快乐林，以吃小盘西洋菜见称，这些当然又是菜馆中的别调。至如我所寄寓的青年会食堂，地方清洁宽广，中西菜也可以吃吃，只是不同耶稣的飨宴十二门徒一样，不许顾客醉饮葡萄酒浆，所以正式请客，大感不便。

此外则福建特有的温泉浴场，如汤门外的百合、福龙泉，飞机场的乐天泉等，也备有饮馔供客；浴客往往在这些浴场里可以鬼混一天，不必出外去买酒买食，却也便利。从前听说更可以在个人池内男女同浴，则饮食男女，就不必分求，一举竟可以两得了。

要说福州的女子，先得说一说福建的人种。大约福建土著的最初老百姓，为南洋近边的海岛人种；所以面貌习俗，与日本的九州一带，有点相像。其后汉族南下，与这些土人杂婚，就成了无诸种族，系在春秋战国，吴越争霸之后。到得唐朝，大兵入境；相传当时曾杀尽了福建的男子，只留下女人，以配光身的兵士；故而直至现在，福州人还呼丈夫为"唐哺人"，哺者系日暮袭来的意思，同时女人的"诸娘仔"之名，也出来了。还有现在东门外北门外的许多工女农妇，头上仍带着三把银刀似的簪为发饰，俗称他们作三把刀，据说犹是当时的遗制。因为她们的父亲丈夫儿子，都被外来的征服者杀了；她们誓死不肯从敌，故而时时带着三把刀在身边，预备复仇。至今台湾的福建籍妓女，听说也是一样；亡国到了现在，也已经有好多年了，而她们却仍不肯与日本的嫖客同宿。若有人破此旧习而与日本嫖客同宿一宵者，同人中就视作禽兽，耻不与伍，这又是多么悲壮的一幕惨剧！谁说犹唱后庭花，商女都不知家国的兴亡哩！试看汉奸到处卖国，而妓女乃不肯辱身，其间相去，又岂只泾渭的不同？这一种古代的人种，与唐人杂婚之后，一部分不完全唐化，仍保留着他们固有的生活习惯，宗教仪式的，就是现在仍旧退居在北门外万山深处的畲民。此外的一族，以水上为家，明清以后，一向被视为贱民，不时受汉人的蹂躏的，相传其祖先系蒙古人。自元亡后，遂贬为疍户，俗呼科蹄。科蹄实为曲蹄之别音，因他们常常曲膝盘坐在船舱之内，两脚弯曲，故有此称。串通倭寇，骚扰沿海一带的居民，古时在泉州叫作泉郎的，就是这一种人种的旁支。

因为福州人种的血统，有这种种的沿革，所以福建人的面貌，和一般中原的汉族，有点两样。大致广颡深眼，鼻子与颧骨高突，两颊深陷成窝，下颔部也稍稍尖凸向前。这一种面相，生在男人的身上，倒也并不觉得特别；但一生在女人的身上，高突部为嫩白的皮肉所调和，看起来却个个都是线条刻划分明，像是希腊古代的雕塑人形了。福州女子的另一特点，是在她们的皮色的细白。生长在深闺中的宦家小姐，不见天日，白腻原也应该；最奇怪的，却是那些住在城外的工农佣妇，也一例地有着那种嫩白微红，像刚施过脂粉似的皮肤。大约日夕灌溉的温泉浴是一种关系，吃的闽江江水，总也是一种关系。

我们从前没有居住过福建，心目中总只以为福建人种，是一种蛮族。后来到了那里，和他们的文化一接触，晓得他们虽则开化较迟，但进步得却很快；又因为东南是海港的关系，中西文化的交流，也比中原僻地为频繁，所以闽南的有些都市，简直繁华摩登得可以同上海来争甲乙。及至观察稍深，一移目到了福州的女性，更觉得她们的美的水准，比苏杭的女子要高好几倍；而装饰的入时，身体的康健，比到苏州的小型女子，又得高强数倍都不止。

"天生丽质难自弃"，表露欲，装饰欲，原是女性的特嗜；而福州女子所有的这一种显示本能，似乎比什么地方的人还要强一点。因而天晴气爽，或岁时伏腊，有迎神赛会的关头，南大街，仓前山一带，完全是美妇人披露的画廊。眼睛个个是灵敏深黑的,鼻梁个个是细长高突的,皮肤个个是柔嫩雪白的;此外还要加上以最摩登的衣饰,与来自巴黎纽约的化装品的香雾与红霞,你说这幅福州晴天午后的全景,美丽不美丽?迷人不迷人?

亦唯因此之故,所以也影响到了社会,影响到了风俗。国民经济破产,是全国到处都一样的事实;而这些妇女子们,又大半是不生产的中流以下的阶级。衣食不足,礼义廉耻之凋伤,原是自然的结果,故而在福州住不上几月,就时时有暗娼流行的风说,传到耳边上来。都市集中人口以后,这实在也是一种不可避免而急待解决的社会大问题。

说及了娼妓,自然不得不说一说福州的官娼。从前邵武诗人张亨甫,曾著过一部《南浦秋波录》,是专记南台一带的烟花韵事的;现在世业凋零,景气全落,这些乐产人家,完全没有旧日的豪奢影子了。福州最上流的官娼,叫作白面处,是同上海的长三一样的款式。听几位久住福州的朋友说,白面处近来门可罗雀,早已掉在没落的深渊里了;其次还勉强在维持市面的,是以卖嘴不卖身为标榜的清唱堂,无论何人,只须化三元法币,就能进去听三出戏。就是这一时号称极盛的清唱堂,现在也一家一家的废了业,只剩了田墩的三五家人家。自此以下,则完全是惨无人道的下等娼妓,与野鸡款式的无名密贩了,数目之多,求售之切,到了骇人听闻的地步。至于城内的暗娼,包月妇,零售处之类,只听见公安维持者等谈起过几次,报纸上见到过许多回,内容虽则无从调查,但演绎起来,旁证以社会的萧条,产业的不振,国步的艰难,与夫人口的过剩,总也不难举一反三,晓得她们的大概。

总之,福州的饮食男女,虽比别处稍觉得奢侈,而福州的社会状态，比别处也并不见得十分的堕落。说到两性的纵驰，人欲的横流，则与风土气候有关，次热带的境内，自然要比温带寒带为剧烈。而食品的丰富，女子一般姣美与健康，却是我们不曾到过福建的人所意想不到的发见。

贵阳巡礼

■ 茅　盾

二十七年春,从长沙疏散到贵阳去的一位太太写信给在汉口的亲戚说:"贵阳是出人意外的小,只有一条街,货物缺乏,要一样,没有两样。来了个把月,老找不到菜场。后来本地人对我说:菜场就在你的大门外呀,怎么说没有。这可怪了,在那里,怎么我看不到。我请人带我去。他指着大门外一些小担贩说,这不是么!哦,这才我明白了。沿街多了几副小担的地方,就是菜场!我从没见过一个称为省城的一省首善之区,竟会这样小的!那不是城,简直是乡下。亲爱的,你只要想一想我们的故乡,就可以猜度到贵阳的大小。但是我们的故乡却不过是江南一小镇罢了!可爱的故乡现在已经没有了,而我却在贵阳,我的心情,你该可以想象得到罢?"

二十七年冬,这位太太又写信给在重庆的亲戚说:"最近一次敌机来轰炸,把一条最热闹的街炸平了!贵阳只有这一条街!"

这位江南少妇的话,也许太多点感伤。贵阳城固然不大,但到底是一省首善之区,故于土头土脑之中,别有一种不平凡气象。例如城中曾经首屈一指的老牌高等旅馆即名曰"六国"与"巴黎",这样口气阔大的招牌就不是江南的小镇所敢僭有的。

但"六国"与"巴黎"现在也落伍了。它们那古式的门面与矮小的房间,跟近年的新建设一比,实在显得太寒伧。经过了大轰炸以后的贵阳,出落得更加时髦了。如果那位江南少妇的亲戚在三十年的春季置身于贵阳的中华路,那她的感想一定"颇佳"。不用代贵阳吹牛,今天中华南路还有三层四层的洋房,但即使大多只得二层,可是单看那"艺术化"的门面和装修(大概是什么未来派之类罢),谁还忍心说它"土头土脑"?而况还有那么的大玻璃窗。这在一个少见玻璃的重庆客人看来委实是炫耀夺目的。

如果二十七年春季贵阳市买不出什么东西,那么现时是大大不同了。现在可以说,"要什么,有什么"。——但以有关衣食两者为限。而在"食"这一项下,"精神食粮"当然除外。

电影院的内部虽然还不够讲究,但那门面堪称一句"富丽堂皇",特别是装饰在大门上的百数十盏电灯,替贵阳的夜市生色不少。几家"理发厅"仿佛是这山城已经摩登到如何程度的指标。单看进进出出的主顾,你就可以明白所谓"沪港"以及"高贵化妆品",大概一点也不虚假。顾了头,自然也得顾脚。这里有一家擦皮鞋的"公司"。堂堂然两开间的门面,十来把特制的椅子,十几位精壮的"熟练技师",武装着大大小小的有软有硬的刷子,真正的丝绒擦,黑色的、深棕浅棕色的、乃至白色的真正"宝石牌"鞋油,精神百倍地伺候那些高贵的顾客。不得不表白一句:游击式的擦鞋童子并不多。是不是受了那"公司"的影响,那可不知道。但"公司"委实想得周到,它还特设了几张椅子,特订了几份报纸,以便挨班待擦的贵客不至于无聊。

使我大为惊异的,是这西南山城里,苏浙沪气味之浓厚。在中华南北路,你时时可以听到道地的苏白甬白,乃至生硬的上海话。你可以看到有不少饭店以"苏州"或"上海"标明它的特性,有一家"综合性"的菜馆门前广告牌上还大书特书"扬州美肴"。一家点心店是清一色的"上海跑堂",专卖"挂粉汤团","绉纱馄饨",以及"重糖猪油年糕"。而在重庆屡见之"乐露春",则在贵阳也赫然存在。人们是喜欢家乡风味的,江南的理发匠、厨子、裁缝,居然"远征"到西南的一角,这和工业内迁之寥寥相比起来,当作如何感想?

"盐"的问题,在贵阳似乎日渐在增加重量。运输公司既自重庆专开了不少的盐车,公路上亦常见各式的人力小车满装食盐,成群结队而过。穿蓝布长衫的老百姓肩上一扁担,扁担两端各放黝黑的石块似的东西,用麻布包好,或仅用绳扎住;这石块似的东西也是盐。这样的贩运者也绵延于川黔路上。贵阳有"食盐官销处",购者成市;官价每市斤在两天之内由一元四涨至一元八角七分。然而这还是官价,换言之,即较市价为平。

贵阳市上常见有苗民和夷民。多褶裙、赤脚、打裹腿的他们,和旗袍、高跟鞋出现在一条马路上,便叫人想其中国问题之复杂与广深。所谓"雄精器皿"又是贵阳市上一特点。"雄精"者,原形雄黄而已;雕作佛像以及花卉、鱼鸟、如意等形,其实并无作器皿者。店面都十分简陋,但仿单上却说得惊人,"查雄精一物,本为吾黔特产矿质,世界各国及各行省,皆未有此发现,其名贵自不待言;据本草所载,若随身久带,能轻身避邪,安胎保产,女转男胎,其他预防瘴气,扑杀毒蛇毒虫,尤为能事"云云。

所谓"铜像台"就是周西成的铜像,在贵阳市中心,算是城中最热闹,也最"气概轩昂"的所在。据说贵州之有汽车,周西成实开纪元;当时周氏"经营"全省马路,以省城为起点,故购得汽车后,由大帮民夫翻山爬岭抬到贵阳,然后放它在路走,这恐怕也是中国"兴行汽车史"上一段笑话罢。

铜像不知是在何处雕刻翻砂的,基石太高,不能看清面部的丰采,但全身姿势还算美妙。铜像台四周的街道显然吃过炸弹,至今犹见断垣败壁,不过铜像台巍然无恙,而铜像亦无恙。

桨声灯影里的秦淮河

■ 朱自清

一九二三年八月的一晚,我和平伯同游秦淮河;平伯是初泛,我是重来了。我们雇了一只"七板子",在夕阳已去,皎月方来的时候,便下了船。于是桨声汩——汩,我们开始领略那晃荡着蔷薇色的历史的秦淮河的滋味了。

秦淮河里的船,比北京万生园、颐和园的船好,比西湖的船好,比扬州瘦西湖的船也好。这几处的船不是觉着笨,就是觉着简陋、局促;都不能引起乘客们的情韵,如秦淮河的船一样。秦淮河的船约略可分为两种:一是大船;一是小船,就是所谓"七板子"。大船舱口阔大,可容二三十人。里面陈设着字画和光洁的红木家具,桌上一律嵌着冰凉的大理石面。窗格雕镂颇细,使人起柔腻之感。窗格里映着红色蓝色的玻璃;玻璃上有精致的花纹,也颇悦人目。"七板子"规模虽不及大船,但那淡蓝色的栏杆,空敞的舱,也足系人情思。而最出色处却在它的舱前。舱前是甲板上的一部。上面有弧形的顶,两边用疏疏的栏杆支着。里面通常放着两张藤的躺椅。躺下,可以谈天,可以望远,可以顾盼两岸的河房。大船上也有这个,便在小船上更觉清隽罢了。舱前的顶下,一律悬着灯彩;灯的多少,明暗,彩苏的精粗,艳晦,是不一的。但好歹总还你一个灯彩。这灯彩实在是最能钩人的东西。夜幕垂垂地下来时,大小船上都点起灯火。从两重玻璃里映出那辐射着的黄黄的散光,反晕出一片朦胧的烟霭；透过这烟霭，在黯黯的水波里，又逗起缕缕的明漪。在这薄霭和微漪里，听着那悠然的间歇的桨声，谁能不被引入他的美梦去呢？只愁梦太多了，这些大小船儿如何载得起呀？我们这时模模糊糊的谈着明末的秦淮河的艳迹，如《桃花扇》及《板桥杂记》里所载的。我们真神往了。我们仿佛亲见那时华灯映水，画舫凌波的光景了。于是我们的船便成了历史的重载了。我们终于恍然秦淮河的船所以雅丽过于他处，而又有奇异的吸引力的，实在是许多历史的影像使然了。

秦淮河的水是碧阴阴的；看起来厚而不腻，或者是六朝金粉所凝么？我们初上船的时候，天色还未断黑，那漾漾的柔波是这样的恬静，委婉，使我们一面有水阔天空之想，一面又憧憬着纸醉金迷之境了。等到灯火明时，阴阴的变为沉沉了：黯淡的水光，像梦一般；那偶然闪烁着的光芒，就是梦的眼睛了。我们坐在舱前，因了那隆起的顶棚，仿佛总是昂着首向前走着似的；于是飘飘然如御风而行的我们，看着那些自在的湾泊着的船，船里走马灯般的人物，便像是下界一般，迢迢的远了，又像在雾里看花，尽朦朦胧胧的。这时我们已过了利涉桥，望见东关头了。沿路听见断续的歌声：有从沿河的妓楼飘来的，有从河上船里渡来的。我们明知那些歌声，只是些因袭的言词，从生涩的歌喉里机械的发出来的；但它们经了夏夜的微风的吹漾和水波的摇拂，袅娜着到我们耳边的时候，已经不单是她们的歌声，而混着微风和河水的密语了。于是我们不得不被牵惹着，震撼着，相与浮沉于这歌声里了。从东关头转弯，不久就到大中桥。大中桥共有三个桥拱，都很阔大，俨然是三座门儿；使我们觉得我们的船和船里的我们，在桥下过去时，真是太无颜色了。桥砖是深褐色，表明它的历史的长久；但都完好无缺，令人太息于古昔工程的坚美。桥上两旁都是木壁的房子，中间应该有街路？这些房子都破旧了，多年烟熏的迹，遮没了当年的美丽。我想象秦淮河的极盛时，在这样宏阔的桥上，特地盖了房子，必然是髹漆得富富丽丽的；晚间必然是灯火通明的。现在却只剩下一片黑沉沉！但是桥上造着房子，毕竟使我们多少可以想见往日的繁华；这也慰情聊胜无了。过了大中桥，便到了灯月交辉，笙歌彻夜的秦淮河；这才是秦淮河的真面目哩。

大中桥外，顿然空阔，和桥内两岸排着密密的人家的大异了。一眼望去，疏疏的林，淡淡的月，衬着蓝蔚的天，颇像荒江野渡光景；那边呢，郁葱葱的，阴森森的，又似乎藏着无边的黑暗：令人几乎不信那是繁华的秦淮河了。但是河中眩晕着的灯光，纵横着的画舫，悠扬着的笛韵，夹着那吱吱的胡琴声，终于使我们认识绿如茵陈酒的秦淮水了。此地天裸露着的多些，故觉夜来的独迟些；从清清的水影里，我们感到的只是薄薄的夜——这正是秦淮河的夜。大中桥外，本来还有一座复成桥，是船夫口中的我们的游踪尽处，或也是秦淮河繁华的尽处了。我的脚曾踏过复成桥的脊，在十三四岁的时候。但是两次游秦淮河，却都不曾见着复成桥的面；明知总在前途的，却常觉得有些虚无缥缈似的。我想，不见倒也好。这时正是盛夏。我们下船后，借着新生的晚凉和河上的微风，暑气已渐渐消散；到了此地，豁然开朗，身子顿然轻了——习习的清风荏苒在面上，手上，衣上，这便又感到了一缕新凉了。南京的日光，大概没有杭州猛烈；西湖的夏夜老是热蓬蓬的，水像沸着一般，秦淮河的水却尽是这样冷冷地绿着。任你人影的憧憧，歌声的扰扰，总像隔着一层薄薄的绿纱面幂似的；它尽是这样静静的，冷冷的绿着。我们出了大中桥，走不上半里路，船夫便将船划到一旁，停了桨由它宕着。他以为那里正是繁华的极点，再过去就是荒凉了；所以让我们多多赏鉴一会儿。他自己却静静的蹲着。他是看惯这光景的了，大约只是一个无可无不可。这无可无不可,无论是升的沉的,总之,都比我们高了。

　　那时河里闹热极了;船大半泊着,小半在水上穿梭似的来往。停泊着的都在近市的那一边,我们的船自然也夹在其中。因为这边略略的挤,便觉得那边十分的疏了。在每一只船从那边过去时,我们能画出它的轻轻的影和曲曲的波,在我们的心上;这显着是空,且显着是静了。那时处处都是歌声和凄厉的胡琴声,圆润的喉咙,确乎是很少的。但那生涩的,尖脆的调子能使人有少年的,粗率不拘的感觉,也正可快我们的意。况且多少隔些儿听着,因为想象与渴慕的做美,总觉更有滋味;而竞发的喧嚣,抑扬的不齐,远近的杂沓,和乐器的嘈嘈切切,合成另一意味的谐音,也使我们无所适从,如随着大风而走。这实在因为我们的心枯涩久了,变为脆弱;故偶然润泽一下,便疯狂似的不能自主了。但秦淮河确也腻人。即如船里的人面,无论是和我们一堆儿泊着的,无论是从我们眼前过去的,总是模模糊糊的,甚至渺渺茫茫的;任你张圆了眼睛,揩净了眦垢,也是枉然。这真够人想呢。在我们停泊的地方,灯光原是纷然的;不过这些灯光都是黄而有晕的。黄已经不能明了,再加上了晕,便更不成了。灯愈多,晕就愈甚;在繁星般的黄的交错里,秦淮河仿佛笼上了一团光雾。光芒与雾气腾腾的晕着,什么都只剩了轮廓了;所以人面的详细的曲线,便消失于我们的眼底了。但灯光究竟夺不了那边的月色;灯光是浑的,月色是清的,在浑沌的灯光里,渗入了一派清辉,却真是奇迹!那晚月儿已瘦削了两三分。她晚妆才罢,盈盈的上了柳梢头。天是蓝得可爱,仿佛一汪水似的;月儿便更出落得精神了。岸上原有三株两株的垂杨树,淡淡的影子,在水里摇曳着。它们那柔细的枝条浴着月光,就像一只只美人的臂膊,交互的缠着,挽着;又像是月儿披着的发。而月儿偶然也从它们的交叉处偷偷窥看我们，大有小姑娘怕羞的样子。岸上另有几株不知名的老树，光光的立着；在月光里照起来。却又俨然是精神矍铄的老人。远处——快到天际线了，才有一两片白云，亮得现出异彩，像美丽的贝壳一般。白云下便是黑黑的一带轮廓；是一条随意画的不规则的曲线。这一段光景，和河中的风味大异了。但灯与月竟能并存着，交融着，使月成了缠绵的月，灯射着渺渺的灵辉；这正是天之所以厚秦淮河，也正是天之所以厚我们了。

这时却遇着了难解的纠纷。秦淮河上原有一种歌妓，是以歌为业的。从前都在茶舫上，唱些大曲之类。每日午后一时起；什么时候止，却忘记了。晚上照样也有一回。也在黄晕的灯光里。我从前过南京时，曾随着朋友去听过两次。因为茶舫里的人脸太多了，觉得不大适意，终于听不出所以然。前年听说歌妓被取缔了，不知怎的，颇设想了几次——却想不出什么。这次到南京，先到茶舫上去看看，觉得颇是寂寥，令我无端的怅怅了。不料她们却仍在秦淮河里挣扎着，不料她们竟会纠缠到我们，我于是很张皇了。她们也乘着"七板子"，她们总是坐在舱前的。舱前点着石油汽灯，光亮眩人眼目；坐在下面的，自然是纤毫毕见了——引诱客人们的力量，也便在此了。舱里躲着乐工等人，映着汽灯的余辉蠕动着；他们是永远不被注意的。每船的歌妓大约都是二人；天色一黑。她们的船就在大中桥外往来不息的兜生意。无论行着的船，泊着的船，都要来兜揽的。这都是我后来推想出来的。那晚不知怎样，忽然轮着我们的船了。我们的船好好的停着，一只歌舫划向我们来的；渐渐和我们的船并着了。铄铄的灯光逼得我们皱起了眉头；我们的风尘色全给它托出来了，这使我踧踖不安了。那时一个伙计跨过船来，拿着摊开的歌折，就近塞向我的手里，说，"点几出吧"！他跨过来的时候，我们船上似乎有许多眼光跟着。同时相近的别的船上也似乎有许多眼睛炯炯的向我们船上看着。我真窘了！我也装出大方的样子，向歌妓们瞥了一眼，但究竟是不成的！我勉强将那歌折翻了一翻，却不曾看清了几个字；便赶紧递还那伙计，一面不好意思地说，"不要，我们……不要。"他便塞给平伯。平伯掉转头去，摇手说，"不要！"那人还腻着不走。平伯又回过脸来，摇着头道，"不要！"于是那人重到我处。我窘着再拒绝了他。他这才有所不屑似的走了。我的心立刻放下，如释了重负一般。我们就开始自白了。

我说我受了道德律的压迫，拒绝了她们；心里似乎很抱歉的。这所谓抱歉，一面对于她们，一面对于我自己。她们于我们虽然没有很奢的希望；但总有些希望的。我们拒绝了她们，无论理由如何充足，却使她们的希望受了伤；这总有几分不做美了。这是我觉得很怅怅的。至于我自己，更有一种不足之感。我这时被四面的歌声诱惑了，降服了；但是远远的，远远的歌声总仿佛隔着重衣搔痒似的，越搔越搔不着痒处。我于是憧憬着贴耳的妙音了。在歌舫划来时，我的憧憬，变为盼望；我固执的盼望着，有如饥渴。虽然从浅薄的经验里，也能够推知，那贴耳的歌声，将剥去了一切的美妙；但一个平常的人像我的，谁愿凭了理性之力去丑化未来呢？我宁愿自己骗着了。不过我的社会感性是很敏锐的；我的思力能拆穿道德律的西洋镜，而我的感情却终于被它压服着，我于是有所顾忌了，尤其是在众目昭彰的时候。道德律的力，本来是民众赋予的；在民众的面前，自然更显出它的威严了。我这时一面盼望，一面却感到了两重的禁制：一，在通俗的意义上，接近妓者总算一种不正当的行为；二，妓是一种不健全的职业，我们对于她们，应有哀矜勿喜之心，不应赏玩的去听她们的歌。在众目睽睽之下，这两种思想在我心里最为旺盛。她们暂时压倒了我的听歌的盼望，这便成就了我的灰色的拒绝。那时的心实在异常状态中，觉得颇是昏乱。歌舫去了，暂时宁靖之后，我的思绪又如潮涌了。两个相反的意思在我心头往复：卖歌和卖淫不同，听歌和狎妓不同，又干道德甚事？——但是，但是，她们既被逼的以歌为业，她们的歌必无艺术味的；况她们的身世，我们究竟该同情的。所以拒绝倒也是正办。但这些意思终于不曾撇开我的听歌的盼望。它力量异常坚强；它总想将别的思绪踏在脚下。从这重重的争斗里，我感到了浓厚的不足之感。这不足之感使我的心盘旋不安，起坐都不安宁了。唉！我承认我是一个自私的人！平伯呢，却与我不同。他引周启明先生的诗，"因为我有妻子，所以我爱一切的女人，因为我有子女，所以我爱一切的孩子。"他的意思可以见了。他因为推及的同情，爱着那些歌妓，并且尊重着她们，所以拒绝了她们。在这种情形下，他自然以为听歌是对于她们的一种侮辱。但他也是想听歌的，虽然不和我一样，所以在他的心中，当然也有一番小小的争斗；争斗的结果，是同情胜了。至于道德律，在他是没有什么的；因为他很有蔑视一切的倾向，民众的力量在他是不大觉着的。这时他的心意的活动比较简单，又比较松弱，故事后还怡然自若；我却不能了。这里平伯又比我高了。

　　在我们谈话中间，又来了两只歌舫。伙计照前一样的请我们点戏，我们照前一样的拒绝了。我受了三次窘，心里的不安更甚了。清艳的夜景也为之减色。船夫大约因为要赶第二趟生意，催着我们回去；我们无可无不可的答应了。我们渐渐和那些晕黄的灯光远了，只有些月色冷清清的随着我们的归舟。我们的船竟没个伴儿，秦淮河的夜正长哩！到大中桥近处，才遇着一只来船。这是一只载妓的板船，黑漆漆的没有一点光。船头上坐着一个妓女；暗里看出，白地小花的衫子，黑的下衣。她手里拉着胡琴，口里唱着青衫的调子。她唱得响亮而圆转；当她的船箭一般驶过去时，余音还袅袅的在我们耳际，使我们倾听而向往。想不到在弩末的游踪里，还能领略到这样的清歌！这时船过大中桥了，森森的水影，如黑暗张着巨口，要将我们的船吞了下去，我们回顾那渺渺的黄光，不胜依恋之情；我们感到了寂寞了！这一段地方夜色甚浓，又有两头的灯火招邀着；桥外的灯火不用说了，过了桥另有东关头疏疏的灯火。我们忽然仰头看见依人的素月，不觉深悔归来之早了！走过东关头，有一两只大船湾泊着，又有几只船向我们来着。嚣嚣的一阵歌声人语，仿佛笑我们无伴的孤舟哩。东关头转湾，河上的夜色更浓了；临水的妓楼上，时时从帘缝里射出一线一线的灯光；仿佛黑暗从酣睡里眨了一眨眼。我们默然的对着，静听那汩——汩的桨声，几乎要入睡了；朦胧里却温寻着适才的繁华的余味。我那不安的心在静里愈显活跃了！这时我们都有了不足之感，而我的更其浓厚。我们却只不愿回去，于是只能由懊悔而怅惘了。船里便满载着怅惘了。直到利涉桥下，微微嘈杂的人声，才使我豁然一惊；那光景却又不同。右岸的河房里，都大开了窗户，里面亮着晃晃的电灯，电灯的光射到水上，蜿蜒曲折，闪闪不息，正如跳舞着的仙女的臂膊。我们的船已在她的臂膊里了；如睡在摇篮里一样，倦了的我们便又入梦了。那电灯下的人物，只觉像蚂蚁一般，更不去萦念。这是最后的梦；可惜是最短的梦！黑暗重复落在我们面前，我们看见傍岸的空船上一星两星的，枯燥无力又摇摇不定的灯光。我们的梦醒了，我们知道就要上岸了；我们心里充满了幻灭的情思。

黄昏的观前街

■ 郑振铎

我刚从某一个大都市归来。那一个大都市,说得漂亮些,是乡村的气息较多于城市的。它比城市多了些乡野的荒凉况味,比乡村却又少了些质朴自然的风趣。疏疏的几簇住宅,到处是绿油油的菜圃,是蓬蒿没膝的废园,是池塘半绕的空场,是已生了荒草的瓦砾堆。晚间更是凄凉。太阳刚刚西下,街上的行人便已"寥若晨星"。在街灯如豆的黄光之下,踽踽的独行着,瘦影显得更长了。足音也格外的寂寥。远处野犬,如豹的狂吠着。黑衣的警察,幽灵似的扶枪立着。在前面的重要区域里,仿佛有"站住!""口号!"的呼叱声。我假如是喜欢都市生活的话,我真不会喜欢到这个地方;我假如是喜欢乡间生活的话,我也不会喜欢到这个所在。我的天!还是趁早走了吧。(不仅是"浩然",简直是"凛然有归志"了!)

归程经过苏州,想要下去,终于因为舍不得抛弃了车票上的未用尽的一段路资,蹉跎的被火车带过去了。归后不到三天,长个子的樊与矮而美髯的孙,却又拖了我逛苏州去。早知道有这一趟走,还不中途而下,来得便利么?

我的太太是最厌恶苏州的,她说舒舒服服的坐在车上,走不几步,却又要下车过桥了。我也未见得十分喜欢苏州;一来是,走了几趟都买不到什么好书,二来是,住在阊门外,太像上海,而又没有上海的繁华。但这一次,我因为要换换花样,却拖他们住到城里去。

不料竟因此而得到了一次永远不会领略到的苏州景色。

　　我们跑了几家书铺，天色已经渐渐的黑下来了，樊说，"我们找一个地方吃饭吧。"饭馆里是那末样的拥挤，走了两三家，才得到了一张空桌。街上已上了灯。楼窗的外面，行人也是那末样的拥挤。没有一盏灯光不照到几堆子人的，影子也不落在地上，而落在人的身上。我不禁想起了某一个大城市的荒凉情景，说道，"这才可算是一个都市！"

　　这条街是苏州城繁华的中心的观前街。玄妙观是到过苏州的人没有一个不熟悉的；那末粗俗的一个所在，未必有胜于北平的隆福寺，南京的夫子庙，扬州的教场。观前街也是一条到过苏州的人没有一个不曾经过的；那末狭小的一道街，三个人并列走着，便可以不让旁的人走，再加之以没头苍蝇似的乱钻而前的人力车，或箩或桶的一担担的水与蔬菜，混合成了一个道地的中国式的小城市的拥挤与纷乱无秩序的情形。

　　然而，这一个黄昏时候的观前街，却与白昼大殊。我们在这条街上舒适的散着步，男人，女人，小孩子，老年人，摩肩接踵而过，却不喧哗，也不推拥；我所得的苏州印象，这一次可说是最好。——从前不曾于黄昏时候在观前街散步过。半里多长的一条古式的石板街道，半部车子也没有，你可以安安稳稳的在街心踱方步。灯光耀耀煌煌的，铜的，布的，黑漆金字的市招，密簇簇的排列在你的头上，一举手便可触到了几块。茶食店里的玻璃匣，亮晶晶的在繁灯之下发光，照得匣内的茶食通明的映入行人眼里，似欲伸手招致他们去买几色苏制的糖食带回去。野味店的山鸡野兔，已烹制的，或尚带着皮毛的，都一串一挂的悬在你的眼前——就在你的眼前，那香味直扑到你的鼻上。你在那里，走着，走着，你如走在一所游艺园中。

你如在暮春三月，迎神赛会的当儿，挤在人群里，跟着他们跑，兴奋而感到浓趣。你如在你的少小时，大人们在做寿，或娶亲，地上铺着花毯，天上张着锦幔，长随打杂老妈丫头，客人的孩子们，全都穿戴着崭新的衣帽，穿梭似的进进出出，而你在其间，随意的玩耍，随意的奔跑。你白天觉得这条街狭小，在这时，你才觉这条街狭小得妙。她将你紧压住了，如夜间将自己的手放在心头，做了很刺激的梦；她将你紧紧地拥抱住了，如一个爱人身体的热情的拥抱；她将所有的宝藏，所有的繁华，所有的可引动人的东西，都陈列在你的面前，即在你的眼下，相去不到三尺左右，而别用一种黄昏的灯纱笼罩了起来，使他们更显得隐约而动情，如一位对窗里面的美人，如一位躲于绿帘后的少女。她假如也像别的都市街道那样的开朗阔大，那末，便将永远感不到这种亲切的繁华的况味，你便将永远受不到这种紧紧的箍压于你的全身，你的全心的燠暖而温馥的情趣了。你平常觉得这条街闲人太多，过于拥挤，在这时却正显得人多的好处。你看人，人也看你；你的左边是一位时装的小姐，你的右边是几位随了丈夫、父亲上城的乡姑，你的前面是一二位步履维艰的道地的苏州老，一二位尖帽薄履的苏式少年，你偶然回过头来，你的眼光却正碰在一位容光射人，衣饰过丽的少奶奶的身上。你的团团转转都是人，都是无关系的无关心的最驯良的人；你可以舒舒适适的踱着方步，一点也不用担心什么。这里没有乘机的偷盗，没有诱人入魔窟的"指导者"，也没有什么电掣风驰，左冲右撞的一切车子。每一个人都是那末安闲的散步着；川流不息的在走，肩摩踵接的在走，他们永不会猛撞着你身上而过。他们是走得那末安闲，那末小心。你假如偶然过于大意的撞了人，或踏了人的足——那是极不经见的事！他们抬眼望了望你，你对他们点点头，表示歉意，也就算了。大家都感到一种的亲切,一种的无损害,一种的无忧无虑的生活;大家都似躲在一个乐园中,在明月之下,绿林之间,悠闲的微步着,忘记了园外的一切。

那末鳞鳞比比的店房,那末密密接接的市招,那末耀耀煌煌的灯光,那末狭狭小小的街道,竟使你抬起头来,看不见明月,看不见星光,看不见一丝一毫的黑暗的夜天。她使你不知道黑暗,她使你忘记了这是夜间。啊,这样的一个"不夜之城!"

"不夜之城"的巴黎,"不夜之城"的伦敦,你如果要看,你且去歌剧院左近走着,你且去辟加德莱圈散步,准保你不会有一刻半秒的安逸;你得时时刻刻的担心,时时刻刻的提防着,大都市的灾害,是那末多。每个人都是匆匆的走灯似的向前走,你也得匆匆的走;每个人都是紧张着矜持着,你也自然得会紧张着,矜持着。你假如走惯了黄昏时候的观前街,你在那里准得要吃大苦头,除非你已将老脾气改得一干二净。你假如为店铺的窗中的陈列品所迷住了,譬如说,你要站住了仔仔细细的看一下,你准得要和后面的人猛碰一下,他必定要诧异的望了望你,虽然嘴里说的是"对不起"。你也得说"对不起",然而你也饱受了他,以至他们的眼光的奚落。你如走到了歌剧院的阶前,你如走到了那尔逊的像下,你将见斗大的一个个市招或广告牌,闪闪在放光;一片的灯光,映射得半个天空红红的。然而那里却是如此的开朗敞阔,建筑物又是那末的宏伟,人虽拥挤,却是那样的藐小可怜,Taxi 和 Bus 也如小甲虫似的在一连串的走着。大半个天空是黑漆漆的,几颗星在冷冷的睒着眼看人。大都市的荣华终敌不住黑夜的侵袭,你在那里,立了一会,只要一会,你便将完全的领受到夜的凄凉了。像观前街那样的燠暖温馥之感,你是永远得不到的。你在那里是孤零的,是寂寞的,算不定会有什么飞灾横祸光临到你身上,假如你要一个不小心。像在观前街的那末舒适无虑的亲切的感觉,你也是永远不会得到的。

　　有观前街的燠暖温馥与亲切之感的大都市,我只见到了一个委尼司;即在委尼司的 St. Mark 广场的左近。那里也是充满了闲人,充满了紧压在你身上的燠暖的情趣的;街道也是那末狭小,也许更要狭,行人也是那末拥挤,也许更要拥挤,灯光也是那末辉辉煌煌的,也许更要辉煌。有人口口声声的称呼苏州为东方的委尼司;别的地方,我看不出,别的时候,我看不出,在黄昏时候的观前街,我却深切的感到了。——虽然观前少了那末弘丽的 Piazza of St. Mark,少了那末轻妙的此奏彼息的乐队。

桂林的山

■ 丰子恺

"桂林山水甲天下",我没到桂林时,早已听见这句话。我预先问问到过的人:"究竟有怎样的好?"到过的人回答我,大都说是"奇妙之极,天下少有"。这正是武汉疏散人口,我从汉口返长沙,准备携眷逃桂林的时候。抗战节节失利,我们逃难的人席不暇暖,好容易逃到汉口,又要逃到桂林去。对于山水,实在无心欣赏,只是偶然带便问问而已。然而百忙之中,必有一闲。我在这一闲的时候想象桂林的山水,假定它比杭州还优秀。不然,何以可称为"甲天下"呢?

我们一家十人,加了张梓生先生家四五人,合包一辆大汽车,从长沙出发到桂林,车资是二百七十元。经过了衡阳、零陵、邵阳,入广西境。闻名已久的桂林山水,果然在民国二十七年六月二十四日下午展开在我的眼前。初见时,印象很新鲜。那些山都拔地而起,好像西湖的庄子内的石笋,不过形状庞大,这令人想起"天外三峰削不成"的诗句。至于水,漓江的绿波,比西湖的水更绿,果然可爱。我初到桂林,心满意足,以为流离中能得这样山明水秀的一个地方来托庇,也是不幸中之大幸。开明书店的经理,替我租定了马皇背(街名)的三间平房,又替我买些竹器。竹椅、竹凳、竹床,十人所用,一共花了五十八块桂币。桂币的价值比法币低一半,两块桂币换一块法币。我们到广西,弄不清楚,曾经几次误将法币当作桂币用。

后来留心，买物付钱必打对折。打惯了对折，看见任何数目字都想打对折。我们是六月二十四日到桂林的。后来别人问我哪天到的，我回答"六月二十四日"之后，几乎想补充一句："就是三月十二日呀！"

汉口沦陷，广州失守之后，桂林也成了敌人空袭的目标，我们常常逃警报。防空洞是天然的，到处皆有，就在那拔地而起的山脚下。由于逃警报，我对桂林的山愈加亲近了。桂林的山的性格，我愈加清楚了。我渐渐觉得这些不是山，而是大石笋。因为不但拔地而起，与地面成了九十度角，而且都是青灰色的童山，毫无一点树木和花草。久而久之，我觉得桂林竟是一片平原，并无有山，只是四围种着许多大石笋，比西湖的庄子里的更大更多而已。我对于这些大石笋，渐渐的看厌了。庭院中布置石笋，数目不多，可以点缀风景；但我们的"桂林"这个大庭院，布置的石笋太多，触目皆是，岂不令人生厌。我有时遥望群峰，想象它们是一只大动物的牙齿，有时望见一带尖峰，又想起小时候在寺庙里的十殿阎王的壁画中所见的尖刀山。假若天空中掉下一个巨人来，掉在这些尖峰上，一定会穿胸破肚，鲜血淋漓，同十殿阎王中所绘的一样。这种想象，使我渐渐厌恶桂林的山。这些时候听到"桂林山水甲天下"这句盛誉，我的感想与前大异：我觉得桂林的特色是"奇"，却不能称"甲"，因为"甲"有尽善尽美的意思，是总平均分数。桂林的山在天下的风景中，决不是尽善尽美。其总平均分数决不是"甲"。世人往往把"美"与"奇"两字混在一起，搅不清楚，其实奇是罕有少见，不一定美。美是具足圆满，不一定奇。三头六臂的人，可谓奇矣，但是谈不到美。天真烂漫的小孩，可为美矣，但是并不稀奇。桂林的山，奇而不美，正同三头六臂的人一样。我是爱画的人，我到桂林，人都说"得其所哉",意思是桂林山水甲天下,可以入我的画。这使我想起了许多可笑的事:有一次有人报告我:"你的好画材来了,那边有一个人,身长不满三尺,而须长有三四寸。"我跑去一看,原来是做戏法的人带来的一个侏儒。这男子身体不过同桌子面高,而头部是个老人。对这残废者,我只觉得惊骇、怜悯与同情,哪有心情欣赏他的"奇",更谈不到美与画了。又有一次到野外写生,遇见一个相识的人,他自言熟悉当地风物,好意引导我去探寻美景,他说:"最美的风景在那边,你跟我来!"我跟了他跋山涉水,走得十分疲劳,好容易走到了他的目的地。原来有一株老树,不知遭了什么劫,本身横卧在地,而枝叶依旧欣欣向上。我率直地说:"这难看死了!我不要画。"其人大为扫兴,我倒觉得可惜。可惜的是他引导我来此时,一路上有不少平凡而美丽的风景,我不曾写得。而他所谓美,其实是奇。美其所美,非吾所谓美也。这样的事,我所经历的不少。桂林的山,便是其中之一。

篆文的山字,是三个近乎三角形的东西。古人造象形字煞费苦心,以最简单的笔划,表出最重要的特点。像女字、手字、木字、草字、鸟字、山字、马字、水字等,每一个字是一幅速写画。而山因为望去形似平面,故造出的象形字的模样,尤为简明。从这字上,可知模范的山,是近于三角形的,不是石笋形的;可知桂林的奇特山,只是山之一种——奇特的山。古语说:"仁者乐山,智者乐水",则又可知周围山水对于人的性格很有影响。桂林的奇特的山,给广西人一种奇特的性格,勇往直前,百折不挠,而且短刀直入,率直痛快。广西省政治办得好,有模范省之称,正是环境的影响;广西产武人,多军人,也是拔地而起的山的影响。但是讲到风景的美,则广西还是不参加为是。

"桂林山水甲天下",本来没有说"美甲天下"。不过讲到山水,最容易注目其美,因此使桂林受不了这句盛誉。若改为"桂林山水天下奇",则庶几近情了。

青 岛

■ 闻一多

　　海船快到胶州湾时,远远望见一点青,在万顷的巨涛中浮沉;在右边,崂山先前浮沉在巨浪中的青点,离它几里远就是山东半岛最东的半鸟——青岛。簇新的、无数石柱奇挺的怪峰,会使你忽然想起多少神仙的故事。进湾,先看见小青岛,就是整齐的楼屋,一座一座立在小小山坡上,笔直的柏油路伸展在两行梧桐树的中间,起伏在山冈上如一条蛇。谁信这个现成的海市蜃楼,一百年前还是个荒岛?

　　当春天,街市上和山野间密集的树叶,遮蔽着岛上所有的住屋,像是大海碧绿的波浪,岛上起伏的青梢也是一片海浪,浪下有似海底神人所住的仙宫。但是在榆树荫,还埋着十多年前德国人坚伟的炮台,深长的甬道里你还可以看见那些地下室,那些被毁的大炮飞机,和墙壁上涂的血迹——欧战时这儿剩有五百德国兵丁和日本争夺我们的小岛,德国人败了,日本的太阳旗曾经一时招展全市,但不久又归还了我们。在青岛,有的是一片绿林下的仙宫和海水泱泱的高歌,不许人想到地下还藏着十多间可怕的暗窟,如今全毁了。

　　堤岸上种植无数株梧桐,那儿可以坐憩,在晚上凭栏望见海湾里千万只帆船的桅杆,远近一盏盏明灭的红绿灯飘在浮标上,那是海上的星辰。沿海岸处有许多伸长的山角,黄昏时潮水一卷一卷来,在沙滩上飞转,溅起白浪花,又退回去,不厌倦的呼啸。天空中海鸥逐向渔舟飞,有时在海水中的大岩石上,那巨浪撞击着岩石激起一两丈的水花。那儿再有伸出海面的栈桥,去站着望天上的云,海天的云彩永远是清澄无比,夕阳快下山时,西边浮起几道鲜丽耀眼的光,在别处你永远看不见的。

过清明节以后,从长期的海雾中带回了春色,公园里先是迎春花和连翘,成篱的雪柳,还有好像白亮灯的玉兰,软风一吹来就憩了。四月中旬,绮丽的日本樱花开得像天河,十里长的两行樱花,蜿蜒在山道上,你在树下走,一举首只见樱花绣成的云天。樱花落了,地下铺好一条花蹊。接着海棠花又点亮了,还有踯躅在山坡下的"山踯躅",丁香,红端木,天天在染织这一大张地毯;往山后深林里走去,每天你会寻见一条新路,每一条小路中不知是谁创制的天地。

到夏季来,青岛几乎是天堂了。双驾马车载人到汇泉浴场去,男的女的中国人和十方的异客,戴了阔边大帽,海边沙滩上,人像小鱼般,暴露在日光下,怀抱中是熏人的咸风。沙滩边许多小小的木屋,屋外搭着伞篷,人全仰天躺在沙上,有的下海去游泳,踩水浪,孩子们光着身在海滨拾贝壳。街路上满是烂醉的外国水手,一路上胡唱。

但是等秋风吹起,满岛又回复了它的沉默,少有人行走,只在雾天里听见一种怪木牛的叫声,人说木牛躲在海角下,谁都不知道在哪儿。

济南的冬天

■ 老 舍

    对于一个在北平住惯的人,像我,冬天要是不刮风,便觉得是奇迹;济南的冬天是没有风声的。对于一个刚由伦敦回来的人,像我,冬天要能看得见日光,便觉得是怪事;济南的冬天是响晴的。在热带的地方,日光是永远那么毒,响亮的天气,反有点叫人害怕。可是,在北中国的冬天,而能有温晴的天气,济南真的算个宝地。

    设若单单是有阳光,那也算不了出奇。请闭上眼睛想:一个老城,有山有水,全在天底下晒着阳光,暖和安适地睡着,只等春风来把它们唤醒,这是不是个理想的境界?

    小山整把济南围了个圈儿,只有北边缺着点口儿。这一圈小山在冬天特别可爱,好像是把济南放在一个小摇篮里,它们安静不动地低声地说:"你们放心吧,这儿准保暖和。"真的,济南的人们在冬天是面上含笑的。他们一看那些小山,心中便觉得有了着落,有了依靠。他们由天上看到山上,便不知不觉地想起:"明天也许就是春天了吧?这样的温暖,今天夜里山草也许就绿起来了吧?"就是这点幻想不能一时实现,他们也并不着急,因为这样慈善的冬天,干什么还希望别的呢!

    最妙的是下点小雪呀。看吧,山上的矮松越发的青黑,树尖上顶着一髻儿白花,好像日本看护妇。山尖全白了,给蓝天镶上一道银边。山坡上,有的地方雪厚点,有的地方草色还露着;这样,一道儿白，一道儿暗黄，给山们穿上一件带水纹的花衣；看着看着，这件花衣好像被风儿吹动，叫你希望看见一点更美的山的肌肤。等到快日落的时候，微黄的阳光斜射在山腰上，那点薄雪好像忽然害了羞，微微露出点粉色。就是下小雪吧，济南是受不住大雪的，那些小山太秀气。

　　古老的济南，城里那么狭窄，城外又那么宽敞，山坡上卧着些小村庄，小村庄的房顶上卧着点雪，对，这是张小水墨画，或者是唐代的名手画的吧。

　　那水呢，不但不结冰，反倒在绿藻上冒着点热气，水藻真绿，把终年贮蓄的绿色全拿出来了。天儿越晴，水藻越绿，就凭这些绿的精神，水也不忍得冻上；况且那长枝的垂柳还要在水里照个影儿呢。看吧，由澄清的河水慢慢往上看吧，空中，半空中，天上，自上而下全是那么清亮，那么蓝汪汪的，整个的是块空灵的蓝水晶。这块水晶里，包着红屋顶，黄草山，像地毯上的小团花的灰色的树影；这就是冬天的济南。

清河坊

■ 俞平伯

山水是美妙的俦侣，而街市是最亲切的。它和我们平素十二分稔熟，自从别后，竟毫不踌躇，蓦然闯进忆之域了。我们追念某地时，山水的清音，其浮涌于灵府间的数和度量每不敌城市的喧哗，我们太半是俗骨哩！（至少我是这么一个俗子。）白老头儿舍不得杭州，却说"一半勾留为此湖"，可见西湖在古代诗人心中，至多也只沾了半面光。那一半儿呢？谁知道是什么！这更使我胆大，毅然于西湖以外，另写一题曰"清河坊"。读者若不疑我为火腿茶叶香粉店作新式广告，那再好没有。

我决不想描写杭州狭陋的街道和店铺，我没有那般细磨细琢的工夫，我没有那种收集零丝断线织成无缝天衣的本领，我只得藏拙。我所亟亟要显示的是淡如水的一味依恋。一种茫茫无羁泊的依恋，一种在夕阳光里，街灯影傍的依恋。这种微婉而入骨三分的感触，实是无数的前尘前梦酝酿成的，没有一桩特殊事情可指点，也不是一朝一夕之功。我实在不知从何说起，但又觉得非说不可。环问我："这种窘题，你将怎么做？"我答："我不知道怎样做，我自信做得下去。"

人和"其他"外缘的关联，打开窗子说亮话，是没有那回事。真的不可须臾离的外缘是人与人的系属，所谓人间便是。我们试想：若没有飘零的游子，则西风下的黄叶，原不妨由它们花花自己去响着。若没有憔悴的女儿，则枯干了的红莲花瓣，何必常夹在诗集中呢？人万一没有悲欢离合，月即使有阴晴圆缺，又何为呢？怀中不曾收得美人的倩影，则入画的湖山，其黯淡又将如何呢？……一言蔽之，人对于万有的趣味，都从人间趣味的本身投射出来的。这基本趣味假如消失了，则大地河山及它所有的兰因絮果毕落于渺茫了。在此我想注释我在《鬼劫》中一句费解的话："一切似吾生，吾生不似那一切。"

离题已远，快回来吧！我自述鄙陋的经验，还要"像煞有介事"，不又将为留学生所笑乎？其实我早应当自认这是幻觉，一种自骗自的把戏。我在此所要解析的，是这种幻觉怎样构成的。这或者虽在通人亦有所不弃罢。

这儿名说是谈清河坊，实则包括北自羊坝头，南至清河坊这一条长街。中间的段落各有专名，不烦枚举。看官如住过杭州的，看到这儿早已恍然；若没到过，多说也还是不懂。杭州的热闹市街不止一条，何以独取清河坊呢？我因它逼窄得好，竟铺石板不修马路亦好；认它为 typical 杭州街。

我们雅步街头，则矻磴矻磴地石板怪响，而大嚷"欠来！欠来！"的洋车，或前或后冲过来了。若不躲闪，竟许老实不客气被车夫推搡一下，而你自然不得不肃然退避了。天晴还算好，落雨的时候，那更须激起石板洼隙的积水溅上你的衣裳，这真糟心！这和被北京的汽车轮子溅了一身泥浆是仿佛的。虽然发江南热的我觉得北京的汽车是老虎，（非彼老虎也！）而杭州的车夫毕竟是人。你拦阻他的去路，他至多大喊两声，推你一把，不至于如北京的高轩哀嘶长唳地过去，似将要你的一条穷命。

哪怕它十分喧阗，悠悠然的闲适总归消除不了。我所经历的江南内地，都有这种可爱的空气；这真有点儿古色古香。我在伦敦纽约虽住得不久，却已嗅得欧美名都的忙空气；若以彼例此，则貌乎小矣。杭州清河坊的闹热，无事忙耳。他们越忙，我越觉得他们是真闲散。忙且如此，不忙可知。——非闲散而何？

我们雅步街头，虽时时留意来往的车子，然终不失为雅步。走过店窗，看看杂七杂八的货色，一点没有 Show Window 的规范，但我不讨厌它们。我们常常去买东西，还好意思摔什么"洋腔"呢？

我俩和娴小姐同走这条街的次数最多，她们常因配置些零星而去，我则瞎跑而已。有几家较熟的店铺差不多没有不认识我们的。有时候她们先到，我从别处跑了去，一打听便知道，我终于会把她们追着的。大约除掉药品书报糖食以外，我再不花什么钱，而她们所买绝然不同，都大包小裹的带回了家，挨到上灯的时分。若今天买的东西少，时候又早，天气又好，往往雇车到旗下营去，从繁热的人笑里，闲看湖滨的暮霭与斜阳。"微阳已是无多恋，更苦遥青著意遮。"我时时看见这诗句自己的影子。

清河坊中，小孩子的油酥饺是佩弦以诗作保证的。我所以时常去买来吃。叫她们吃，她们以在路上吃为不雅而不吃；常被我一个人吃完了。油酥饺冰冷的，您想不得味罢。然而我竟常买来吃，且一顿便吃完了。您不以为诧异吗？不知佩弦读至此如何想？他不会得说："这是我一首诗的力啊！"

我收集花果的本领真太差，有些新鲜的果子，藏在怀中几年之后，不但香色无复从前，并且连这些果子的名目，形态，影儿都一起丢了。这真是所谓"抚空怀而自惋"了。譬如提到清河坊，似有层层叠叠感触的张本在那边，然细按下去，便觉洞然无物。即使不是真的洞然，也总是说它不出。在实际上，"说不出"与"洞然"的差别,真是太小了。

　　在这狭的长街上,不知曾经留下我们多少的踪迹。可是坚且滑的石板上,使我们的肉眼怎能辨别呢?况且,江南的风虽小,雨却豪纵惯了的。暮色苍然下,飒飒的细点儿,渐转成牵丝的"长脚雨",早把这一天走过的千千人的脚迹,不论男的女的老的少的村的俏的,洗刷个干净。一日且如此,何论旬日;兼旬既如此,何论经年呢!明日的人儿等着哩,今日的你怎能不去!不看见吗?水上之波如此,天上之云如斯;云水无心,"人"却多了一种荒唐的眷恋,非自寻烦恼吗?若依颉刚的名理推之,烦恼是应当自己寻的;这却又无以难他。

　　我由不得发两句照例的牢骚了。天下惟有盛年可贵,这是自己证明的真实。梦阑酒醒,还算个什么呢,千金一刻是正在醉梦之中央。我们的脚步踏在土泥或石上,我们的语笑颤荡在空气中,这是何等的切实可喜。直到一切已黯淡渺茫,回首有凄怵的颜色,那时候的想头才最没有出息。一方面要追挽已逝的芳香,一方面妒羡他人的好梦。去了的谁挽得住,剩一双空空的素手;妒羡引得人人笑,我们终被拉下了。这真觉得有点犯不着,然而没出息的念头,我可是最多。

　　匆匆一年之后,我们先后北来了。为爱这风尘来吗?还是逃避江南的孽梦呢?娴小姐平日最爱说"窝逸"。破烂的大街,荒寒的小胡同,时闻瑟缩的枯叶打抖,尖厉的担儿吆喝,沉吟的车骨碌的话语,一灯初上,四座无言;她仍然会说"窝逸"吗?或者斗然猛省,这是寂寞长征的一尖站呢?我毕竟想不出她应当怎样着想方好。

　　我们再同步于北京的巷陌,定会觉得异样——脚下的尘土,比棉花还软得多哩。在这样的软尘中,留下的踪迹更加靠不住了,不待言。将来万一,娴小姐重去江南,许我谈到北平的梦,还能如今日谈杭州清河坊巷这样的洒脱吗?"人到来年忆此年。"想到这里,心渐渐的低沉下去。另有一幅飘零的图画影子,烟也似的晃荡在我眼下。

话说回来,干脆了当!若我们未曾在那边徘徊,未曾在那边笑语,或者即有徘徊笑语的微痕而不曾想到去珍惜它们,则莫说区区清河坊,即十百倍的胜迹亦久不在话下了。我爱诵父亲的诗句:"只缘曾系乌篷艇,野水无情亦耐看。"

湛江十日

■ 冰 心

一九六一年底,我在湛江度过了难忘的十天,回来后就有出国的任务,把我所要写的"湛江"滑过去了。这十几个月之中,几番提笔,总感到明日黄花,不大好写。湛江和祖国其他的地方一样,你去过一次,再来时已是万象更新,那时撒下的种子,现在已经遍地开花,那时开着的花心现在已经累累结果。追述过去,不如瞻望将来。但是,正因为是过去的经历,有些人物,有些山水,在迷蒙的背景中,却更加鲜明,更加生动。它们像闪闪发光的帆影,在我的脑海中不断地明灭!这回忆,往往把我重新放在一种特别浓郁的色、香、味之中,使我的心灵,再来一阵温馨,再起一番激发,就是这奇妙的感情,逼得我今天又提起笔来。

湛江不像北京和南京,也不像苏州和杭州,它没有遍地的名胜古迹,更没有壮丽精雅的宫殿园林,它在古代是蛮风瘴雨之乡,当宋朝丧失了北部边疆的时候,便把得罪朝廷的人们,贬谪到这地方来。著名诗人苏东坡,便是其中之一。解放前的五十年中,它是法帝国主义者所盘踞的"广州湾",这里除了一条法国人居住的街道以外,只有低洼、腥臭、窄小的棚寮和草屋。除了骑在人民头上的帝国主义者和反动派之外,就是饥饿贫困的人民。但是这些饥饿贫困的人民,五十年来,坚持着抗法斗争、抗日斗争和解放斗争,终于在一九四九年十二月十九日,冲洗净了这颗祖国南海的明珠,使它在快乐勇敢的人民手里，发出晶莹的宝光！

一九六一年底我们从严冬的北京，骤然来到浓绿扑人的湛江市，一种温暖新奇的感觉，立刻把我们裹住了。这宽阔平坦的大道，大道两旁浓密的树荫，树荫外整齐高大的楼屋，树荫下如锦的红花，如茵的芳草，还有那座好几里长的海滨公园。连续不断的矮矮的紫杜鹃花墙，后面矗立着高大的椰林，林外闪烁着蔚蓝的波光，微风吹送着一阵阵的海潮音，这座新兴的海滨城市，景物是何等地迷人呵！

在这里，道路是人民开的，楼屋是人民盖的，花草树木是人民栽的……几十万双勤劳的手在十二年之中，建起了一座崭新的现代的城市。当我看到这座城市的时节，我的喜乐，我的自豪，并不在看到京、宁、苏、杭的那些古代中国人民所创造的宫殿园林以下。反过来，我倒感到，我国古代的劳动人民，尽力地兴建了那些宫殿园林，却不能恣情享受自己劳动的果实，而在解放后的今天，人民的点滴血汗，都能用在自己身上，这奇迹般的美丽的城市，就是在这种无比热情和冲天干劲之下产生的。

在这里，最使人眼花缭乱的，是树木花草。树木里有凤凰树、相思树、合欢树、椰子树，还有木麻黄。这木麻黄树，真值得大书特书！这种树我从来没有见过，连名字也是我在翻译印度泰戈尔的小说的时候才接触到的。我只知道它是一种热带的树，从那篇小说里也看不出它的特征，翻译过后也就丢开手。没想到这次在祖国的南方，看到了它的英雄本色！它的形象既像松柏又像杨柳。有松柏的刚健又有杨柳的婀娜，直直的树干，细细的叶子，远远地看去，总像笼住一团薄雾。它不怕台风，最爱海水，离海越近它长得越快。解放后，翻身的湛江人民要在这一片荒沙上建立起美丽的家园，他们就利用这种树木的特长,在沙岸上里三层外三层地种起木麻黄树来。这些小树,一行行一排排地扎下根去,聚起沙来,在海波声中欣欣向荣地成长,步步为营地与海争地。到如今,这道绿色长城,蜿蜒几百里,把这座花园城市围抱了起来。当我们的车沿着这道长城飞驰而过的时候,心里总会联想到从前在国庆佳节,从观礼台前雄赳赳气昂昂地整齐走过的人民解放军的队伍。在气魄和性格上,他们和木麻黄树完全是一样的。

说到花草,那真是绝美,可以说是有花皆红,无草不香。这里的花,不论是大的、小的、单瓣的、双瓣的、垂丝的、成串的……几乎没有一种不是红的。在浓绿的密叶衬托之下,光艳到不可逼视。乍从严冬的北方到来的人,忽然看到满眼的红光,真是神摇目眩,印象深得连睡梦也包围在一片红云之中!这些花名,有的是我们叫得出来的,如一品红、垂丝牡丹、夹竹桃……但多半是初次听到的,如炮仗花、龙吐珠、一串红、毛茸红等等,有的花名连陪我们的主人也不知道,他们只笑答:"横竖是大红花呗!"他们那种司空见惯满不在乎的神情,真使人又羡又妒。说到草,所谓"十步之内,必有芳草","天涯何处无芳草",才真是这里的写实。我们随时俯下身去,捡起一片叶子,在指头上捻着,都会喷出扑鼻的香气。哪怕是一片树叶,如柠檬桉,闻着也是香的。摘过树叶的手,再去翻书,第二天会发现书页上还有余香!

主人说,可惜我们种树的日子还浅,飞来的鸟儿还不多。但是蝴蝶真是不少,而且种类还多。我们常看见相思树上飞舞着一团一团的蝴蝶。在文采光华的地方,连蝴蝶也不是粉白淡黄的!这些蝴蝶翅翼的颜色,就像虎皮一样,黄黑斑斓。它们不是成双捉对地飞,而是一群一群地上下舞扑,和乳虎一般地活泼壮丽。此外还有翠蓝色的像孔雀翎一样的蝴蝶，在红情绿意中闪出天鹅绒般的柔光，这都是北方所看不到的。

其实，花木也好，草虫也好，都不过是我的画图中的人物的陪衬。这十几个月之中我脑子里始终忘不了在湛江招待我们的主人。他们是一群最可爱的人，在抗日战争、解放战争中，一直从长白山、大别山、太行山，一个胜利接着一个胜利地打到海南岛，最后他们"解甲归农"。他们在这里披荆斩棘，开辟出几十万亩广阔平坦的田园，他们用木麻黄和其他高大的树，种植出棋盘般的防风林带，围护了农林作物，改良了环境，调节了气候。他们在这些标准林园里，办着社会主义农业企业，为祖国生产了许许多多的物资财富，加速了祖国的社会主义建设。他们在对敌战争中是最勇敢的战士，在建设时期是最辛勤的劳动者，在招待客人上又是最热情的主人。他们热情洋溢地把我们当作远别的亲人一般，带领我们参观了他们开创出来的家园，给我们介绍了周围环境里过去和现在的一切。他们白天陪我们参观，晚上和我们畅谈，到现在我的耳中还不时地响着激动的一段叙述，热情的一声招呼……在这些声音后面，涌现出一个个熟悉的人：中年的，年轻的、豪爽的，拘谨的，泼辣的，腼腆的……这些形象和他们背后的蓬勃浓郁的画景，不断地一幅一幅向我展开……

他们把我们从飞机场簇拥到霞山海滨招待所。这是一个童话般美丽的地方。我们头一夜就兴奋得没有睡稳，早晨一睁眼就赶紧起来，走到窗前，纵目外望：十几座楼房错落地隐现在繁花丛树之中。在近处，一丛翠竹旁边立着高出屋檐的一品红，盘子大的花朵，就像红绒剪成的那么光润。再远些，矮的是大叶子的红桑，稍高的是嫩绿叶的玉兰花树，最后面是树梢上堆着细小的黄花的相思树。这一层层深浅浓淡的颜色，交融在一起，鼻子里闻到沁入心腑的含笑花和玫瑰花香，耳朵里听到树影外的海潮摇荡的声音。就在这种轻清愉快的气氛里，我们开始了幸福的十天！

　　我们首先参观了他们农场里面的热带植物研究所。在会客室中饱餐了他们种出来的花生和香蕉，痛饮了他们自己种出来的咖啡，然后在种植园中巡礼。这里真是祖国的宝地，从东亚各地引种过来的，如油棕、咖啡等经济作物，都生长得很茂盛。在我们惊奇赞赏之下，主人们不但往我们车上装了许多新从树上摘下的木瓜、香蕉和甘蔗；还往我们手里和口袋里塞了许多珍奇的花果，如九里香、玉兰、玫瑰茄、乳茄、番鬼荔枝等，一路走着，愈拿愈多，压得我们胳臂都酸了。第二次参观的是他们的湖光农场的一部分。在棋盘式的高大防风林里，我们看到了一望无际的幼小树苗，安稳地整齐站立在低暖的地方，欣欣向荣地在茁长着。我们参观了三鸟场和畜牧场。牧鹅的姑娘，挤奶的女工，养猪的老汉……在清水池塘边，和整洁的厩房里，紧张而又悠闲地工作着。在鸡栏里我们看到一群火鸡，垂下文采辉煌的双翅，一只只彩船似地向着我们稳稳地驶来。猪圈里有日本猪和荷兰猪，但是最好看的还是本地种的猪，雪白的背上，堆着沿着浅灰色边的大黑花点，这种猪是我在别处所没有见过的。

　　我们参观了雷州青年运河工程，到了新建成的鹤地水库。生长在北方的我，从来没有想到祖国极南端的雷州半岛会是个缺水的地方！主人们笑着向我介绍：雷州地区，平原地带多，森林丛草少，通过这地区的九洲河，河床窄浅，有雨就泛滥成灾，不起灌溉的作用。一九五八年，在党的领导下，雷州十万人民，特别是青年，用了十四个月的工夫，开出一百七十四公里长的青年运河。他们截断了九洲河，建了水库。在运河通过的道上，凸出的地方挖深了，凹下的地方兴修起槽道，引出一股潺潺清澈的河流，来灌溉雷州半岛的二百五十万亩土地。我们站在鹤地水库堤边上，只觉得它微波粼粼，远山围抱，和密云水库、十三陵水库的面貌大同小异，有如同胞姐妹。倒是未到水库之先，路上所看到的矗立的高大的槽道，地上望去，好似在江上仰望长江大桥一般，十分雄伟，十分美丽。将来这里桥上走车，桥下行船，这种奇观，是密云水库和十三陵水库所没有的。去到水库的路上，在赤坎地方，经过一座很短的"寸金桥"，但是这座桥的意义却不小，它纪念了一八九八年至一八九九年间，当地人民奋起抵抗法帝国主义者的英勇事迹。他们把祖国的一寸土地当作一寸金子那样地护惜，他们据河苦战把法帝国主义者强占地土地，从一百几十里缩小到十几里！我们下了车，读了桥上的碑文，在窄窄的河边，一棵很大的缅甸合欢树下，徘徊瞻仰了许久。

南三联岛之行，也是使人永不忘怀的。这天天气晴和，我们到了码头，那里停着一艘登陆艇——登陆艇船头的栏杆，放下来是跳板，吊上去就是船栏。出去时，迎着清新的海风，归来时，望着朦胧的落日，在来去的航程中，我就没有离开栏杆一步！真的，从离开海滨生活起，好久好久没有在小艇上作过乘风破浪的海行了。

南三联岛本是十个孤岛，解放前这里住着三万多农民和渔民。这些人整年整月地要和潮、沙、风、旱四种自然敌人，作殊死的搏斗。再加上帝国主义者和反动派的罪恶统治，磨死的、逃荒的、已经所余无几了。解放后，党领导了岛上的居民清了土匪，反了恶霸，一步一步地解决了饮水、烧柴等等迫切的问题。本来这些岛上的人民，要到湛江一趟，至少要渡过七次海，自从一九五〇年开始了联岛的工程以后，人民生活又大大地提高了。他们不但填了海，还种了树，圈出田地，筑起水堤，把这几个小岛，链条般接在一起。建设成一个树木葱茏，庄稼遍地的园林……我们站在船头上，听着这一段神话般的改造自然的奇迹，四十分钟以后，南三联岛就已青葱在望。我们从东调岛湖村湾上岸，已经有辆大车在滩头等着。沿着一条平坦的大道，经过好几个鱼池、盐田、稻田和错落的新盖的民居，直到东头灯塔岛的招待所。这招待所的一排楼房，荫蔽在万木丛中，我们从大路下车，在沙地上走了几里路，正觉得有些炎热，一进入这片木麻黄树的深林，骤然感到凉透心脾，在清鲜的空气中，抬头相顾，真是"人面皆绿"。原来这岛上从一九四九年起，就开始造林，在离海七八步的沙滩上，种上密密的木麻黄树。这里的林带面积长六十华里，宽五至十华里，面积共有十万亩。这十二年之中木麻黄树已葱郁成林，海水也后退了有一百公尺，就是这座木结构的招待所楼房，也是用木麻黄木建成的。木麻黄树材质又硬又苦，蚂蚁不敢吃也啃不动，是最理想的建筑木材。我们在这楼上听了公社吴书记的极其生动的报告，吃了他们自种的花生、大米，和他们自捕的鱼、自养的鸡。这个从前曾是荒岛上的人民的生活，和我们祖国的每个角落的人民一样，也已经开始富裕起来了。

最后，我还要谈一谈湛江的码头。法帝国主义者占据湛江大港，就为的是要抢到一个从中国掠得物资的出口，但是他们在这里只修了一个小小的栈桥码头。解放后十几年之中，人民亲手建设起来的崭新的湛江港，它就拥有现代化的起重运输和装卸设备，有宽大码头，各种货物可以直接装上火车。在这个清碧的海港里，每天进出着几十艘社会主义国家、民族主义国家和资本主义国家的商轮。在港区，还有一座现代化的海员俱乐部，亲切地接待着来湛江作客的各国海员。我们参观了里面的百货商店、阅览室、餐厅、舞场和各种文娱设备。资本主义国家商船上的海员，在新中国湛江大港逗留时期中，过的是愉快健康的生活，帝国主义统治下的那些黑暗污秽的陈迹，早已一洗无余了。

我们在码头边登上一艘停在那里的名叫"芍药"的商轮。这只船航行于广州和湛江之间。船长姓马，是一位从海外归来的航海者，和我们纵谈他自己归国前后的海上生活。这一段"海客谈瀛洲"，以愤懑开始，以自豪结束。这位船长，和我所熟悉的海上工作人员一样，十分豪爽，十分热情。他坚决要留我们在船上吃饭，但是我们知道海员们在岸上的时间很短，是十分宝贵的，结果只应邀和他们一同照了几张相片，就恋恋地道别了。

这以后，我就匆匆地在一九六一年的除夕，独自飞回祖国的首都。那几天正遇到寒流，下了飞机，朔风凛冽。一路进城，西边是苍黄的田野，和光裸的挺立的树行，回忆湛江飞机场上送行的人群，和衬托着这些人物的青葱的背景，心里有着一种说不出的滋味！十几度月圆过去了，如今正是凤凰树开花的季节，湛江的条条大道上，也张开了红罗的幔幕，应该是我践约南行的时候了。我还曾经应许我的"解甲归农"的朋友们，说我要像南飞的燕子，一年一度地回到赤露山楼檐下的旧巢。但是，春天也罢，秋天也罢，我去得了也罢，去不了也罢，当全国人民，在党的"以农业为基础，以工业为主导"的号召下，万众一心，在自己的岗位上，努力完成这伟大而艰巨的任务的时候，我就想到我的湛江朋友们正在这条战线的最前沿，坚韧而乐观地战斗着。让我的湛江回忆，时时鼓舞推动着我，使我在自己的林园里，也做一个像他们一样的坚韧而乐观的劳动者！

台北家居

■ 梁实秋

"长安米贵,居大不易",原是调侃白居易名字的戏语。台北米不贵,可是居也不易。38年左右来台北定居的人,大概都有一个共同的感觉,觉得一生奔走四方,以在台北居住的这一段期间为最长久,而且也最安定。不过台北家居生活,三十多年中,也有不少变化。

我幸运,来到台北三天就借得一栋日式房屋。约有三十多坪,前后都有小小的院子,前院有两棵香蕉,隔着窗子可以窥视累累的香蕉长大,有时还可以静听雨打蕉叶的声音。没有围墙,只有矮矮的栅门,一推就开。室内铺的是榻榻米,其中吸收了水气不少,微有霉味,寄居的蚂蚁当然密度很高。没有纱窗,蚊蚋出入自由,到了晚间没有客人敢赖在我家久留不去。"衡门之下,可以栖迟。"不久,大家的生活逐渐改良了,铁丝纱、尼龙纱铺上了窗栏,很多人都混上了床,藤椅、藤沙发也广泛的出现,榻榻米店铺被淘汰了。

在未装纱窗之前,大白昼我曾眼看着一个穿长衫的人推我栅门而入,他不敲房门,迳自走到窗前伸手拿起窗台上放着的一只闹钟,扬长而去。我追出去的时候,他已经一溜烟的跑了。这不算偷,不算抢,只是不告而取,而且取后未还,好在这种事起初不常有。窃贼不多的原因之一是一般人家里没有多少值得一偷的东西。我有一位朋友一连遭窃数次,都是把他床上铺盖席卷而去,对于一个身无长物的人来说,这也不能不说是损失惨重了。我家后来也蒙梁上君子惠顾过一回，他闯入厨房搬走一只破旧的电锅。我马上买了一只新的，因为要吃饭不可一日无此君。不是我没料到拿去的破锅不足以厌其望，并且会受到师父的辱骂，说不定会再来找补一点什么；而是我大意了，没有把新锅藏起来，果然，第二天夜里，新锅不翼而飞。此后我就坚壁清野，把不愿被人携去的东西妥为收藏。

中等人家不能不雇用人，至少要有人负责炊事。此间乡间少女到城市帮佣，原来很大部分是想藉此摄取经验，以为异日主持中馈的准备，所以主客相待以礼，各如其分。这和雇用三河县老妈子就迥异其趣了。可是这种情况急遽变化，工厂多起来了，商店多起来了，到处都需要女工，人孰无自尊，谁也不甘长久的为人"断苏切脯，筑肉臛芋"。于是供求失调，工资暴涨，而且服务的情形也不易得到雇主的满意。好多人家都抱怨，佣人出去看电影要为她等门；她要交男友，不胜其扰；她要看电视，非看完一切节目不休；她要休假、返乡、借支；她打破碗盏不作声；她敞开水管洗衣服。在另一方面，她也有她的抱怨：主妇碎嘴唠叨，而且服务项目之多恨不得要向王褒的《僮约》看齐，"不得辰出夜入，交关伴偶"。总之，不久缘尽，不欢而散的居多。此今局面不同了。多数人家不用女工，最多只用半工，或以钟点计工。不少妇女回到厨房自主中馈。懒的时候打开冰箱取出陈年剩菜或是罐头冷冻的东西，不必翻食谱，不必起油锅，拼拼凑凑，即可度命。馋的时候，阖家外出，台北餐馆大大小小一千四百余家，平津、宁浙、淮扬、川、湘、粤，任凭选择，牛肉面、自助餐也行。妙在所费不太多，孩子们皆大欢喜，主妇怡然自得，主男也无须拉长驴脸站在厨房水槽前面洗盘碗。

台北的日式房屋现已难得一见，能拆的几乎早已拆光。一般的人家居住在四楼的公寓或七楼以上的大厦。这种房子实际上就像是鸽窝蜂房。通常前面有个几尺宽的小洋台，上面排列几盆尘灰渍染的花草，恹恹无生气；楼上浇花，楼下落雨，行人淋头。后面也有个更小的洋台，悬有衣裤招展的万国旗。客人来访，一进门也许抬头看见一个倒挂着的"福"字，低头看到一大堆半新不旧的拖鞋——也许要换鞋，也许不要换，也许主人希望你换而口里说不用换，也许你不想换而问主人要不要换，也许你硬是不换而使主人瞪你一眼。客来献茶？没有那么方便的开水，都是利用热水瓶。盖碗好像早已失传，大部分是使用玻璃杯。其实正常的人家，客已渐渐稀少，谁也没有太多的闲暇串门子闲磕牙，有事需要先期电话要约。杜甫诗："但使残年饱吃饭，只愿无事长相见"，现在不行，无事为什么还要长相见？

"千金买房，万金买邻"，话是不错，但是谈何容易？谁也料不到，楼上一家偶尔要午夜跳舞，篷拆之声盈耳；隔壁一家常打麻将，连战通宵；对门一家养哈巴狗，不分晨夕的吠影吠声，一位新来的住户提出抗议，那狗主人忿然作色说："你搬来多久？我的狗在此已经吠了两年多。"街坊四邻不断的有人装修房屋，而且要装修得像电视综艺节目的背景，敲敲打打历时经旬不止。最可怕的是楼下开了一家汽车修理厂，日夜服务，不但叮叮当当响起敲打乐，而且漆鬃焊接一概俱全，马达声、喇叭声不绝于耳。还有葬车出殡，一路上有音乐伴奏，不时的燃放爆竹，更不幸的是邻近有人办白事，连夜的诵经放焰口，那就更不得安生了。"大隐隐朝市"，我有一位朋友想"小隐隐陵薮"，搬到乡野，一走了之，但是立刻就有好心的人劝阻他说："万万不可，乡下无医院，万一心脏病发，来不及送院急救，怕就要中道崩殂！"我的朋友吓得只好客居在红尘万丈的闹市之中。

家居不可无娱乐。卫生麻将大概是一些太太的天下。说它卫生也不无道理,至少上肢运动频数,近似蛙式游泳。只要时间不太长、输赢不大,十圈八圈的通力合作,总比在外面为非作歹、伤风败俗要好得多。公务人员与知识分子也有乐此不疲者。梁任公先生说过"只有打麻将能令我忘却读书,只有读书能令我忘却打麻将。"我们觉得饱学如梁先生者,不妨打打麻将。也许电视是如今最受欢迎的家庭娱乐了,只要具有初高中程度,或略识之者,甚至文盲,都可以欣赏。当然,胃口需要相当强健,否则看了一些狞眉皱眼怪模怪样而自以为有趣的面孔,或是奇装异服不男不女蹦蹦跳跳的人妖,岂不要作呕?年轻的一代,自有他们的天地,郊游、露营、电影院、舞厅、咖啡馆,都是赏心悦目的胜地,家庭有娱乐,对他们而言,恐怕是渐渐的认为不大可能了。

五十多年前,丁西林先生对我说,他理想中的家庭具备五个条件:一是糊涂的老爷,二是能干的太太,三是干净的孩子,四是和气的佣人,五是二十四小时的热水供应。这是他个人的理想,但也并非是笑话。他所谓糊涂,当然是"小事糊涂,大事不糊涂";所谓能干是指里里外外上上下下一手承担;所谓干净是说穿戴整洁不淌鼻涕;所谓和气是吃饱喝足之后所自然流露出来的一股温暖。至于热水供应,则是属于现代设备的问题。如果丁先生现住台北,他会修正他的理想。旧时北平中上之家讲究"天棚、鱼缸、石榴树、先生、肥狗、胖丫头",那理想更简单了。台北家居,无所谓天棚,中上人家都有冷气,热带鱼和金鱼缸各有情趣,石榴树不见得不如兰花,家里请先生则近似恶补,养猫养狗更是稀松平常,病了还有猫狗专科医院可以就诊(在外国见到的猫狗美容院此地尚付阙如),胖丫头则丫头制度已不存在,遑论胖与不胖?说不定胖子还要设法减肥。

台北家居是相当安全的。舞动长刀扁钻杀人越货的事常有所闻,不过独行盗登门抢劫的事是少有的。像某些国家之动辄抢银行、劫火车，则此地之安谧甚为显然。夜不闭户是办不到的，好多人家窗上装了栅栏甘愿尝受铁窗风味，也无非是戒慎预防之意。至于流氓滋事，无地无之，是非之地少去便是。台北究竟是一个住家的好地方。

曲阜游记

■ 李健吾

我在曲阜住了几天,等于温习一遍《论语》。《论语》是我爱看的一部古书,有些话挺有意思,尤其是孔子本人,可亲可近。不是历代帝王和儒家把他塑成泥像的话,他不会在"五四"时期挨那一顿的。

我从白杨夹道的公路远远望见了曲阜。鲁城早已不在了,孔林南界的土墙可能就是它的北城基。洙水河可能就是它的护城河。现在的城墙是明朝正统年间修筑起来的,有五百多年历史。小城比较完整,孔庙和孔府占去几乎一半的面积。南门外公路转角的地方有一座高亭,石头上刻着"此天下之大道也"七个字。南门直对着孔庙的棂星门,往东拐一个弯,就看见"阙里"的石碑坊。穿过钟楼,朝北走下去,你在树荫深处,发现对面有一个小红门,紧贴孔庙,和孔府的大门在一条线上,据说是孔子旧宅原来的门址。

孔庙的毓粹门和观德门永远开着,进庙要走,从东城到西城,从西城到东城,也非穿行不可。大成门的形势让你想起北京故宫的午门,一边是东华门,一边是西华门,所不同的是午门前面空落落的,大成门前面柏荫遮天之外,还有十三座历代帝王的碑亭,立在道路两旁。这些碑亭大小相等,外行人看来,只在细处稍有不同,对研究历代建筑的学者来说,西有唐和元,东有宋和金,此外还有明和清,比较研究，十分便利。

人一进大成门，注意力就被宏伟的大成殿吸引，只是由于必须经过院子，才留心到孔子进学的旧址，周围有几棵杏树，叫做杏坛。孔子有三千弟子，大概是说一辈子收了这么多学生，不然的话，一个人教也教不过来。回转身子，看大成门东阶底下的"孔子手植桧"吧。一个不怎么大的玻璃盒子，罩着黑乌乌的小栽子，见面不如闻名，无怪乎李东阳叹惜道：

嗟哉古桧毁，仅见孤根存。

桧树是一个什么样子，我说不上来，《本草纲目》说是"柏叶松身者，桧也。"反对秦桧投降主义的赵鼎曾经咏赞它道：

擢秀真儒宅，垂阴数仞墙，封培因圣力，茂悦得灵长。

想见当年参天的雄姿。他看见的桧树，已经是第二次再活过来的了。明朝孝宗年间，又连庙一同烧掉，有些焦枝烂木，你捡我藏，留下这几根木头，只好拿玻璃罩子圈起来。

大成殿是孔庙的正殿，十根盘龙大柱，平列一排，给庄严的气象添了不少蟠曲腾踔的生动姿态。殿里的孔子塑像是皇帝装束，离我想象中的孔子很远。一个人喜欢在河边乘风纳凉，听见好音乐就三个月想不起肉味道，穷学生有造诣也能赞不绝口，穿这么一身皇帝衣裳觉得很不相称。殿里靠近门窗的地方，陈列着整套的古乐器，有一种乐器像一只大斗，叫做柷，用木槌敲三下，表示奏鸣开始；有一种乐器像一只趴着的老虎，一曲终了，把背上小板板打到地上；都是木头做的，听起来并不入耳。有趣的是殿外东角落，石栏杆有两个柱头，用手敲敲，发出编磬一样悦耳的响声。从东西向敲这两个柱头，和别的柱头一样，只能敲出发闷的石头声音。有童心的游人大概不少吧，敲来敲去，两个柱头已经发黑、发亮了。

后殿是圣迹殿，看了半天，只有顾恺之的《行教图》，我比较喜欢：孔子前头走，颜回跟在后头，又质朴又亲切，那副闲在的样子，容易让人接近。

说到石画，我想起陈列在同文门和大中门廊两侧汉、唐以来的石刻。有的是图案花纹，用线条组织的，用动物比对的都很耐看；有的是生活景物，形形色色，非常动人：一个人跳舞，化装成鸟模样，造罗汉的也有，还有做掷球戏的，玩五六球的已经不简单了，还有玩九个的，空里三个，手里各一个，脚上各一个，肩头一个，歪起屁股来还顶一个。有一部分是贵人行乐，在野外打猎的，在水阁子和石桥观鱼的，什么都有。托住水阁子的是桥边斜伸出去、一层比一层远的石头。只是水里的鱼大了些，显得画面古拙了。还有一幅是两个人下棋，坐在南边的一位，大概是受到了突袭，张口扬手，大惊失色，似乎可以听到。据说前些日子，来了一位德国专家，在这两个门廊待了好几天，临摹照相，依依不舍。

从观德门外朝南望，有一个长长的空场，是孔子习射的矍相之圃。空场一旁，如今盖了一座影剧院。走出毓粹门，衍圣公的黑漆大门的府第就在路北。门口挂着一副长联，是清朝纪晓岚的手笔：

  与国咸休安富尊荣公府第
  同天并老文章道德圣人家

"富"字的宝盖缺一点，暗示富无尽头。现在再读这副门联，觉得充满嘲笑的意味。一切陈设照旧，公堂还是公堂，签筒在，虎皮椅在，仪仗在，账簿在，刑具在，只是人不在，威风不在。

穿出鼓楼，望见县城的北门。北门大街的东侧是颜回庙。庙里有一个"陋巷旧址"碑。从北门出去，走三里路，来到孔林。孔子死后，弟子不肯散，守了三年墓，子贡舍不得走，又多待了三年。孔墓前面，坐西面东，有三间小屋，传说是子贡"庐墓处"，另外还有一棵枯楷树，在孔墓的东南，前面立着碑，上面写着"子贡手植楷"。楷树看上去很像槐树，只是叶厚而尖，色泽较深，比槐树似乎干净。孔林能有今天，和弟子守墓，特别是子贡守墓，应当很有关系。子贡有钱，六年里头，一定费了不少心力、物力，经营老师的坟墓。孔墓东边是他儿子伯鱼的坟墓，南边是他孙子子思的坟墓，风水家把这种形势说成"携子抱孙"。孔林周围有十四里，坟墓垒垒，孔子的后裔几乎都埋在这里。著名的《桃花扇》的作者孔尚任就埋在孔林一个偏远的角落。杂草丛生，高可三尺，而又林木茂密，青苔滑人，只好带着遗憾，不去寻找了。

站在一个高地方，往四下里望，你会发现曲阜三面临山，从北到东，从东到南，峰峦忽高忽低，好像一条断了的弧线，形成天、地的分界。泰山模模糊糊，在北边遥遥控制着它的两个小孩子：凤凰山和石门山。名气最大的是东南的尼山，孔子的母亲在这里祷告上天才有了孔子的。东边地势高，所以河水全朝西流、南流。泗水在孔林后面几里的地方流过，洙河穿过孔墓的甬道，沿着县城的西郊，流入南郊的沂水，一共只有十六里长。南郊有一条小河，也很有名，就是时隐时现的雩水，傍着孔子爱乘风凉的舞雩台。再往南去，就是孔子夏天常带学生去洗澡的沂水，雩水流入沂水，沂水又在兖州附近流入泗水。山不算高,水却正好,所以你朝任何方向一望,便见阡陌相连,高的有高粱和玉蜀黍,低的有大豆和地瓜,谷子不高不低,好像一片绿海,漂着赭黄色和土黄色的穗子。紧靠东南城外,长着五百多亩茁壮的水稻。水源是东南城根的文献泉,据说由于水香的缘故,出产的香粳米也就分外芬芳。

丰收在望,农民的心情都很舒畅,天才蒙蒙亮,就一车又一车的瓜果,送到集市上出卖。有的夜晚留下来,在剧院看戏,和月亮一同回去。

曼哈顿街头夜景

■丁 玲

去年十一月四日,我到了纽约,这是世界上最大的城市之一。傍晚,我住进了曼哈顿区的一家旅馆,地处纽约最繁华的市区。夜晚,我漫步在银行、公司、商店、事务所密聚的街头。高楼耸立夜空,像陡峻的山峰,墙壁是透明的玻璃,好像水晶宫。五颜六色的街灯闪闪烁烁,远远近近,高高低低,时隐时现,走在路上,就像浮游在布满繁星的天空。汽车如风如龙,飞驰而过,车上的尾灯,似无数条红色丝带不断地向远方引伸。这边,明亮的橱窗里,陈列着锃锃发亮的金银餐具,红的玛瑙,青翠的碧玉,金刚钻在耀眼,古铜器也在诱人。那边,是巍峨的宫殿,门口站着穿制服的巡警,美丽的花帘在窗后掩映。人行道上,走着不同肤色的人群,服装形形色色,打扮五花八门,都那样来去匆匆。这些人从哪里来?到哪里去?他们走在通衢大道、却似在险峻的山路上爬行,步步泥泞。曼哈顿是大亨们的天下,他们操纵着世界股票的升降,有些人可以荣华富贵,更多的人逃不脱穷愁的命运。是幸福或是眼泪,都系在这交易所里的电子数字的显示牌上。我徜徉在这热闹的街头,四顾灿烂似锦似花,但我却看不出它的美丽。我感到了这里的复杂,却不认为有多么神秘。这里有一切,这里没有我。但又像一切都没有,唯独只有我。我走在这里,却与这里远离。好像我有缘,才走在这里;但我们之间仍是缺少一丝缘分,我在这里只是一个偶然的、匆忙的过客。

看，那街角上坐着一个老人，伛偻着腰，半闭着眼睛。行人如流水在他身边淌过。闪烁的灯光在他身前掠过。没有人看他一眼，他也不看任何人，他在听什么？他在想什么？他对周围是漠然的，行人对他更漠然。他要什么？好像什么都不要，只是木然地坐在那里。他要干什么？他什么也不干，没有人需要他干点什么。他坐在这热闹的街头，坐在人流中间，他与什么都无关，与街头无关，与人无关。但他还活着，是一个活人，坐在这繁华的街头。他有家吗？有妻子吗？有儿女吗？他一定有过，现在可能都没有了。他就一个人，他总有一个家，一间房子。他坐在那间小的空空的房子里，也像夜晚坐在这繁华的街头一样，没有人理他。他独自一个人，半闭着眼睛伛偻着腰。就这样坐在街头吧，让他来点缀这繁华的街道。总会有一个人望望他，想想他，并由他想到一切。让他独自在这街头，在鲜艳的色彩中涂上灰色的一笔。在这里他比不上一盏街灯，比不上橱窗里的一个仿古花瓶，比不上挂在壁上的一幅乱涂的油画，比不上掠身而过的一身紫色的衣裙，比不上眼上的蓝圈、血似的红唇，更比不上牵在女士们手中的那条小狗。他什么都不能比，他只在一幅俗气的风景画里留下一笔不显眼的灰色，和令人思索的一缕冷漠和凄凉。但他可能当过教授，曾经桃李满天下；他可能是个拳王，一次一次使观众激动疯狂；他可能曾在情场得意，半生风流；他可能在赌场失手，一败涂地，输个精光；他也可能曾是亿万富翁，现在却落得无地自容。他两眼望地，他究竟在想什么？是回味那往昔荣华，诅咒今天的满腹忧愁，还是在追想那如烟似雾的欢乐，重温那香甜的春梦？老人，你就坐在那里吧，半闭着眼睛，伛偻着腰，一副木木然的样子，点缀纽约的曼哈顿的繁华的夜景吧。别了，曼哈顿，我实在无心在这里久留。

巷

■ 柯　灵

　　巷，是城市建筑艺术中一篇飘逸恬静的散文，一幅古雅冲淡的图画。

　　这种巷，常在江南的小城市中，有如古代的少女，躲在僻静的深闺，轻易不肯抛头露面。你要在这种城市里住久了，和它真正成了莫逆，你才有机会看见她，接触到她优娴贞静的风度。它不是乡村的陋巷，湫隘破败，泥泞坎坷，杂草乱生，两旁还排列着错落的粪缸。它也不是上海的里弄，鳞次栉比的人家，拥挤得喘不过气；小贩憧憧来往，黝黯的小门边，不时走出一些趿着拖鞋的女子，头发乱似临风飞舞的秋蓬，眼睛里网满红丝，脸上残留着不调和的隔夜脂粉，颓然地走到老虎灶上去提水。也不像北地的胡同，满目尘土，风起处刮着弥天的黄沙。

　　这种小巷，隔绝了市廛的红尘，却又不是乡村风味。它又深又长，一个人耐心静静走去，要老半天才走完。它又这么曲折，你望着前面，好像已经堵塞了，可是走了过去，一转弯，依然是巷陌深深，而且更加幽静。那里常是寂寂的，寂寂的，不论什么时候，你向巷中趋去，都如宁静的黄昏，可以清晰地听到自己的足音。不高不矮的围墙挡在两边，斑斑驳驳的苔痕，墙上挂着一串串苍翠欲滴的藤萝，简直像古朴的屏风。墙里常是人家的竹园，修竹森森，天籁细细；春来时还常有几枝娇艳的桃花杏花，娉娉婷婷，从墙头殷勤地摇曳红袖,向行人招手。走过几家墙门,都是紧紧地关着,不见一个人影,因为那都是人家的后门。偶然躺着一只狗,但是决不会对你狺狺地狂吠。

小巷的动人处就是它无比的悠闲。无论谁,只要你到巷里去踯躅一会,你的心情就会如巷尾不波的古井,那是一种和平的静穆,而不是阴森和肃杀。它闹中取静,别有天地,仍是人间。它可能是一条现代的乌衣巷,家家有自己的一本哀乐账,一部兴衰史,可是重门叠户,讳莫如深,夕阳影里,野草闲花,燕子低飞,寻觅旧家。只是一片澄明如水的气氛,净化一切,笼罩一切,使人忘忧。

你是否觉得劳生草草,身心两乏?我劝你工余之暇,常到小巷里走走,那是最好的将息,会使你消除疲劳,紧张的心弦得到调整。你如果有时情绪烦躁,心境悒郁,我劝你到小巷里负手行吟一阵,你一定会豁然开朗,怡然自得,物我两忘。你有爱人吗?我建议不要带了她去什么名园胜境,还是利用晨昏时节,到深巷中散散步。在那里,你们俩可以随意谈天,心贴得更近,在街上那种贪婪的睨视,恶意的斜觑,巷里是没有的;偶然呀的一声,墙门口显现出一个人影,又往往是深居简出的姑娘,看见你们,会娇羞地返身回避了。

巷,是人海汹汹中的一道避风塘,给人带来安全感;是城市喧嚣扰攘中的一带洞天幽境,胜似皇家的阁道,便于平常百姓徘徊徜徉。

爱逐臭争利,锱铢必较的,请到长街闹市去;爱轻嘴薄舌,争是论非的,请到茶馆酒楼去;爱锣鼓钲镗,管弦嗷嘈的,请到歌台剧院去;爱宁静淡泊,沉思默想的,深深的小巷在欢迎你!

长治马路宽

■ 卞之琳

"长治马路宽,女人的裤脚宽……一共有三宽,第三宽记不清了。"还没望见长治的城墙,一位同行者就对我们说了。第三宽究竟是什么,我到城里就问过几次,说者不一,按下不表。女人的裤脚在冬天都扎上了带子,看不出宽得怎样了不得。马路倒确乎宽。从西门一进城,一见面前展出去的三株两株大树,三所两所商店的楼房峙立在两旁,由大车道夹着的大街,同伴中就有人说:"到了北平的西直门大街了。"

长治城也确乎不小,周围二十里,其大,在华北目前在我们这里的城市怕算得上第一了。城内并立在一起的钟鼓楼,上面钉着"风驰"、"云动"两块匾额,传说楼顶与伏在东边的太行山顶一样高。门里是地方法院,从前是府衙门。府衙门背后有"唐玄宗为潞州别驾时所建的德风亭故址。"今年春天日本一〇零八师团长下元在这里住过一个时期,最近八路军朱总司令也就在同一个房间里住了三天。

府衙门前面的石板底下传说还埋着一位将军的盔甲。这位将军在金兵破城的时候,自刎而死,尸立不倒。一直等金兀术来拜了三拜。传说的故事是发生在四五百年前。在四五百年后,在1938年2月27日,长治城里又自杀了一位民族英雄,一位四十七军的旅长李克沅。从东阳关进来的敌军大部队已经到了城下,旅长带了一营兵在城里死守。北城的门楼被大炮打穿了，城破了，完了吗？不，还有巷战。兵士在被解决以前，把枪枝毁了，或投到井里。一场壮烈的战斗，博得了长治一带老百姓简单而可贵的一声："四川军打得好。"长治老百姓异口同声的说出这一句话也算得不容易吧。要知道长治第一次失陷中老百姓被敌兵杀死了多少——三千！这三千人本来也有脚可走，就因为川军誓与城偕亡，封了城门，才没有出去。敌兵进来了以后，手指按着枪上的机关，"看见狗不顺眼就打狗，看见人不顺眼就打人，"一个理发匠对我说。城里老百姓当然还不止三千。其余的都在耶稣堂和天主堂里得了两个月的庇护。提起这件事情来，大家都不说一句怨言，却说了"四川军打得好"。

宋朝那位守城将军的儿子就是被金兀术养大了却起来抗金的《说岳传》的英雄陆文龙。现在那些四川将士的儿子是远在我们总后方的四川，当然还不会给敌人带去训练，可是也当然熟悉《说岳传》里的故事，多数正预备随一股向外的潮流而涌到前方来，也许一部分已经涌到前方来了，以后当然还要源源不绝的涌到前方来呢。

至于这里长治的老百姓呢，他们干脆把城墙拆了。

这里的房子倒没有什么大损毁，虽然老百姓在敌军退走以后，回到家里看见可以拿走的东西都拿光了。"连我们这里榻上铺的毡子都给拿走了，"一个澡堂的伙计还在埋怨着。澡堂外边一间房子里也许本来就没有煤气灯，他也把没有的原因归之于敌人的破坏。到底对不对我不知道，可是无论如何，这一切当然得由敌人负责，老百姓反正已经把暴乱的侵略者认定是坏蛋了。敌兵退走的时候，他们还有一件照例做的工作却没有做：没有烧房子。这里也有他们的苦衷。他们对晋东南的九路围攻被粉碎了。八路军和决死队已经兵临城下。烧房子得冒烟冒火焰，他们就暴露了退却的征象，会招致被追击的危险。下元师团长也并没有把地方法院的沙发搬走，反而把新加在窗口的细铁丝网留下来了。他溜走的时候听说是坐了飞机。

长治马路宽。街道上走来了许多穿灰色和黄绿色军装的年轻人。在北平，在上海分手的又在这里街上拉了手，带了意外的欢欣，相互看看身上穿的军衣。原先不认识的也总有他们共同认识的朋友。"你们从前不认识吗？""哎……"被问者迟疑了。"他跟某某人很熟。""噢，我们好像见过面。"这么宽的大路展开在他们面前，等待他们走。对于他们只要感觉兴趣，就无路不可以走，只要走下去就无路不容易通。你没有走过吧，一边走一边学习下去就行了。在这里我遇见了杭州梁氏三姐弟。他们中姐姐在决死三纵队的军政干部学校当指导员，正预备当县长；妹妹也在深山里熬炼过，现在是一个记者；弟弟从延安抗日军政大学里出来了，正要到河北打游击。

长治的三宝在街头重新露面了：潞酒、驴肉、小火烧。在华北广大的非敌区号称第一的长春园饭馆里又响出了铲刀敲锅子的声音。如今正是冬天，价廉的皮货站岗到大街两旁的铺门前。五毛钱一双的羊皮手套游动在街头预备温暖多少出门人的手指。南门外经常聚着许多挑担子的小贩，陈列了许多从铁路线的城市里运来的日本货。可是大多是我们需要的物品，煤油、洋烛、火柴、电池、油印机……

大街的中心搭起了戏台，老老少少，男男女女，都出来看本地戏。中国人容易抱太平观念，实在也是因为我们太爱和平的缘故。可是火星剧团也在这个台上演了抗战戏。戏台正中的上方横挂着一幅白布，上面是广告，简简单单的写着"请看《战斗日报》"。

观众背后的一条巷口也确乎有人看贴在街上的当天的《战斗日报》。

巷内转弯处就是战斗日报社。工人分四班不分昼夜的在那里操纵着六架石印机。

全社最初只有半块石头,以前则没有石头,因为报用油印,由现任社长的秦春风担任收电、撰稿、编辑,由另一人担任蜡纸,印刷,发行。那是已经在敌人退出去以后了。在敌人来以前,全城更只有一种由商人把无线电广播的新闻抄在纸上卖钱的东西。再以前,在战前,则类似这一套的玩意儿都没有了。

现在全社工作的有五十人。报已扩充到八开式的四版,有社论,有战讯,有国外要闻,有地方通讯,有副刊。管理部的墙壁上挂了五张统计表,统计改用石印后,七月起至十一月止五个月内每日的开支。中间一张总表,两边四张统计印刷费、邮寄费、杂费、生活费,每一张表上耸立着以六十度斜势,一支高过一支的五支黑柱。报的销路已有三千,每份报的读者当然还不止三十个。地域当然限于晋东南。发行部的墙上贴了少数定阅单位的读者的地址与姓名。屯留一县中我看到了有这样不同的读者:

 李高村转 × 宋村革命室

 崔留村孙轼

 郭村杨德堂

 路村转栗村殷权中

 军电局赵慎斋

 丰仪镇村箱柜交冯作新

 新民村基督临时安息会鹿慧生

走到报社的民族革命室，你就仿佛进了缩小的晋东南，十几张的县图底下挂着三十多种报。这里现在已经办到每县至少有一种报了。它们中有油印的，有石印的，有一种用铅印的，就是《中国人报》，间日刊，已经发行了几个月，每期销一万五千份。

用石印翻版的《论持久战》，《抗日游击战的一般问题》，《人类的故事》，也到处被抢着看。成立不久的太行文化教育出版社的社长走在街时常被青年拉住了问他们又出了什么新书。出版社也就不息的翻印着，编印着种种小册子。他们编了一部小学战时读本，预备印八万册。他们知道抗战建国的大工程不能搁在空洞的基础上。

所以牺牲救国同盟会上党中心区办事处的王兴让同志，在和我们用左手（因为他断了右臂）握了手，和我们讲了多少年轻人都做了县长了，多少村子已经有了民选村长了，多少剧团已经到处演出了，多少自卫队甚至连回民义勇队已经组织起来了，多少救国会已经成立了以后，也要严肃的加上一句说："现在这里什么都有了个框子，就等待充实。"

山西第五行政区戎胜伍专员的结论则是："别处怕民众起来，我们这里就怕民众不起来。"

戎专员也不必怕，1938年12月11日，就有陵川民众代表五十余到他面前来请愿撤换他们的贪污县长师人凤。民众的沉痛呼声把老实的戎专员感动得红了眼睛。"你们的痛苦我都知道，"他说，一边伸出了手，"看，我的也是农民的手呀。"

请愿的代表大多是农民。留在长治静候消息的三个代表（其中一个已经长了白胡子）就住在第五行政区农民救国会里。农民救国会里经常住五个常务委员。他们是从五个县的乡下来的道地庄稼人。

武装部主任，从潞城来的，穿着黄铜葡萄式扣子斜襟的黑布棉袄而照军装规矩的束了一根皮带。他只在襄垣受过一星期的训练。到这里就什么都办得有条理了。另一个农民，担任秘书的，在12月20日第五行政区工人救国会成立会上，虽然是怯生生的，毕竟上台致词了。

参加这个成立会的各县工人救国会代表一共到了二百多人，其中十分之一光着头。十分之二用毛巾包头，十分之五戴瓜皮小帽，十分之一戴皮帽，十分之一戴军帽。可是一听说唱歌，老老少少，毫不忸怩，"工农商学兵……"大家合上来唱了。长治县妇女救国会办事处的桌子上搁着黑布和针线，因为他们正在发动会员给青年救国会做两百双鞋子。

同一院子的长治县儿童救国会的房间里则挂着几支电棒，一看就令人想起那些小英雄的光芒与威棱，两个十五岁的乡下孩子，一胖一瘦，都是委员了。胖的指瘦的对我们说："他管组织部。"他自己呢？"除奸部，"他回答。听到说"除奸"，我们就立刻想起当地报纸上每隔若干日总可以读到的各地儿童团抓住汉奸的新闻。提起这些事来，除奸部主任淡淡的解释了："都是些小汉奸。""都是和你一样小吗？"我们打趣说。"并不是人小呀，"他只微微的一笑。他们大多是下毒药的，贩白面金丹的。儿童团查路条最认真。为不给看路条，长子县儿童团扣过县长，陵川县儿童团扣过洋教士，平顺龙镇的儿童团中把自己的舅父都扣了。从他们充满了幼稚的字迹的"工作报告簿"上，我们可以随便翻出几条来看看他们办起事来那副认真的面孔：

    四区报告 韩村村副不负责。须村儿童放哨不确实，教员不负责,自卫队黑夜不放哨,一个人借了一个通行证。南和没有学生放哨。

　　二区报告　苏店宣传队成立,每星期一下;侦察队成立,每星期上早操。晋寺宣传队成立,每半月宣传一回;募捐队已经成立,没有笔墨。

　　长治马路宽。长治城大,空地多,于是大家也就感到一点"不满"——不是"不满意",而是"不满足"。精神上和实际上的空间老是填不满,而时间永远是那么短,尤其在目前,在冬天,一做工作,天就黑了。于是煤油灯,苎麻油灯,洋蜡都起来尽它们所能尽的绵力。民族革命中学的大礼堂里,经常有校外人来用五十张或八十张课桌,十二支或二十支洋蜡把两三个或五六个从别处到长治来的客人包围在核心,向他们发出一个问题又一个问题由他们回答——这叫做"座谈会"。座谈会很容易一下子就开到第一批洋蜡点完了,第二批洋蜡眼看又只剩一个头。

　　1938年12月13日,在民族革命中学的民族革命室里又开了一个特别长,意味也特别长的座谈会:士绅座谈会。

　　八路军朱总司令是座谈会中被包围的中心人物。他还是第一次到长治,在三天的滞留中,马不停蹄的到处走,带了今春府城战斗中亲自带一连人上第一线作战的作风,亲自出马干民众运动的工作,到处演讲,谈话。

　　座谈会的士绅中首先站起来说话的是一个穿黑马褂的前山西高等法院院长。他一边说一边微伛着上身,用右手在洋蜡上空绕了又绕。他是讲的战略:要保卫山西,得在河北打击敌人。不错。总司令只是和蔼的笑笑,点点头。还有一个穿皮大衣的胖绅士提出了"我们究竟要何年何月才可以打退日本兵"？很可笑。总司令又只是和蔼的笑笑，可是当然不点头。问题多得很，可是都写在小纸条上了。总司令预备一块儿解答。

"今晚这个座谈会实在是一个恳亲会，"这是总司令站起来说的第一句话。不错，这个会到后半多少有点像恳亲会了。老老少少，一团和气不时发出来一阵阵笑声。总司令首先分析了国际局势，就不啻给听众看了一幅生动的漫画：看！法西斯实在还够不上做强盗，而是扒手。扒手还是怕挨打的。这几个法西斯穷国只有一把刀，就把刀拿出来东戳一戳，西晃一晃，吓一吓，弄一点便宜。"意大利有几只潜水艇，就用几只潜水艇去撞人家的船只，兵船也好，商船也好，在地中海冒起来了又缩下去了。"像美国这种有钱绅士，在这种场合就对法西斯蒂说："你还不起钱就不要还得了，别那么凶啊。"苏联呢，明知道法西斯蒂是空头，在打扑克里只是吓唬人，所以随时都预备说："来吧，我看！"总司令用"就是这个道理"结束了许多话题的明白解释，叫大家听完了一想也觉得确乎就是这个道理。

总司令戴起眼镜来了，又摘下来了：一张纸条上的看完了。他抬起头来说了几句，在讲话的中间或者末尾不时的引起一片笑声。问题本身也颇有些怪好玩的。主要是共产问题，总司令说："在实现三民主义这一点上，共产党很乐意和国民党竞赛一下。"听众笑了。有人问：牺盟会和共产党的关系到底怎么样？总司令把眼镜又摘下来了，接下去就是一个简单的答复："到底怎么样？到底还是朋友关系啊。"听众又笑了。"合理负担是不是共产？"总司令回答说："合理负担是阎司令长官提出来的，也就是有钱出钱，有力出力的办法。阎司令长官在山西算得最有钱了吧，他还要共人家的产吗？"听众又笑了。不要笑得太多了，还是深省一下刚才总司令对于"抗战胜利以后中国会不会实行共产?"这一个问题的答复吧:"什么都打得稀烂了,还有什么产可共,第一得先造产呵。"

长治马路宽。长治城垣拆了两次,已经快平了。快成了一条宽阔的环城大马路的基础了。

成都散记

■ 黄　裳

关于成都，我最初的记忆是从几位唐朝诗人的诗句里得来的。杜甫晚年曾在这里流寓过一个不短的时期，他住在故人严武的军中。等到严武一死，他就只好再流浪，流浪，不久就客死在耒阳。在这位大伟人的晚期的作品中，我找不到什么光与色，除了那一种重重地压在人心上的衰飒的气氛。

其次就是那一位中国的堂骧（Don Juan），晚唐的诗人李商隐，也在诗歌里赞颂了成都。出现在他的诗里的是美酒，当炉的厨娘和妓女。这使我想起他生活着的时代，中原正是在大乱之后，然而在"蜀"这一隅，还是"升平的世界"。当时的人们所寻求的，除了鲜艳的肉和芳醇的酒以外，似乎就更没有什么了。"美酒成都堪送老"，他是预备在酒的麻醉中过这一生的。

当我所搭的载重汽车从驷马桥驶入成都以后，已经是晚上八九点钟了。先是远远的就已经望见了隐在灯雾里的迷离的城市。在经过了两三小时的夜里行驶以后，心里是早就盼望着早早赶到了的。我站在卡车的前面，迎着早春的夜风，望着愈驶愈近的布满了华灯的街道，心里微微的感到了一些温暖，觉得是走进晚唐诗句里来了。

在车上就已经受到了两位住在成都的商人善意的警告，说成都的旅馆是常常没有空房间的，担心着会有露宿的危险，所以车一停就跳上了黄包车。看那黄包车夫的行动真是悠闲得很，不过才两个转弯，就已经到了预先打听了来的那家旅馆的门口，在最热闹的春熙路上。

　　侥幸我被接待到一间最后空着的楼上的房间里。这旅馆的布置和北平的旧式旅馆差不多，一进门是一个狭狭长长的过道，里边是一个大的天井，四周环绕着客房。我的房间在里边的第二进里，天井里种了两棵大芭蕉，当我走出我的房间凭倚在栏杆边上的时候，正好摩着它的大而绿的叶子。

　　安放了行李，洗了脸，我就又走到街上来了。正在旅馆对面是一家茶楼，窗子开着，里边坐满了茶客，还有着急促的弦管的声音。我看见他们一面品茗一面听歌的姿态，真是悠闲得很。然而我却不想走上楼去，因为我不愿再看到那些歌女的姿态。我从很小的时候起就已经厌恶了这个。记得八九岁时随了大人到北方特有的"茶楼"里去，看见台前拉了一条绳子，一个个艳装的女人，侧了身子，一只手扶了那根绳子，在努力的喊出不自如的腔调来，两眼总是瞟着两边楼上的什么地方，这种姿态很使我不高兴，从此就不再走进那种茶楼里边去。成都的清唱不知道是怎样一种情形，中国究竟是一个广大的国家，虽然地方隔了那么远，我恐怕真会有类似的情形，倒还不如让我在街上跛着，听着这悠扬的弦管，想着这些风雅的人们在过着"燕子笺"、"桃花扇"时代的那种生活的好罢。

　　街上的人还是那么多，可是商店都已经在上门板了。灯光渐渐的隐了下去，后来只剩下一个卖甜食的担子的油灯还在闪烁。那是一个老人，稀疏的白发，干净的青布棉袄，勤快的煮着那些甜甜的"吃的"。左面的担子上一排排着十几个碗，里边泡着莲米、西米、青梅、银耳……他的两只手熟练的从里边舀出莲子来，倒在左边的一个小铜锅子里去。放好了水，盖上盖子，一个垂了双髻的女孩子替他抽着风箱。一会儿，他又打开锅子，加两勺糖，再盖上，添两块枯枝，汤就开了。倒在小瓷碗里，加上一枚有着长长的柄的小铜调羹。我坐在暗暗的灯光里吃了一碗，默想着过去在哪儿看过的一张宋人画图，《货郎图》。那小车儿的装置就十分像眼前这一副，多么齐全地安置着那些小巧可也是必备的材料，这个老人和他的小孙女——应当是罢——是多么平安多么和谐的操作着。

　　我慢慢地吃完了莲子汤，胃里充满了温暖，慢慢地走回去。回头看看，小摊子的灯火还在寒风里摇曳，这时街上的人更少了。我想该不会更有什么主顾了罢？

　　由于疲倦，回来后就上床睡了。

　　夜里十一点钟，忽然为一种歌声惊醒。这是一个女人的歌声，另由一个男人用胡琴和着，歌声非常激越凄凉。从直觉里觉得该是"凤阳歌"之类，是流浪人的歌声。胡琴的调子单调地回复着，女的自己还拍了板，更增加了音节上的凄切，我努力想听出她的词句来，可是终于听不出。

　　一时在枕上想到了很多事情，也都是值得悲哀的事情。

　　我记起了一个月前过的那些无聊日子，那时我看过的那一出戏，和在戏里扮作护士的一个女孩子，她那摇摇的身段，雪白的素服，小小的加了黑边的白帽子，和那帽檐下面甜甜的眉眼。

　　当时她给了我一种悲哀的感觉。路上我时时想起这影子，在南京朱雀路的晚上曾经想起来过，现在就又想起来了。这几乎已经成为一种象征，使我每逢感到忧郁寂寞时要归结于"悲哀"。这使我看人间的风景时失去了颜色，我想我们真不该有那么"一面之缘"。

　　我在成都的第二个早晨是一个难得的晴天，有着淡黄色日光的晴天。很早我就已经醒来了。算了口袋里仅够吃一顿简单的早点的钱，我不得不去到一个学校里去找一个旧日的朋友，有没有把握可也完全不能一定。那学校在成都的西南角上，学生则全部住在文庙里边。当我踏进那朱红漆的大门以后正好遇见了T，我们已经有六年没有见面了，然而一见却还能认得。从我们的衣服上看来，他似乎比我还窘，可是他究竟招待了我这个远道的朋友吃了一顿早点，用掉了他才拿到的一点救济金，这笔钱他是要用来维持一个月的。

得了T的引导，我在一个外国牧师那里拿到一笔"旅费"，这点钱用来买车票到重庆是不够的，我还得等候随后赶来的朋友，自己先用这笔钱来看看这个城市了。

在一个下着小雨的下午，我踱进了武侯祠。

在红漆剥落的山门上挂着不准许民众公开游览的牌示，因为这里是住了军队的。这使我想起了在百花潭的门口徘徊着，终于不得进去；同时想瞻仰一下唐代大诗人杜甫的草堂的想望也失望了。这一种游山玩水的兴致，现在似乎已经没有那么浓厚了。可是当时却的确是因为得以踏进这个古柏参天的院子而欣喜着的。

这些苍翠槎桠的树木，在杜甫的诗里就已经出现过的了。是不是天宝以来的遗物呢，这我无从知道，然而它们的确给这所庙宇增添了阴森的古味。古柏丛中散布着一些卖面食的席棚，雨后零落的样子芜秽得很。有两座唐碑在碑亭里，这恐怕是文献足征的最古的遗物了罢？

再进去是汉昭烈帝的正殿，两庑里塑着蜀汉的文武官僚。大概是很近的塑物，也实在不大高明。我看那大概是以《三国演义》为蓝本的。五虎将的神态几乎完全一样，除了黄忠特有的白胡子以外，如果没有刻了名位事绩的牌子，我几乎分别不出他们的名字。

昭烈帝的塑像在正殿里，左右有关张陪祀着。在角隅里还有着北地王刘谌的塑像。可是怎么也找不到那位乐不思蜀的阿斗。祀其子而祧其父，这在中国的旧礼教讲起来，似乎是说不过去的事，然而在这里也就可以看出一点人心取舍的标准来，《三国志》引《汉晋春秋》曰：

> 后主将从谯周之策，北地王谌怒曰，若理穷力屈，祸败必及。便当父子君臣，背城一战，同死社稷，以见先帝可也。后主不纳，遂送玺绶。是日谌哭于昭烈之庙，先杀妻子，而后自杀，左右无不为涕泣者。

这在民间戏曲里即是有名的《哭祖庙》。这里的祖庙不知是不是现在的武侯祠，因为庙门本来是还题着"汉昭烈祠"的。

最后一进是武侯的享殿。武侯的塑像全作道家装，这应该是《三国演义》的功劳，把诸葛亮在民众的眼里提高到神的地位，与吕洞宾成了一流人物。其实他本来是一位儒家，从隐逸的地位走出来，想藉蜀汉做一些事，虽然"羽扇纶巾"，宋朝的苏轼就已经这么说过；后来魏晋人的服履风度，我想也应当从他那里受到相当的影响。

这里也照例有着"灵签"，由道士管理着。我也求了一根，花了一块钱，从旁边买到一张批词。现在已经忘了上边所说的语句，不过只记得里边说的是吉祥的话而已。

从武侯的享殿走出来，到隔壁昭烈帝衣冠冢去，要经过一个水阁的小院，那里也有卖茶卖酒的。小院后面有一段短短的弯曲的围墙，墙后面全是碗口粗细的大竹子。地方非常幽静，使人想象着古时的隐士，芒鞋竹杖，在这样的院落里徘徊。

在如雾的细雨中我走出了"丞相祠堂"。

我坐了黄包车在凹凸不平的路上走着。经过了有名的"万里桥"；三国时费祎使吴，对送行的人说："万里之行，始于此矣。"从此就开始了他的穷年累月的长途。那块万里桥的石碣，上面贴满了红红绿绿的什么堂之类的广告纸。那有名的锦江，也只剩下了浅浅的伏流，水的颜色也变黑了，可以和南京秦淮媲美了。

小时候看由《警世通言》改编过来的《今古奇观》，深深的沉醉到那美丽的故事里去。在《女秀才移花接木》那一章的序幕里，知道了薛涛的故事，和她那有名的"五色笺"。我曾经走遍了祠堂街、玉带桥和其余有名的几条文化街，想在南纸店里买点笺纸，而带回来的却只是失望。他们所有的只是一些刻着粗糙的人物山水画的信纸和已经成了宝贝的洋纸的美丽笺之类，这和北平的纸店里可复刻的《十竹斋笺谱》一比，就不禁使人叹风流的歇绝了。

一切旧的渐渐毁灭下去，新的坚实的工业文化还没有影子，成都却已渐染上了浓厚的浅薄的商业色彩，成为洋货的集散地，和一些有钱和有闲者消费的场所。在这里，我对那还多少保持了古代文化的成都的生活方式，和其他的一切深深的有着依恋的心情。

我去望江楼的那一天，也是一个阴晦的日子。

像江南所有的花园一样，一进门就是夹道的翠竹，和铺了石子的小径。只转了一个弯，就可以看到那块题着"薛涛井"的石碣了。这块碑虽然不过是汉朝的东西，那井还应当是唐代的遗址罢？

这园子里全部的建筑都是同光时代的遗物，崇丽阁的阁门是锁着的。那高大古老的建筑里锁了一楼阴黯。我试着去推了一下那上了锁的楼门，它发出了奇怪的声音来，从雕着精细花纹的木格子里看去，那一层层的木制楼梯上，铺满了灰尘，蝙蝠和燕子在这里找到了它们最好的巢居。

我在"吟诗楼"上坐下来休息。楼前面是一株只剩下了枯条的衰柳,锦江里的水浅得几乎已经可以见底了,对面是一片黑色的房子,使人感到了非常的压迫。

在回廊的另一面有着薛涛的石刻小像,在上面叙述着她一身的事迹。这使我记起了那颇为浪漫的故事。那是说她很小的时候,她的父亲出了"梧桐"的诗题,她就作了"枝迎南北鸟,叶送往来风"的句子。根据这个,她的父亲就断定了她未来飘零的身世。这故事虽然浪漫,然而那真实性也非常可疑了。这无疑的是传统的试帖诗的表现法。如果是出诸名公巨卿之口,就该说梧桐是栋梁之材一类的话了。

在这样的地方,照例是要有数不清的对联和题额的,也照例都是一些赋得名手的杰作。不过这里边也还有可爱的对联。现在我还可以清楚地记来的是胡宪的一联:

独坐黄昏谁是伴,
怎教红粉不成灰。

我徘徊在这充满了阴黯的园亭中,深深地感到了美人迟暮的哀怜。

最后他们究竟来了。当一天我在街上回来以后,打开我的房间的门,在铺满了可爱的金黄色的阳光的桌子上,我看见了他们给我的便条。

我已经决定要在后天离开成都了。我们就计划怎样消磨这最后的一天。我们到新西门外边骑小川马到草堂寺去。川马小得和驴差不多,骑在上面颠得很不舒服。每一匹马有一个马夫牵着,他爱惜他的马,不肯使它奔驰。我们骑在马背上,得得地踏上了石桥,浏览着充满了古风的两旁的店铺和风物,颇有点贾上人在驴背上的境界了。

经过了百花潭,青羊宫,我们走上了一条田垅间的便道,马夫开始让他的小马跑着,这时我回忆起来在归绥骑蒙古马到昭君墓去的事,觉得可笑,同时也颇有辽远之感,这实在已经是六年前的旧事了。

草堂寺埋在一丛荒秽里,那有着飞檐的亭阁,已经剥落得不成样子,使人想起水浒传里叙述鲁智深走进瓦宫寺的情景。这里就连那煮粟米粥吃的老和尚也找不到。埋在荒草里的墓塔的碑石上生满了绿色的苔痕,石壁上的浮雕也都盖满了泥污,我们终究离开了这无人的古寺,又骑在那小川马的背上去了。

下午我们去过了一种完全异样的生活,坐在一家据《指南》里说是正宗的川戏的剧院里。当我走进这木造的大厅以后,很快的使我恢复了十几年前在北京听戏时的印象,虽然这印象已经是那么淡,淡,几乎已经没有了些微的痕迹。不过当我一坐上那窄得像一条木棍似的凳子,堂倌随即送过一壶茶,而且把包茶叶的纸系在茶壶盖上以后,我的深深的埋藏着的记忆,又忽然活动起来。好像又已经坐在那已经有了几十年历史的戏楼里,望着那曾经歌舞过多少名优,演出过各色戏曲,徽腔皮簧的舞台出神了。

这舞台还保持着它古昔的风味,在电灯旁边还骄傲地排着两盏煤气灯,它们发出的光也的确要比淡黄色的电灯要亮得多。

关于川戏,我的知识是很浅薄的。它似乎与皮簧不无关系,因为有许多调子的名称是一样的。关于它的流变,考查起来,应当是颇有趣味。不过现在我仅是以一个"素人"的资格,来领略一种新的声光色的印象而已。

每一出川戏差不多都有一个颇美丽的名字,很像花曲里的折名。其中有一出是叙说妲己和文王的儿伯邑考的故事的。那女主角利用了繁复的动作刻画她的心理的变化,有不少美丽的身段,这实在是一种发展得很完整的歌剧。

最后的一出戏是宋末的崖山之役,陆秀夫背了幼帝赴海的故事。这出戏里有不少战争的场面,更有不少描写民众流离的地方。在这里充分地表现着川戏在音乐上的特色,主角唱过一句以后,就有和音起于舞台的四周,更夹杂着一种叫做"海螺"的管乐声,激越,悲凉,流亡的民众的无告的神色,被无情地如实地写出来了。

四川是从古以来就常有战乱发生的地方,这悲苦的经验被写进戏剧里,音乐里,如此深刻,如此广泛的活在每一个蜀人的歌声里,成为一种悲哀的调子。这使我联想起那啼血的子规,和江上的橹声,船夫的歌声,觉得这些似乎是发自同一的源泉,同一的悲哀的源泉。

第二天我就离开了这个城市,T送我到车站去。那是一个叫做"牛市口"的地方。这一次是客车了,我被安置在车子中间的座位上,没有左右前后动转的自由,可是在驶过蚕丛的蜀道时,却必然地会有与车篷来接触的机缘。然而我究竟安心多了。车窗外虽然又是阴沉沉的天色,却不必忧愁再重逢被雨打得透湿的那一种不愉快的经验。

花　城

■ 秦　牧

一年一度的广州年宵花市，素来脍炙人口。这些年常常有人从北方不远千里而来，瞧一瞧南国花市的盛况。还常常可以见到好些国际友人，也陶醉在这东方的节日情调中，和中国朋友一起选购着鲜花。往年的花市已经够盛大了，今年这个花海又涌起了一个新的高潮。因为农村人民公社化以后，花木的生产增加了，今年春节又是城市人民公社化之后的第一个春节，广州去年有累万的家庭妇女和街坊居民投入了生产和其他的劳动队伍。加上今年党和政府进一步安排群众的节日生活，花木供应空前多了，买花的人也空前多了，除原来的几个年宵花市之外，又开辟了新的花市。如果把几个花市的长度累加起来，"十里花街"，恐怕是名不虚传了。在花市开始以前，站在珠江岸上眺望那条浩浩荡荡、作为全省三十六条内河航道枢纽的珠江，但见在各式各样的楼船汽轮当中，还错杂着一艘艘载满鲜花盆栽的木船，它们来自顺德、高要、清远、四会等县，载来了南国初春的气息和农民群众的心意。"多好多美的花！""今年花的品种可多啦！"江岸上人们不禁啧啧称赏。广州有个文化公园，园里今年也布置了一个大规模的"迎春会"。花匠们用鲜艳的盆花堆砌出"江山如此多娇"的大花字。除了各种色彩缤纷的名花瓜果外，还陈列着一株花朵灼灼、树冠直径达一丈许的大桃树。这一切，都显示出今年广州的花市是不平常的。

人们常常有这么一种体验：碰到热闹和奇特的场面，心里面就像被一根鹅羽撩拨着似的，总想把自己所看到和感受的一切形容出来。对于广州的年宵花市，我就常常有这样的感觉。虽然过去我已经描述过它们了，但是今年，徜徉在这个特别巨大的花海中，我又涌起这样的欲望了。

农历过年的各种风习，是我们民族在几千年的历史中形成的。我们现在有些过年风俗，一直可以追溯到一两千年的史迹中去。这一切，是和许多的历史故事、民间传说、巧匠绝技和群众的美学观念密切联系起来的。在中国的年节中，有的是要踏青的，有的是要划船的，有的是要赶会的……这和外国的什么点灯节，泼水节一样，都各各有它们的生活意义和诗情画意。过年的时候，我们各地的花样一向可多啦：贴春联、挂年画、舞狮子、玩龙灯、跑旱船、放花炮……人人穿上整洁的衣服，头面一新，男人都理了发，妇女都修整了辫髻，大姑娘还扎了花饰。那"糖瓜祭灶，新年来到，姑娘要花，小子要炮，老头儿要一顶新毡帽"的北方俗谚，多少描述了这种气氛。这难道只是欢乐欢乐，玩儿玩儿而已么？难道我们从这隆重的情调中，不还可以领略到我们民族文化的源远流长，和千百年来人们热烈向往美好未来的心境么？在旧时代苦难的日子里，劳动人民自然不是都能欢乐地过年，但是贫苦的农户，也要设法购张年画，贴对门联；年轻的闺女也总是要在辫梢扎朵绒花，在窗棂上贴张大红剪纸。这就足以想见无论在怎样困苦中，人们对于幸福生活的强烈的憧憬。在新时代，农历过年中那种深刻体现旧社会烙印的习俗被革除了，赌博、酗酒、向舞龙灯的人投掷燃烧的爆竹，千奇百怪的禁忌，这一类的事情没有了，那些耍猴子的凤阳人、跑江湖扎纸花的天门人，那些摇着串上铜钱的冬青树枝的乞丐，以及号称从五台山、峨眉山下来化缘的行脚僧人不见了。而一些美好的习俗被发扬光大起来，一些古老的风习被赋予了崭新的内容。现在我们也燃放爆竹，但是谁想到那和"驱傩"之类的迷信有什么牵连呢！现在我们也贴春联，但是谁想到"岁月逢春花遍地，人民有党劲冲天"、"跃马横刀，万众一心驱穷白；飞花点翠，六亿双手绣山河"之类的春联，和古代的用桃木符辟邪有什么可以相提并论之处呢！古老的节日在新时代里是充满青春的光辉了。

这正是我们热爱那些古老而又新鲜的年节风习的原因。"风生白下千林暗，雾塞苍天百卉殚"的日子过去了，大地的花卉越种越美，人们怎能不热爱这个风光旖旎的南国花市，怎能不从这个盛大的花市享受着生活的温馨呢！

而南方的人们也真会安排，他们选择年宵逛花市这个节目作为过年生活里的一个高潮。早在春节之前一个月，你在郊外已经可以到处见到树上挂着一串串鲜艳的花朵了。而在年宵花市中，经过花农和园艺师们的努力，更是巧夺天工，四时的花卉，除了夏天的荷花、石榴等不能见到外，其他各种各样的花几乎都出现了。牡丹、吊钟、水仙、大丽、梅花、菊花、山茶、墨兰……春秋冬三季的鲜花都挤在一起啦！

广州今年最大的花市设在太平路，就是历史上著名的"十三行"一带，花棚有点像马戏的看棚，一层一层衔接而上。那里各个公社、园艺场、植物园的旗帜飘扬，卖花的汉子们笑着高声报价。灯光花色，一片锦绣。我约略计算了一下花的种类，今年总在一百种上下。望着那一片花海，端详着那发着香气、轻轻颤动和舒展着叶芽、花瓣的植物中的珍品，你会禁不住赞叹，人们选择和布置这么一个场面来作为迎春的高潮，真是匠心独运！那千千万万朵鲜花，仿佛正在浅笑低语："春来了！春来了！"买了花的人把花树举在头上，把盆花托在肩上，那人流仿佛又变成了一道奇特的花流。南国的人们也真懂得欣赏这些春天的使者。大伙不但欣赏花朵，还欣赏绿叶和鲜果。那像繁星似的金橘、四季橘、吉庆果之类的盆果，更是人们所欢迎的。但在这个特殊的、春节黎明即散的市集中，又仿佛一切事物都和花发生了联系。鱼摊上的金鱼，使人想起了水中的鲜花；海产摊上的贝壳和珊瑚，使人想起了海中的鲜花；至于古玩架上那些宝蓝、均红、天青、粉彩之类的瓷器和历代书画，又使人想起古代人们的巧手塑造出来的另一种永不凋谢的花朵了。

广州的花市上，吊钟、桃花、牡丹、水仙等是特别吸引人的花卉。尤其是这南方特有的吊钟，我觉得应该着重地提它一笔。这是一种先开花后发叶的多年生灌木。花蕾未开时被鳞状的厚壳包裹着，开花时鳞苞里就吊下了一个个粉红色的小钟状的花朵。通常一个鳞苞里有七八朵，也有个别到十多朵的。听朝鲜的贵宾说，这种花在朝鲜也被认为珍品。牡丹被誉为花王，但南国花市上的牡丹大抵光秃秃不见叶子，唯独这吊钟显示着异常旺盛的生命力，插在花瓶里不仅能够开花，还能够发叶。这些小钟儿状的花朵，一簇簇迎风摇曳，使人就像听到了大地回春的铃铃铃的钟声似的。

花市盘桓，撩起人们一种对自己民族生活的深厚情感。我们和这一切古老而又新鲜的东西异常水乳交融。就正像北京人逛厂甸、上海人逛城隍庙、苏州人逛玄妙观所获得的那种特别亲切的感受一样。看着繁花锦绣，赏着姹紫嫣红，想起这种一日之间广州忽然变成了一座"花城"，几乎全城的人都出来深夜赏花的情景，真是感到美妙。

在旧时代绵长的岁月中,能够买花的只是少数的人,现在一个纺织女工从花市举一株桃花回家,一个钢铁工人买一盆金橘托在头上,已经是很平常的事情了。听着卖花和买花的劳动者互相探询春讯,笑语声喧,令人深深体味到,亿万人的欢乐才是大地上真正的欢乐。

在这个花市里,也使人想到人类改造自然威力的巨大,牡丹本来是太行山的一种荒山小树,水仙本来是我国东南沼泽地带的一种野生植物,经过千百代人们的加工培养,竟使得它们变成了"国色天香"和"凌波仙子"!在野生状态时,菊花只能开着铜钱似的小花,鸡冠花更像是狗尾草似的,但是经过花农的悉心培养,人工的世代选择,它们竟变成这样丰腴艳丽了。"天工人可代,人工天不如。"生活的真理不正是这样么!

在这个花市里,你也不禁会想到各地的劳动人民共同创造历史文明的丰功伟绩。这里有来自福建的水仙,来自山东的牡丹,来自全国各省各地的名花异卉,还有本源出自印度的大丽,出自法国的猩红玫瑰,出自马来西亚的含笑,出自撒哈拉沙漠地区的许多仙人掌科植物。各方的溪涧汇成了河流,各地劳动人民的创造汇成了灿烂的文明,在这个熙熙攘攘的市集中不也让人充分感觉到这一点么!

你在这里也不能不惊叹群众审美的眼力。人们爱单托的水仙,爱复瓣的桃花又胜过单瓣的桃花。为什么?因为单托的水仙才显得更加清雅,复瓣红桃才显得更加艳丽。人们爱这种和谐的美!一盆花果,群众也大抵能够一致指出它们的优点和缺点。在这种品评中,我们不也可以领略到好些美学的道理么!

总之，徜徉在这个花海中，常常使你思索起来，感受到许多寻常道理中的新鲜涵义。十一年来我养成了一个癖好，年年都要到花市去挤一挤，这正是其中的一个理由了。

到底是上海人

■ 张爱玲

一年前回上海来,对于久违了的上海人的第一个印象是白与胖。在香港,广东人十有八九是黝黑瘦小的,印度人还要黑,马来人还要瘦。看惯了他们,上海人显得个个肥白如瓠,像代乳粉的广告。

第二个印象是上海人之"通"。香港的大众文学可以用脍炙人口的公共汽车站牌"如要停车,乃可在此"为代表。上海就不然了。初到上海,我时常由心里惊叹出来:"到底是上海人!"我去买肥皂,听见一个小学徒向他的同伴解释:"喏,就是'张勋'的'勋','功勋'的'勋',不是'熏风'的'熏'。"《新闻报》上登过一家百货公司的开幕广告,用骈散并行的阳湖派体裁写出切实动人的文字,关于选择礼品不当的危险,结论是:"友情所系,讵不大哉!"似乎是讽刺,然而完全是真话,并没有夸大性。

上海人之"通"并不限于文理清顺,世故练达。到处我们可以找到真正的性灵文字。去年的小报上有一首打油诗,作者是谁我已经忘了,可是那首诗我永远忘不了。两个女伶请作者吃了饭,于是他就做诗了:"樽前相对两头牌,张女云姑一样佳。塞饱肚皮连赞道:难觅任使踏穿鞋!"多么可爱的,曲折的自我讽嘲!这里面有无可奈何,有容忍与放任——由疲乏而产生的放任,看不起人,也不大看得起自己,然而对于人与已依旧保留着亲切感。更明显地表示那种态度的有一副对联,是我在电车上看见的,用指甲在车窗的黑漆上刮出字来:"公婆有理,男女平权。"一向是"公说公有理,婆说婆有理",由他们去吧!各有各的理。"男女平等",闹了这些年,平等就平等罢!——又是由疲乏而起的放任。那种满脸油汗的笑,是标准中国幽默的特征。

上海人是传统的中国人加上近代高压生活的磨练,新旧文化种种畸形产物的交流,结果也许是不甚健康的,但是这里有一种奇异的智慧。

谁都说上海人坏,可是坏得有分寸。上海人会奉承,会趋炎附势,会混水里摸鱼,然而,因为他们有处世艺术,他们演得不过火。关于"坏",别的我不知道,只知道一切的小说都离不了坏人。好人爱听坏人的故事,坏人可不爱听好人的故事。因此我写的故事里没有一个主角是个"完人"。只有一个女孩子可以说是合乎理想的,善良、慈悲、正大,但是,如果她不是长得美的话,只怕她有三分讨人厌。美虽美,也许读者们还是要向她叱道:"回到童话里去!"在《白雪公主》与《玻璃鞋》里,她有她的地盘。上海人不那么幼稚。

我为上海人写了一本香港传奇,包括《沉香屑·第一炉香》、《沉香屑·第二炉香》、《茉莉香片》、《心经》、《琉璃瓦》、《封锁》、《倾城之恋》七篇。写它的时候,无时无刻不想到上海人,因为我是试着用上海人的观点来察看香港的。只有上海人能够懂得我的文不达意的地方。

我喜欢上海人,我希望上海人喜欢我的书。

城市只是一处"名利场"么?

■ 王晓明

全球最大规模的城市化,正在中国的大地上四处蔓延。十多年前,我居住的大学住宅区,晚上还有轻轻的虫鸣声,而现在,周围车水马龙,乌烟瘴气,办公楼、地铁站、购物中心、五星级宾馆……俨然一处闹市区。

我很疑惑:如果真像那些鼓吹者说的,以后中国人大都要住在城市里,那么,这车水马龙、高楼大厦,就是城市了?还有没有好一点的城市生活呢?

先说我住的这个小区吧。它造得相当憋气:房子之间的距离很近,道路大多细细一条,每个单元门里的楼梯都相当窄,房间的净高也很低。我当然知道为什么会这样。房产商的第一信条,就是每一寸面积都要尽可能卖得贵,虽然小区的公共面积也分摊到各户,毕竟不如缩小公共面积、多造几套公寓赚得多。正是这个信条,让那些卖得贵的空间蛮横霸道、四仰八叉,不能卖钱——其实也能卖,不过卖得便宜些——的空间则畏畏缩缩,被挤在边上。

房子造好了,住户搬进来了,房产商也撤了,可他们的第一信条,却继续统治这个小区。没几年,原本狭窄的道路,就分出一半,一格一格地划了黄线,写明车牌号,成了停车场——这是要收月费的。紧接着,路边本就不宽的草地,又被切出一长溜,铺上水泥格子砖,方便汽车跨停——当然,也是要收费的。再后来,干脆不铺格子砖了,头戴大盖帽的门卫,指挥汽车直接开上草地,刹车,付钱。

十多年来,小区的公共面积就这样持续地缩减。这缩减换来的钱,却不知道去了何方。大盖帽门卫的眼神,越来越专一:指地方停车、抄录车牌、收钱、怒喝:"停下来停下来!侬还没付停车费!"从这吆喝声里,你能清楚地听出这样的意思:只有能提成的钱,才积极收,只有能赚钱的事,才积极做。

这小区的门口,曾经挂过一块区政府颁发的"绿化小区"的铜牌。可现在,小区的许多绿化地,横七竖八覆盖着粗大的轮胎泥印,恰似那铜牌上的锈迹。更糟的是,小区里越来越不适合步行了,特别是早晨、傍晚和晚上,汽车屡屡在只剩半边的道路上堵塞,步行人只能不断地避让,比走在淮海路上还麻烦——淮海路还有人行道呢!

从这个小区,正可以看出城市生活的一个大问题,那就是,城市生活的经济的部分,和其他非经济的部分,该有怎样的比例才合适?城市的土地,是否仅仅只是一种资本,卖得越贵越好?城市的空间,是否都可以拿出去卖钱?如果不是,那不能或不应该卖钱的部分,应该是哪些?它们和那卖钱的部分,比例又该如何?再说得宽一点,城市居民"上班"之外的生活内容,是否主要就是"消费"?那些不能归入"消费"的部分,又该如何展开?当规划城市的时候,如何满足居民的非经济要求?现代都市的真正的优越性,究竟在哪儿?无数在城市长大的人,舍不得离开,无数乡村的年轻人,要搬进都市:这究竟是为了什么?除了让人有较多的机会去赚钱和升官——在今天,升官的很大一部分好处,也还是赚钱罢,城市还向人提供了什么?还应该向人提供什么?英国作家萨克雷有一部小说,书名译作《名利场》(*Vanity Fair*),我们的城市,难道就只是一处"名利场"么?

今日上海，像我住的小区这样的情形，是很普遍的。房产商第一信条的统治，也绝不仅限于住宅区。一讲起上海的城市规划，就只有那几个"中心"，而无论其中哪一个，都是指向"经济"；苏州河水刚停止发臭、有点儿返清了，棺材板似的住宅高楼，就在两岸密集地排开，一幢比一幢更贴近河岸；中央三令五申，要抑制房价，"地王"却依然不断刷新，令人瞠目；过年了，报纸上头版头条："大批市民"在购物中心汗流浃背、"血拼到黎明"！节日一过，纳税人供养的国营垄断企业就开始涨价了："现在是市场经济，企业不能亏本……"凡此种种，说实话，都令我想起我住的那个小区的空间变化，和那些门卫的专一的眼神。

当然，上海这么大一座城市，不可能完全成为房产商第一信条的禁脔。即便一时如此，局面也不可能长久。也许是因为生在这地方不免有偏爱吧，我是相信上海有力量，能让自己更像个人样的。城市是人住的，如果人不甘心只当经济动物，城市就不可能长久地自贬为名利场。

可是，一座并非名利场的城市，该是怎样的呢？还是先说我住的小区。

首先是清算，过去公共面积缩减换来的钱，怎么用的，还剩多少，都要一项一项公布清楚。用错了的，一定要纠正；有谁挪用了，一定要惩处。小区的公共面积，并非无主之地，其中很大一部分，更早由业主分别买了下来，岂能任由物业管理者重新割划、出租收费？这物业管理者，可是居民们白纸黑字、共同聘用的"公仆"啊！岂能颠倒过来，真如一部电影的名字那样："恶仆当家"？！

也许管理者叫屈："我们哪里'任意'了？这截割草地等等，都是业委会批准的啊！"如果真是这样，那就说明业委会不称职，应该全小区公选,将真正有眼光、负责任的居民选出来当代表。

也许管理者嗤笑:"公仆?笑话!不看看现实,白纸黑字?还当真了!"这是欺蒙和威吓。道理很简单:如果白纸黑字都是虚文,那小区也就成了丛林,可人是没法、也不可能完全退回到野蛮的,绿化地确实被毁了不少,但余下的草地和树木还在,它们也是现实,而且是更大、更有潜力的现实。我之所以要求清算,并不仅是为了那些已经消失的绿地,更是为了这些虽日渐杂乱、却依然应时生长、继续向居民提供绿意和生机的草木。

当然,清算的主要根据是私有产权,而人的居住的要求,却主要并不在这里。一座适合人居的住宅小区,应该是空气清新、噪声远隔,有一种安闲清静的气息的;应该有宽敞的空地,孩子们在其中自在地玩耍,而父母不会惊恐地大叫:"当心车子!"也该有宽敞的步道,大家惬意地散步,遇见相熟的邻居,就从容停步攀谈,不会被身后的汽车喇叭声吓得跳起来;低层的门窗外,无需安装粗笨的防盗栏;高层的窗子里,不会弹出烟灰;站在阳台上,应该是满目翠绿,金秋十月,四近一片桂花香;邻人们之间,多有善意,流浪的猫狗,放心地卧在路中央,睡眼迷蒙……这样的"应该",还可以列出许多,其中每一项,都体现人的权利和义务,也至少都不比产权轻。

因此,被毁坏的绿地应该恢复:"赚钱"不能成为小区生活的第一内容,"收费"更不能成为小区管理的第一指标。公共设施应该扩展:图书室、健身器、垃圾分类箱……公共生活更应该发展:居民大会、集体投票、橱窗公示、意见征询……只有当这些都不再是徒具形式的时候,只有当房子最小、最乏权财的居民,也确信他的意见能被大家听到、认真对待的时候,小区里才会有普遍的信任和善意,大家也才会真正将这里看成自己的家。

再强调一句：这些都不只是理想，其中不少也同时也是现实。我住的小区里，至少今年的十月，就还会有桂花香；每天早上，那棵大松树底下，也都会摆出一两个盛着猫食的盘子，几只脏兮兮的肥猫，大快朵颐。虽然某扇窗户里，时或会伸出一支拖把，但我看见，那人四面张望，显然并不敢理直气壮、肆意挥抖……所以，这并非是空谈理想，而是立足于一部分现实，努力去扩大它，去缩小另外的一部分现实。说到究竟，我们生活的所有可能和希望，如同它们的对立面一样，都在现实之中，就看我们如何加入，将我们的分量，添在哪一边了。

小区并不只是小区，它门外就是大马路，小区里面的几乎每一样现象，都通向整个城市的状况。有时候，你可能不得不退回来：外面灰沙太大，还是先把小区扫干净吧！但你其实很清楚，小区里的脏乱差，大半都来自大马路。因此，事情从身边做起，眼睛却要看到远处，当在住宅小区里反抗地产商第一信条的时候，最后的目标，是清楚地指向整个城市，指向那信条的各种扩大版，是要打破它们对城市规划和市民生活的强横的支配。痛心于家门口草地的残破，愤怒于南京路上某家书店的被逼关门，一看见邻家老太打扫楼梯，就赶紧提着水桶出门相助，在街头目睹有人仗势欺人，就毫不犹豫地出言批评——当这种种感受汇成一路、互相激发的时候，当这融汇和激发令无数市民拍案而起、赤诚相对的时候，这城市的"Better"——借用世博会的英文主题词——也就不远了。

初访福建

■ 汪曾祺

漳　州

漳州多三角梅。我们所住的漳州宾馆内到处都是。栽在路边大石盆里，种在花圃里。三角梅别处也有。云南谓之叶子花，因为花与叶形状无殊，只是颜色不同。昆明全种之墙头。楚雄叶子花有一层楼那样高，鲜丽夺目，但只有紫色的一种。漳州三角梅则有很多种颜色，除了紫的，有大红的、桃红的、浅红的，还有紫铜色的。紫铜色的花我还没有见过。有白色的，微带浅绿。三角梅花形不大好看，但是蓬勃旺盛，热热闹闹。这种花好像是不凋谢的。我没有看到枝头有枯败的花，地下也没有落瓣。

到处都是卖水仙花的。店铺中装在纸箱里成箱出售，标明20粒、30粒，谓一箱装20头、30头也。20粒者是上品。胜利路、延安北路人行道上摆了一溜水仙花头，装在花篮状的竹篓里。卖水仙的多是小姑娘。天很晚了，她们提着空篓，有的篓里还有几个没有卖掉的花头，结伴归去。她们一天能卖多少钱？

一个修钟表的小店当门的桌边放了两小盆水仙。修表的是一个年轻人。两盆水仙开得很好，已经冒出好几个花骨朵。修表的桌边放两盆水仙，很合适。

参观漳州八宝印泥厂。印泥是朱砂和蓖麻油调制的（加了少量金箔、朱粉、冰片），而其底料则为艾绒。漳州出艾绒。浙江、上海等地的印泥厂每年都要到漳州采买艾绒。漳州出印泥，跟出艾绒有关。印泥厂备好纸墨，请写字留念。纸很好，六尺夹宣。写了几句顺口溜："天外霞，石榴花，古艳流千载，清芬入万家。"漳州八宝印泥颜色很正，很像石榴花。

凡到漳州者总要去看看百花村，因为很近便。百花村所培植的主要是榕树盆景。榕树是不材之材，不能做梁柱、打家具，烧火也不燃，却是制作盆景的极好材料。榕树盆景较大，不能置之客厅书室，但是公园、宾馆、大会堂、大餐厅，则只有这样大的盆景才相称，因此行销各地，"创汇"颇多。榕树盆景并不是栽到盆子里就算完事，须经相材、取势、锯截、修整，方能欹侧横斜，偃仰矫矢，这也是一门学问。百花村有一个兰圃，种建兰甚多，可惜我们去时管理员不在，门锁着，未能参观。

木棉庵在漳州市外。这个地方的出名，是因为贾似道是在这里被杀的。贾似道是历史上少见的专权误国、荒唐透顶的奸相。元军沿江南下，他被迫出兵，在鲁港大败，不久被革职放逐，至漳州木棉庵为押送人郑虎臣所杀。今木棉庵外土坡上立有石碑两通，大字深刻"郑虎臣诛贾似道于此"，两碑文字一样。贾似道被放逐，是从什么地方起解的呢？为什么走了这条路线？原本是要把他押到什么地方去的呢？郑虎臣为什么选了这么个地方诛了贾似道？郑虎臣的下落如何？他事后向上边复命了没有？按说一个押送人是没有权力把一个犯罪的大臣私自杀了的，尽管郑虎臣说他是"为天下诛贾似道"。想来南宋末年乱得一塌胡涂，没有人追究这件事，也就不了了之了。贾似道下场如此，在"太师"级的大员里是少见的。土坡后有一小庵，当是后建的，但还叫做木棉庵。庵中香火冷落，壁上有当代人题歪诗一首。

云 霄

云霄是果乡。到下畈山上看了看，遍山是果树：芦柑、荔枝、枇杷。枇杷树很大，树冠开张如伞盖，著花极繁。我没有见过枇杷树开这样多的花。明年结果，会是怎样一个奇观？一个承包山头的果农新摘了一篮芦柑，看见县委书记，交谈了几句，把一篮芦柑全倒在我们的汽车里了。在车上剥开新摘芦柑，吃了一路。芦柑瓣大，味甜，无渣。

云霄出蜜柚，因为产量少，不外销，外地人知道的不多。蜜柚甜而多汁，如其名。

在云霄吃海鲜，难忘。除了闽南到处都有的"蚝煎"——海蛎子裹鸡蛋油煎之外，有西施舌、泥蚶。西施舌细嫩无比。我吃海鲜，总觉得味道过于浓重，西施舌则味极鲜而汤极清，极爽口。泥蚶亦名血蚶，肉玉红色，极嫩。张岱谓不施油盐而五味俱足者唯蟹与蚶，他所吃的不知是不是泥蚶。我吃泥蚶，正是不加任何作料，剥开壳就进嘴的。我吃菜不多，每样只是夹几块尝尝味道，吃泥蚶则胃口大开，一大盘泥蚶叫我一个人吃了一小半，面前蚶壳堆成一座小丘，意犹未尽。吃泥蚶，饮热黄酒，人生难得。举杯敬谢主人，曰："这才叫海味！"

云霄出矿泉水，矿泉水，深井水耳。有一位南京大学的水文专家，看了看将军山的地形，说：这样的地形，下面肯定有矿泉水。凿井深至1400米，水出。矿泉水是高级饮料，现已在中国流行，时髦青年皆以饮矿泉水为"有份"。

东　山

听说东山的海滩是全国最大的海滩，果然很大。砂是硅砂，晶莹洁白。冬天，海滩上没有人。接待游客的旅馆、卖旅行纪念品的铺子、冷饮小店、更衣的棚屋，都锁着门。冬天的海滩显得很荒凉。问我有什么印象，只能说：我到过全国最大的海滩了。我对海没有记忆。因此也不易有感情。

东山城上有风动石。一块很大的深圆的石头，上负一块很大的石头蛋。有大风，上面的石头能动。有个小伙子奔上去，仰卧，双脚蹬石头蛋，果然能动。这两块石头摞在一块，不知有多少年了。这是大自然的游戏。

厦　门

庙总要有些古。南普陀几乎是一座全新的庙。到处都是金碧辉煌。屋檐石柱、彩画油漆、香炉烛台、幡幢供果，都像是新的。佛像大概是新装了金，锃亮锃亮。

大雄宝殿里，百余僧众在做功课。他们的黄色袈裟也都很新，折线分明。一个年轻的和尚敲木鱼以齐节奏。大鱼槌颇大。他敲得很有技巧，利用木鱼槌反弹的力量连续地敲着。这样连续敲很久，腕臂得有点功夫。节奏是快板——有板无眼：卜、卜、卜、卜……这个年轻和尚相貌清秀，样子极聪明。我觉得他会升成和尚里的干部的。

到后山逛了一圈，回到大殿外面，诵佛的节奏变成了原板——一板一眼：卜——卜——卜……

在鼓浪屿访舒婷。舒婷家在一山坡上，是一座石筑的楼房。看起来很舒服，但并不宽敞。她上有公婆，下有幼子，她需要料理家务，有客人来，还要下厨做饭。她住的地方，鼓浪屿，名声在外，一定时常有些省内外作家，不速而来，像我们几个，来吃她一顿菜包春卷。她的书房不大，满壁图书，她和爱人写字的桌子却只是两张并排放着的小三屉桌，于是经常发生彼此的稿纸越界的纠纷。我看这两张小三屉桌，不禁想起弗金尼·沃尔芙的《一间自己的屋子》。舒婷在这样的条件下还能写得出朦胧诗吗？听说她的诗要变，会变成什么样子？

有人为铁凝、王安忆失去早期作品的优美而惋惜。无可奈何花落去，谁也没有办法。

福　州

鼓山顶有大石如鼓，故名。或云有大风雨则发出鼓声，恐是附会。山在福州市东，汽车可以一直开到涌泉寺山门，往返甚便，故游人多。福州附近山都不大，鼓山算是大山了。山不雄而甚秀，树虽古而仍荣，滋滋润润，郁郁葱葱。福州之山，与他处不同。

涌泉寺始建于唐代，是座古刹了，但现在殿宇精整，想是经过几次重建了。涌泉寺不像南普陀那样华丽，但是规模很大，有气派。大殿很高，只供三世佛。十八罗汉则分坐在殿外两边的廊子上，一边九位。这种布局我在别处庙里还没有见过。

寺里和尚很多，大都很年轻，十八九岁。这里的和尚穿了一种特别的僧鞋，黑灯芯绒鞋面，有鼻，厚胶皮底，看来很结实，也很舒服。一个小和尚发现我在看他的鞋，说："这种鞋很贵，比社会上的鞋要贵得多。"他用的这个词很有意思，"社会上的"。这大概是寺庙中特有的用词。这个小和尚会说普通话。

涌泉寺有几口大锅，据说能供 1000 人吃饭，凡到寺的香客游人都要去看一看。锅大而深，为铜铁合铸，表面漆黑光滑，如涂了油。这样大的锅如何能把饭煮熟？

寺东山上多摩崖石刻。有蔡襄大字题名两处。一处题蔡襄；一处与苏才翁辈同来，则书"蔡君谟"。题名称字，或是一时风气。蔡襄登鼓山，大概有两次，一次与苏才翁等同来，一次是自来。蔡襄至和三年以枢密直学士知福州，登鼓山或当在此时。然襄是仙游人，到福州甚近便，是否至和间登鼓山，也不能肯定。我很喜欢蔡襄的字。有人以为"宋四家"（苏黄米蔡），实应以蔡为首。这两处题名，字大如斗，端重沉着，与三希堂所刻诸帖的行书不相似。盖摩崖题名别是一体。

西禅寺是新盖的，还没有最后完工，正在进行扫尾工程，石匠在敲錾石板石柱，但已经提前使用，和尚开始工作了。一家在追荐亡灵。八个和尚敲着木鱼铙钹，念着经，走着，走得很快。到一个偏殿里，分两边站下，继续敲打唱念，节奏仍然很快，好像要草草了事的样子。两个妇女在殿外，从一个相框里取出一张 8 寸放大照片，照片上是个中年男人，放进铁炉的火里焚化了。这两个妇女当然是死者的亲属，但看不出是什么关系。她们既没有跪拜，也没有悲泣，脸上是严肃的，但也有些平淡。焚化照片祈求亡灵升天，此风为别处所未见，大概是华侨兴出来的。但兴起得不会太早，总在有了照相术以后。

后殿有一家在还愿。当初许的愿我也没听说过：三天三夜香烛不断。一个大红的绸制横标上缀着这样的金字。也没有人念经，只是香烟袅绕，烛光烨烨。

寺北正在建造一座宝塔，13 层，快要完工了，已经在封顶。这是座钢筋水泥结构的塔。看看这座用现代材料建成的灰白色的塔（塔尚未装饰，装饰后会是彩色的），不知人间何世。

寺、塔，都是华侨捐资所建。

福建人食不厌精，福州尤甚。鱼丸、肉丸、牛肉丸皆如小桂圆大，不是用刀斩剁，而是用棒捶之如泥制成的。入口不觉有纤维，极细，而有弹性。鱼饺的皮是用鱼肉捶成的。用纯精瘦肉加茹粉以木槌捶至如纸薄，以包馄饨（福州叫做"扁肉"），谓之燕皮。街巷的小铺小摊卖各种小吃。我们去一家吃了一"套"风味小吃，10道，每道一小碗带汤的，一小碟各样蒸的炸的点心，计20样矣。吃了一个荸荠大的小包子，我忽然想起东北人。应该请东北人吃一顿这样的小吃。东北人太应该了解一下这种难以想象的饮食文化了。当然，我也建议福州人去吃李连贵大饼。

武夷山

武夷山的好处是景点集中。范围不算大，处处有景，在任何地方，从任何角度，都有可看的，不似有些风景区，走半天，才有一处可看，其余各处皆平平。山水对人都很亲切，很和善，迎面走来，似欲与人相就，欲把臂，欲款语，不高傲，不冷漠，不严峻。武夷属低山，游程"有惊无险"。自山麓至天游峰皆石级，走起来不累。我已经近七十，上天游峰不感到心脏有负担。

玉女峰亭亭而立，大王峰虎虎而蹲。晒布岩直挂而下，石色微红，寸草不生，壮观而耐看，天游是绝顶，一览众山，使人有出尘之想。

武夷的好处是有山有水。九曲溪是天造奇境。溪随山宛曲，水极清，溪底皆黑色大卵石。现在是枯水期，水浅，竹筏与卵石相摩，格格有声。坐在筏上，左顾右盼，应接不暇。

船棺不知是何代物。那时候的人是用什么办法把棺材弄到这样无路可通的悬崖绝壁的山洞里的？为什么要把死人葬在这样高的地方？这是无法解释的谜。

水帘洞不是像《西游记》所写的那样洞口有瀑布悬挂如帘，而是从峭壁上挂下一条很长的草绳，山上水沿草绳流注，被风吹散，如烟如雾，飘飘忽忽，如一片透明的薄帘。水帘洞下有田地人家，种植炊煮，皆赖山水。泉下有茶馆，有人在饮茶。

天车是一列巨大的木制绞车，因为嵌置在峭壁极高处的山缝间，如在天上，当地人谓之"天车"。据传，太平天国时有财主数姓，避乱入岩洞中，设此天车，把财物和食物绞上去，在洞中藏匿甚久，太平天国军仰攻之，竟不得上。峭壁有碑记其事。这块碑的措词很尴尬，当然要说太平天国是革命的，地主是反动的，但是游人仰看天车，则只有为天车感到惊奇，碑文想发一点感慨，可不知说什么好。

武夷山是道教山，入山处原有武夷宫，已毁，现在正在重建，结构存其旧制，而规模较小。看了檐口的大斗拱，知道这是宋式建筑。宫前有两棵桂花树，云是当年所植，数百年物也。宫外有荣观，亦宋式。

我们所住的银河饭店门前是崇安溪；屋后亦有小溪，溪水小有落差，入夜水声淙淙不绝。现在是旅游淡季，整个旅馆只住了我们5个人。经理为我们的饭菜颇费张罗，有炒新鲜冬笋，有武夷山的山珍石鳞，即石鸡，山间所产的大蛙也，有狗肉，有蛇汤。临行，经理嘱写字留念，写了一副对联："四周山色临窗秀，一夜溪声入梦清。"

龙门印象

■ 萧　殷

一

是晴朗的初冬早晨，太阳温煦地照着大地。汽车一驶出了洛阳的西关，就像摆脱了缰绳的野马，任性地飞奔起来。过了著名的周公庙，远远就望见闪闪发光的洛水了。更远处，却是迷迷茫茫的一片，似风沙，似烟雾，又似苍苍茫茫的原野。不一会儿，车已驶进了洛河桥头，你看！天津桥，多少古典诗人咏唱过的天津桥啊，它还屹立在洛河的水流里；在古代，这一带的垂柳系过多少依依的离情！水流里曾渗和过多少离人的伤心泪！要是在春天，当洛河旁边的桃花盛开的时节，人们能看着这片景色毫无遐想？能不回想起这样脍炙人口的诗句么？

　　　　　天津三月时，千门桃与李；
　　　　　朝为断肠花，暮逐东流水。
　　　　　前水复后水，古今相续流；
　　　　　新人非旧人，年年桥上游。

可惜，现在已经是冬天，阳光虽然很温暖，但道路两旁的村庄，却赤裸裸的，再也找不到"绿树掩映"的风趣了；就连邵康节的"安乐窝"和司马光的"独乐园"的遗址,也是如此。

　　车越往南行,道路越来越难走,倒不是路不宽,而是马车和牛车太拥挤了!一辆跟着一辆,络绎不绝;马蹄落处,尘土飞扬,有时竟连前面两丈远的东西也无法辨认;此时此际,任你空际多么晴朗,但在这里,阳光能不黯然失色么?正所谓:

　　　　大车扬飞尘,亭午暗阡陌!

　　好在龙门在望,我们憧憬已久的"石刻宝库"就在眼前了。

二

　　龙门!多么响亮的名字!

　　当我们走到一个小镇的尽头,面前就横着一条湍急的河流,那原来就是有名的伊水。我们走到沙滩,从这里放眼南望,两岸石壁对峙,伊水从中潺潺地向北流来。远处的接口却异常整齐,好像凿穿的阙口;难怪古人管它叫"伊阙",后人又管它叫"龙门"了。

　　就在这伊水的两岸,我们的祖选创造了无数的艺术珍品。你看!伊水两岸(尤其是西岸)的"洞"和"龛"吧,密得简直像蜂房。据统计,全山造像凡九万七千三百零六尊;题记三千六百八十品;有佛洞一千三百五十二个,龛七百五十个,塔三十九个。其规模之大,由此可以想见。

　　远在公元五百年(北魏景明元年),规模宏大的石刻艺术活动,就在这里开始了。人们所叹赏不绝的"宾阳中洞"里面的十一尊大佛像以及它洞口两壁的浮雕,正是当时劳动人民所雕刻的最优秀的珍品。后来又经过东西魏、北周、北齐、隋,一直到晚唐光化元年(即公元八百九十八年），我们的祖先连续在这里营造了四百来年，他们继承了敦煌、云冈雕刻艺术的传统，融合了南北朝的文化并吸收了犍陀罗的精华；特别在晚唐，又继承了北魏的优秀传统，更吸收了当时西方艺术的精髓，融合汉民族固有的色彩，发挥了他们高度的艺术智慧与创造的才能，使这里的石刻艺术不断地得到发展和不断地提高。

因此，无论你从艺术创造的发展来看，或者从艺术创造的规模来看，或者是从石刻艺术所达到的高度成就来看，龙门都无愧为祖国的伟大的石刻为祖国的伟大的石刻艺术的宝库。

啊！谁能面对着这千千万万的精心的雕刻，能无动于衷？谁能在这些伟大艺术品的面前，不惊叹我们祖先的匠心和辉煌的艺术智慧呢？

三

我们来到了奉先寺。

当人们登上高高的斜坡，踏上了最后一级石阶的时候，抬头一望，谁都会惊喜地吹呼起来："啊！你看！你看！"

原来在我们的上面，有一张端庄安详、微露笑容的脸庞出现在我们的眼前，那就是奉先寺著名的卢舍那雕像。高十七米，膝部以下虽已崩落，但余部体态仍十分匀称平衡；尤其是脸部，仿佛有无限的魅力，你一见那张慈爱温厚的脸容，内心就不禁油然地滋生出一种喜悦的情绪。

这是七世纪七十年代的产物。距今已有一千三百年的历史，虽经长时期的风雨剥蚀，然而不管你从哪个侧面看上去，它总是那样匀称！那样慈爱温厚和那样端庄安详！甚至当我们走到伊水的对岸，站在看经寺洞前来回望它的时候，它那慈祥的脸容，却依然是那样动人。

偶一看，它会给你带来一些喜悦的情绪；但仔细再瞧瞧，你又会觉得它有与众不同的地方。我们曾看过北魏的造像（如龙门的"宾阳中洞"、"古阳洞"、"莲花洞"的塑像），这些造像都是脸部秀长，眉作弧形，鼻长，目大，颈平，唇厚，而且胸部平直。这些造像虽然也表现了辉煌的艺术智慧，但它们却更多地保留了外来的艺术的痕迹。然而到了唐代，不但继承了北魏艺术的优秀传统，吸收了当时西方艺术的优点，同时也融合汉民族固有的色彩，使造像更加雄劲生动，更柔和自然。奉先寺的卢舍那的造像，就是杰出的代表作品。你看吧，卢舍那的脸部多么丰满：鼻端，口正，两耳下垂，眉作新月形，目稍向下凝视，胸脯微凸……如果拿北魏的造像来比较，显然卢舍那的造像是更有民族特色了。

奉先寺是龙门最大的佛洞，南北约三十米，东西约三十五米。据说是唐咸亨三年（公元六七二年）开工，一直到上元二年（公元六七五年）十二月三十日才造成，整整费时三年零九个月。可惜，右面的菩萨、天王、力士和供养人等，大部分被风雨剥蚀，残缺不全，好在左面的诸像大部分还完好无损。特别值得提一提的，是那力士像。乍一看，你会觉得他十分猛勇，有劲！仔细看，你会发现他的颈部和手臂的肌肉显露，筋络分明。充分发挥了艺术上的夸张手法，但大部却符合人体的解剖原理，这是难得的珍品。

四

我们怀着愉快的心情离开了奉先寺之后，继续参观了十几个佛洞，如西山的成佛洞、敬善寺、老龙洞、千佛洞、八仙洞、无名造像、药方洞和东山的四雁洞、二莲花洞、看经寺等等以及石壁间无数的佛龛。

真是美不胜收！当你默默地望着神采奕奕的佛像出神的时候，同时在你的耳边就响着不断的赞赏："多洗练的衣纹！""多优美多姿！"

在万佛洞外的半壁上，我们看见了一个菩萨，约一米高，右手执"拂尘"，左手提水瓶，上身微向右倾，头部却向左弯，优美多姿，传神得很，实是唐刻观音的杰作。唉！可惜头部已被击碎，可恨又复可叹！

在敬善寺内，也有两个菩萨，姿态端丽而体态富有变化；可惜头部也被凿去了！八仙洞里的雕像，其体态之多姿，使人不能不"啧啧"称道；然而，它们的头部同样被凿去了。

这真是龙门石刻艺术的浩劫！其实，破坏龙门石刻的活动在唐武宗时期就开始了，以后又历经了多次的变乱，石刻被毁的现象，日复一日地严重起来，特别是在国民党反动统治时期，美国帝国主义勾通官僚奸商，大肆盗凿龙门的石刻艺术。那时候，龙门完全无人管理，任何人都可以任意凿走雕像。据说，每凿下一个头像，即可得到二十块现洋的报酬。在这种严重的破坏之下，万佛洞的佛像再也难得找到完好的了！所有石壁间精致的佛龛里的佛像，全部被凿去了脑袋！在东山南端的万佛沟里，无数唐代成熟的壁上雕刻，几乎全部被砍去了头部！有的人是整个地被凿走了！

看了这种种现象，使人痛心！帝国主义为劫掠我国古代的艺术珍品，竟敢勾结官僚大肆盗凿，同时以小利诱惑不法居民进行不间断的破坏，以致使龙门的石刻艺术遭到了严重的无法弥补的损失！

亲爱的读者，请你们牢牢地记住，现在，在美国纽约博物馆和坎察斯博物馆以及波士顿博物馆里，还藏着好几种龙门石刻艺术的珍品！其一，是宾阳中洞两壁的"皇后礼佛图"及"皇帝礼佛图"，这是两幅构图美妙的浮雕，是我国一千四百年前在雕刻艺术上的杰作。一九三五年，美国强盗普利斯贿通古玩奸商岳彬，勾结国民党反动政府，把这两幅珍贵的浮雕盗凿下来，然后运到美国。其二，是万佛洞里的飞天和洞口的一对石狮子。狮子一脚翘起，作攫物状，极雄伟壮观，是我国七世纪的艺术名作。美帝国主义竟将狮子连同飞天一起盗走，现藏在波士顿博物馆。

记住！亲爱的读者，牢牢地记住啊！这笔债将来一定要算清！

五

我们从万佛沟走出来，天空跟我们的心情都变得阴沉了。西风刮起了漫天风沙，道路更难走了。

我们沿着伊水向北走去。尘土扑面，眼睛都很难睁开。走了很久，才走到香山寺前。这是著名诗人白居易死前居住洛阳十八年，常来游历地方，在这时，据说他和洛阳其他的几位诗人结过"九老社"，朝夕相聚，曾留下不少动人的诗篇。

再沿着山路向北走，行约一里路，眼前出现一道山梁；在山梁的尽处，却是一片密密的柏树林。有人告诉我们："白居易就葬在这柏树林里，现在叫做白冢。"

我们放眼远望：奇怪！一个"琵琶"清晰地映在我们的眼前。你看，这道山梁和柏树林不正好构成一个"琵琶"么？——这也许是后人为纪念诗人的名诗"琵琶行"而特地装点出来的吧。再远些，在柏树林的背后，是伊水，是热闹的小镇，是苍茫茫的原野，是烟雾，是密密的烟囱……

西风刮得呜呜直响,我们顺着山梁,一直向柏树林俯冲下来,风声在我们的耳边呼啸着,尖叫着,在风声里,我们仿佛听到这样的声音:

> 九月降霜秋早寒,
> 禾穗未熟皆青干;
> 长吏明知不申破,
> 急敛暴征求考课;
> 典桑卖地纳官租,
> 明年衣食将何如?
> 剥我身上帛,
> 夺我口中粟;
> 虐人害物即豺狼,
> 何必钩爪锯牙食人肉?

一口气跑到了白居易的墓前,我们忽然都严肃起来了。谁都不愿说一句话,仿佛谁都怕惊扰了诗人的构思。

其实,在我们的面前只有一块石碑:唐少傅白公墓。风来时,柏树摇摇摆摆,反而显得无限的静穆。

诗人,静静地睡吧,你曾经诅咒过的"食人肉"的社会,已经被你的子孙消灭了!你看,在柏树林的隙缝里,你难道没有看见远远的红旗在飘展么?西风,你别吵吧!让我们的诗人听听他的子孙怎样歌唱他们的幸福吧!

哈尔滨

■ 靳 以

小巴黎

  哈尔滨是被许多人称为"小巴黎"的。中国人在心目中都以为上海该算是中国最繁华的城市,可是到过了哈尔滨就会觉得这样的话未必十分可信。自然,哈尔滨没有那种美国式的摩天楼,也没有红木铺成的马路;但是,因为住了那么多有钱的人,又是那么一个重要的铁路交叉点,个人间豪华的生活达到更高快地来了,这为一切中国外国女人所喜欢。在那条最热闹的基达伊斯基大街上,窗橱里都是出奇地陈列了新到的这一类货品。这使女人们笑逐颜开,而男人们紧皱眉头。(有的男人也许不是这样的。)钱像是很容易赚进来,可是更容易花出去。当然,这里也像其余的大都市一样,包含了许多人一辈子两辈子也花不光财产的富人;又有一只大的铁路局,直接地间接地豢养了成千成万的人,使这个城市的繁荣永远不会衰凋下来。住在吉林和黑龙江的人希望到哈尔滨走走,正如内地的人想着到上海观光一样。就是到过多少大都市的人,也能为这个都市的一切进展所惊住。尤其是到过外国的人,走在南岗马家沟道里的街上,会立刻引起对异国的追想。一切都仿佛是在外国,来往的行人也多半不是中国人。我就时常惊讶着,当我走在南岗的居住区的一路上,那样的建筑直使我想起一些俄国作家所描写的乡间建筑。间或有一两个俄国孩子从房里跑出来,更使我想到我在不在中国,轻婉的琴声,如仙乐一样地从房子里飘出来。

多少街上也都是列满了俄国商店,再高贵些的就是法国商店。在那样的街上如果一个人不会说一句中国话,不会感到什么不方便;若是不会说俄文,就有处处都走不通之苦。这正是哈尔滨,被人称为"小巴黎"的一个东方都市。

街 路

我很喜欢那里以长方石铺成的街路。不像其他的都市一样,用沥青和沙石来造平滑的路,却多半是七寸长五寸方石块来铺路的。当着坐在马车里,马的蹄子打在路上,我十分喜欢谛听着那清脆而不尖锐得厌人的声音,那些路也是平坦的,可并不是像镜子一样的光滑。就是在道外,一条正阳街也是用这样的石块铺成的。

这样的路在冬天经过几月的冰冻之后。可不会就坏掉了,而在夏天,也没有为太阳照得渗出的沥青油来粘着行人的脚。走在这样的路上是爽快的。在深夜我时常喜欢一个人在街心走着,听着自己的鞋跟踏在路上的声音。这样我愈走愈高兴,能独自走很长的一条路。

街上的车

跑在街上的车,我最喜欢的是一种叫做斗子车的了。那车是驾了一匹马,拖了一个斗一样的车厢,两旁两个大车轮子,上去的时候要从后面把座位掀起来。我坐到那上面,走在清静的街上,我会要御者把鞭子给我,由我来指挥那匹马行走。但是在繁闹的街市,他就拿过去了,为着怕出危险的缘故。因为没有易于上下的地方,许多人是不愿意坐那样的车，若是出了事会有更大的危险。我却不怕，友人告诉我几次斗子车从南岗下坡滚下来出事的事情，我还常是一个人偷偷地去乘坐，因为我是最喜欢那车子的。

那里的电车比起上海来要好出许多许多，第一就看不见那种习于舞弊的讨厌的售票人。而车中的布置，座位的舒适和我自己所坐过的一些都市中的电车来比较，也是要居于第一位。那上面的司机人和售票人都是初中毕业的青年人，在二十岁左右，穿着合身的制服。没有头等和三等的分别，座位上都铺了绿绒。乘客必须从车的后门上来，前门下去，免去一些拥挤。到了每一个停站，售票人用中国话叫一次之后，再用俄文叫一次。他们负责地使电车在街上安顺地驶行。

大汽车也是多的，除开了到四乡去的之外，从道里到道外，南岗，马家沟，都有这样的车。这不是一个公司的营业，可是无数的大汽车联合起来收同一的车价，走着规定的路程，对乘客的人数有一定的限度。更便利的是那些在街上往返走着的小汽车，随时可以停下来，只要花一毛钱，就可以带到很远的地方。

再有的就是马车和人力车，人力车的数量是最少的。

夜之街

到晚上，哈尔滨的街是更美丽的。但是在这里我要说的街是指基达伊斯基大街和与它连着的那些条横街。

无论是夏天和冬天，近晚的时节，在办公室的和家中的人就起始到街上来。只有饮食店，药店是还开着时，其余的商店都已锁好了门，可是窗橱里却明着耀眼的灯。那些窗饰，多是由专家来布置，有着异样引人的力量。渐渐地人多起来了，从左面的行人路顺着走下去,又从右面的行人路上走回来。大家在说着话,笑着沿着这条街往返地散着步。在夏天,有拿了花束在贩卖的小贩,那些花朵照在灯光之下,像是更美丽一些。到了冬天,却是擦得发亮的红苹果,在反衬着白色的积雪。相识的人遇见了,举举帽子或是点点头,仍然不停止他们的行走。有一段路,伫立了许多行人,谛听着扩大器放出来的音乐。在工作之余,他们不用代价而取得精神上的粮食。

在一些横的街上,是较为清静一些,路灯的光把树叶的影子印在路上,衰老的俄国人,正在絮絮地说着已经没有的好日子。在那边遮在树影下的长凳上,也许坐了一对年轻人,说着年轻人的笨话,做着年轻人的笨事。在日间也许以为是丑恶的,可是美丽的夜,把美丽的衣裳披在一切的上面,什么都像是很美好的了。

太阳岛

夏日里,太阳岛是人人想去的地方。可是当我的友人说的时候,他却说可以不必去,因为过了江就有盗匪。但是我确实地知道许多俄国男人和女人是仍旧去的,每次走在江边,也看到了许多人是等候着渡船过去。于是我和另外的一个友人约着去一次。

到那边去可以乘坐公共过渡汽船,也能乘坐帆船,还可以坐着瘦小的舢板过去。我们是租好一只舢板,要自己摇过去。从江边到太阳岛,也有几里的路程,到了岛,已经费去一小时的工夫。我们把船拴在岸旁,走上岸去。

沿着岸,麇集了许多舨板游船,沙岸上,密密地排满了人。有的坐着有的睡着,好多女人是用好看的姿式站在那里。那都是俄国人,穿着游泳衣,女人把绸带束在头上,笑着闹着,一些人在水中游着。有的人,驾了窄小的独木舟,用长桨左右地拨着。随时这独木舟会翻到水中去，驾船的人也会游泳着，把倾覆的船翻过来。又坐到里面去，继续地划着前进。

在岛的尽头有一家冷饮店，装饰成一个大船的样子，有奏乐的人在吹奏。很多穿了美丽游泳衣的女人坐在那里，喝着冷饮。她们的衣服没有一点水，也没有一点沙子，只是坐在那里瞟着来往的男人。没多远，就有荷枪的卫兵守在那里，这是用以警备盗匪的袭击。

回去的时候，太阳将近落下了。温煦的阳光在我们的脸上，斜映起江波上的金花闪耀着我们的眼睛。我们一下一下地向着东面划去，留在我们后面的船只能看见黑黑的影子，柔曼的歌声从水上飘到我们这里来。

道　外

写到"道外"这一节，我就要皱起眉头来。我并不是因为曾经在外国住得久（其实我是连去都没有去过），忘了自己的祖国，无理由地厌恶着中国所有的一切。若是稍稍把情感沉下去，想到住满了中国人的道外区，立刻就有一副污秽的景象在脑中涌起来，就没有法子使我不感到厌恶。

只有一条正阳街是稍稍整齐些，可是盖在木板下的阴沟，就发着强烈的臭味。横街上呢，涂满了泥水的猪还在阴沟里卧着，两旁的秽土像小山一样地堆积起来。

沿着江边的一条路，是排满了土娼的街。苦工们有了钱，到这里来花去的。只有坐在从车站到道外的电车上，就能经过这条街，靠西的一排，都是这样矮小的房子，挂了红布窗帘。那里还有屯积黄豆的粮食，雨下得多了，豆存的日子久了，发了芽，渐渐地腐烂起来，冒出比什么也难闻的气味。

因为木料价格的低下,还有当局的疏忽,所有的建筑物都少用砖泥洋灰。所以,火灾像是每天至少总有两三起。一起也很少是一小部分,因为房屋太密了,一阵火就能烧光一大片,使多少人没有安身的地方。但是当着这被毁后的房子再造起来,只顾目前的便宜,仍然大量地用着木材。这正是我们中国人办事的精神,这里也正是完全住了中国人的区域。

西安散记

■ 秦 似

人大概不大喜欢接触陌生的人，但却喜欢看看从未到过的地方。我去西安，便是充满着这么一种欲望的。

西安在大西北。来大西北，我还是头一遭儿。我到西安，是去年十一月下旬，要在东北，该穿棉衣的了。可是，西安却暖和得春日一般，我的棉衣一直压在行李包里，没有用过。别人给我说过，西安那黄土地带的风沙是不好受的，可现实的西安却把这个说法推翻了。我问西安的朋友："是今年例外地暖和吧？"

"哪里！西安总是这样，比北京暖和，风沙也远比北京小。"

从这里，我知道耳食之言是靠不住的。世界上旅游事业如此兴旺，大概就因为人们总想要证实或否定各种各样耳食之言的缘故。

我还听人家说，西安吃东西，无不带有很浓的羊膻味。特别是那"羊肉泡馍"，很难下咽。我想，远的不说，作为唐代的都城，总不应该只吃羊膻味很重的东西吧？"那难说，李渊父子不正是陇西那边的吗？"这就言之凿凿了。由于西安到底太吸引人了，我冒着羊膻气味于不顾，终于来了。住在新起的十二层宾馆，天天吃的却全是非常典型的中国菜，不带半点羊膻味。这当然是改革了。所谓典型的中国菜，即似乎已把粤、川、苏、浙等地的烹调技术熔为一炉，取其精华，去其糟粕。这真是一门学问，我似乎是在西安第一次体会到。

"那么，要吃一碗羊肉泡馍行么？"我问西安朋友。

"哈哈，有的是，隔壁那一家小吃铺就卖的这个。"

老伴特别好奇，非要去尝一尝不可。我们走进小吃铺，各人要了二两。说实话，我还是头一回喝到如此美味的羊肉汤呢。这又使我感到耳食之言的不可靠了，即使是羊肉泡馍，又何惧哉！

作为主人的西安友人，为我安排了一个尽可能满足我的要求的日程。除开两天演讲，其余五天便是游览的时间了。

首先要去看的，自然是秦始皇陵出土的兵马俑。顺道还可以看到骊山和华清池。兵马俑，据说是农民在一九七四年挖井时无意中发现的。先发现几个，顺着挖开去，越挖越多，到底有多少，现在还是个未知数。那些雄赳赳的甲士，都披了胄，手持戈戟，一个个栩栩如生。论雕塑，恐怕不在希腊或文艺复兴时期的作品水平之下，只不过风格不同，而且都并没有以此名"家"罢了。他们可真正的是一群集体创作者。这些作为半奴隶而存在的雕塑家们！

读《史记》，有一个印象，就是秦始皇初即位，便征集天下囚徒七十余万人，在骊山筑他的陵墓。像这样大规模经营陵墓，秦始皇当是中国的第一人。那情景，同古埃及库佛王族金字塔是差不多的。如果说金字塔还有什么不解之谜的话，秦陵却明明白白就是竭尽了中国当时的人力物力，经过几十年的惨淡经营完成了的，丝毫不带什么传奇色彩，更不牵涉到外星人或玛雅人的帮忙。当我去看秦陵的时候，哪里有什么墓，竟是与骊山并峙的一座大山！而它的附属品，却还远被于骊山周围，兵马俑出土之处，距陵的本身就有好几公里。

兵马俑一个个排成行列，上千上万，而距离地面不过一二米，却直到两千年后的今天才被发现。由此而观，我国地下的文物，真是一个无可估量的宝藏！兵马俑出土，其意义不下于发现甲骨文。

秦陵到底还埋下了些什么，当然还是一个很大的谜。太史公司马迁说是"宫观百官奇器珍怪徙藏满之"，又说"以水银为百川江河大海"，看来不完全是捕风捉影，但至少还不确切。比方兵马俑如此之多，他就不知道。还得让地下文物来当我们的历史教师。

"那么，秦陵没有发生过盗墓的事吗？"我问。

"哈哈，这么一座大山，打哪儿穿进去？再有本领也盗不了。"西安朋友说。

陵墓越大，就越安全，这一点，秦始皇是想对了。汉武帝的茂陵，李世民的乾陵，武则天的昭陵，大概都是从这儿得到启发的，凡有条件的皇帝，总是把陵筑得越大越好。武则天的女儿永泰公主的墓，就因为小一点，已被盗光了。但这一来，倒可以开放给人游览了。那里面的壁画和石椁，都是很值得一看的。

茂陵只是远看，没有去。它旁边的霍去病墓，却是去了。霍去病墓还不算太大，但似乎也未闻被盗过。还有卫青墓，也葬在茂陵附近。卫、霍的墓，和汉武帝的宠姬李夫人的墓并排在一起，这很使我想起，汉武帝这个人也是颇有"派性"的。李广为什么得到历来人们的同情，也可能正因为他受到了汉武帝派的排斥的缘故。

在去昭陵的路上，可以一瞻八百里秦川的景色。虽然时近初冬，辽阔的田野上还可以看到各种作物和悠悠的白云，互相衬映，显出了一片关中的气派来。正是这一条狭长的耕作地带，由于当时较先进的农业技术，使得秦国富强起来的。所谓"山河百二"，并不光说其险要、还包括了自然条件的气候和物产。直到李世民，还可以据此以为大后方，进而统一中国。这又怎不令人要发思古之幽情呢？而"百二山河"之险要，又曾使当年的日寇尽管占领了隔河的风陵渡，断绝了陇海路的交通，仍然无法进入关中。这一些，关中人大概到现在还引为自豪的吧！

那位给我们开小轿车的司机同志，很有兴致地给我们介绍他知道的一切。才远看到昭陵，他就半玩笑半正经地说了："你瞧，真像是武则天躺在那里。一座大山，两个隆起的丘陵，便是乳房，还有头和腿。要从飞机上看，就更像！"

昭陵的确气象雄伟，那位司机的描绘，可能是流行于民间的传说。资料上介绍，正好那突起的两峰名为"奶头山"，因而这样的传说也就很自然地形成了。看来，人们对武则天，是既崇敬，又带有一点雅谑的。

汽车可以直上到昭陵顶上。墓道两旁，石人石马之多，不消说了，最为奇特的，墓前立有六十一尊"王宾"的石像。所谓"王宾"，就是那时参加葬礼的外宾，石像同真人的形体一般大小，背部还刻有国籍、姓名和官职。很可惜，除了两尊还完整，其余五十九尊的头都被敲掉了。否则，这是研究七世纪中外关系史和西亚、东亚各国服式的绝好的资料。

"是谁在什么时候这么恶作剧，干出这般煞风景的事来？"我不禁发问。

"那还只是解放前不久的事情，这儿附近的村子有几年歉收，有人说是这些人头作怪，便在一个晚上全给敲掉了。"西安朋友说。

可怜的迷信！多少文物竟这样给毁掉了。但据说那敲下来的人头，有些却被外国人当宝贝买了去。那么，安知恶作剧者不是为了卖钱？

西安的文物，确是多得很。西安朋友说，随便在街边或路上，弯下身去，也可以捡到一两样。这说法未免夸张，但对于一个历史悠久，又较少受到战祸破坏的古都，却是很形象的形容。

昭陵有两座相对而立的"无字碑"，据说是武则天遗言要立的。所谓"无字碑"，就是一座丈多高的方形石碑，四方都空无一字。这确是奇物。这个设置也出于一个奇想。有人说，那是因为武则天自以为功绩太大了，无可形容，即使八块这么高的碑，也写不下，索性不写了，以示其伟大。但也有另一种说法，说武则天认为她一生的功过，不应由自己去作结论，还是让后人评论去吧。我宁可相信后一种说法，因为这一来，武则天确是有点高明的。

说到武则天，我便联想到杨贵妃。老实说，我去西安，很主要一个目的是想看一看马嵬坡。当我了解到马嵬坡离西安不太远，一天可以来回，我便提出了去看一看的要求。尽管一般旅游的人是不大去那里的，西安同志还是满足了我的愿望。于是，便从昭陵转过去。到得那儿，已是接近夕阳西下了。那儿既不是陵，也没有山，只是一个小小的土坡。一座"杨贵妃之墓"，封土也跟一般平民中的富有者差不多，但总算后人也给凿了一块墓碑，并把约莫一亩地给用墙围起来了。一片寂聊凄凉的气氛，真叫人想起《梧桐雨》中的况味来。

鲁迅在《女人未必多说谎》里提到过："比如吧，关于杨妃，禄山之乱以后的文人就是撒着大谎，玄宗逍遥事外，倒说是许多坏事情都由她，敢说'不闻夏殷衰，中自诛褒妲'的有几个。""不闻夏殷衰，中自诛褒妲"是出自杜甫《北征》的两句。过去的注家多认为是颂扬唐玄宗的，鲁迅却认为是鞭挞玄宗的，可见鲁迅读书的细心。

但文人也还有敢为杨妃不平的，只不过那已是事过境迁之后了。其一见于《韵语阳秋》所引，谓唐僖宗于黄巢之乱时出奔，亦幸蜀，有人题诗于马嵬驿曰：

> 马嵬烟柳正依依，重见銮舆幸蜀归。
> 泉下阿瞒应有语，这回休更怨杨妃。

另一首见于元代蒋正子《山房随笔》，谓为宋时端平年间李山作：

> 命委马嵬坡畔泥，惊魂飞上傲霄枝。
> 西风落日东篱下，薄幸三郎知不知。

阿瞒、三郎都指的唐玄宗。我这回到马嵬坡巡礼一番，也正好是"西风落日"之时，当天晚上，不免也作了一首诗：

> 寂寞空坟映落及，也无松柏也无霞。
> 华清池内妆留影，蜀道途中血染沙。
> 底事罪名连社稷，枉从车驾走天涯。
> 公卿犹待量刑日，一介蛾眉死刹那。

听说有人已经写了剧本，为杨贵妃平反。我倒没有这个意思。比起武则天来，杨贵妃是说不上什么女中豪杰的。只不过把她说成"亡国之祸水"，替别人作了替罪的羔羊，那确是冤枉了。

读史书，唐玄宗和杨贵妃每年去华清池的次数不少。某日"幸华清池"，某日"至自华清池"的记载，也就充斥纸面。我想象中的华清池，是在骊山半山上的，这次实地一看，才知道不在山腰，而是在平地之上。那么，杜牧写的"山顶宫门次第开"，当是指的整个华清宫了。那时的华清宫，想必相当宏大，以至从山顶一直包括到山脚下的华清池。

华清池其实并不怎么华丽，那洗澡的地方也比一个浴盆大不了多少。称之为池，是有点夸张的。其实，唐玄宗带着杨贵妃，一年到头就只去这么个地方玩几次，要在今天，也算不了什么。今天比华清池好上百倍的地方多的是。从北戴河到极南的海南岛"鹿回头"，何处不比骊山好得多？但那时没有火车汽车，更没有飞机，一年上几次华清池，也的确够得上骄奢的了。我也并非想在这里为唐玄宗翻案，只是想说，在我们今天，一个普通人能享受到的东西，比方风景游览之类，更比古之皇帝还胜过许多。

在兴庆宫旧址，还修复了当年李白应召吟花，作《清平调》三首的沉香亭，只是已经掺杂了水泥结构，而"沉香亭畔倚栏杆"的栏杆，也没有了，这未免有点扫兴。

大雁塔和小雁塔，都已坐落在今天的西安闹市之中，但却是保持原样最好的古建筑。唐代诗人常常提到的慈恩寺，就在大雁塔内。一想到我的足迹踏在李白、白居易他们踩过的地面上，心里很有点热辣辣的。小雁塔虽高达十三层，我还是爬到了塔顶。因为在那儿可以俯瞰西安全貌。我忽然想起了另一些地方，问西安朋友："曲江呢？"

"就在那个方向，"西安朋友遥指着我弄不清的一个方位，"现在已经连池水也没有了。"

"杜陵又怎么样？"

"也不甚了了啦。"

历史到底是历史。西安固然保存了许多文物古迹,但已经面貌一新。正像羊肉泡馍仍存在,而宾馆里已创造着新式的中国菜式一样。但正因为我们在进行着前无古人的建设,我们就更不能忘怀我们民族过去有过灿烂的文明。它是激励、鞭策我们奋发向前的无形的力量。

行吟阁遐想

■ 黄秋耘

前几天,翻出一张旧照片,是我自己拍的武昌东湖旁边的行吟阁。这张已经开始有点褪色的照片,引起了我一段深沉的回忆。

五年前的初春,我因事去广州,路过武汉。在一个大雪后的晴天,我前去东湖,在行吟阁和屈原纪念馆一带盘桓了大半天。

不知道为什么,对于屈原,我有一种"旷百世而相感"的特别感情。从少年时代起,我就爱读《离骚》,每读到"长太息以掩涕兮,哀民生之多艰"、"亦余心之所善兮,虽九死其犹未悔"的时候,总是"欷歔而不可禁"。不过,我真正理解屈原的精神和《离骚》的真谛,还是在直接受到闻一多先生的教诲以后。

说起来,这是二十多年前的事了。那时我在北平清华大学读书,闻一多先生主讲的《楚辞》是我最喜欢的功课之一。闻先生上课是不拘形式的,别的教师都在日间上课,他偏偏把课程排到晚间。我还记得,每当华灯初上,或者皓月当头,他总是带着微醺的感情,步入课室,口里高吟着:"士无事,痛饮酒,熟读《离骚》,方可为真名士!"接着,他就边朗诵、边讲解、边发挥。时而悲歌慷慨,热泪纵横;时而酣畅淋漓,击节赞赏。与其说闻先生是以其渊博的学识、翔实的考证、独到的见解吸引着我们,毋宁说他是以强烈的爱国主义精神、深沉的悲悯情怀感动着我们。1935—1936年间,那时候正是国事蜩螗,敌人的铁蹄已经越过了长城。那时候,几千里锦绣河山,几十座繁荣城市,都已经沦为豺狼窟穴。就是在暂时还没有沦陷的国土上,南瞻北望,又何处不是哀鸿遍野,民不聊生?这艰难的岁月跟屈原的时代是多么相像呵!因此,闻先生的孤愤高吟、长歌当哭,就更容易触发我们的共鸣同感了。有时候,我甚至感觉到,在闻先生的灵魂里就活着一个屈原,他好像就是屈原的化身。

且说我那天来到了行吟阁畔,东湖两岸,积雪茫茫,素裹红妆,江山如画,四顾无人,万籁俱寂,连几里外水鸟振翅的声音都听得到。我参观过屈原纪念馆之后,又在矗立湖滨的屈原像前凭吊一番。我仿佛看到这位颈上挂着花环、腰间佩着长剑、足下穿着芒鞋的古代诗人,披发伫立,蹙额低吟:"瞻前而顾后兮,相观民之计极;夫孰非义而可用兮,孰非善而可服!"我又仿佛看到穿着破旧的长袍、飘拂着长髯、背着双手的闻一多先生,昂首仰天,血脉偾张,作狮子吼:"有一句话说出就是祸,有一句话能点着火,别看五千年没有说破,你猜得透火山的缄默?说不定是突然着了魔,突然青天里一个霹雳,爆一声:'咱们的中国!'"后来这两个形象就合而为一,何者是屈原,何者是闻先生,我都分不清楚了。

我无意以古人喻后人,以后人比古人,但一接触到与屈原有关的事物,总是情不自禁地联想起闻一多先生生平的风貌。的确,他们虽然相隔两千多年,但无论是对人民的热爱,对祖国的忠贞,还是斗志的坚强,死事的壮烈,都是颇有些相近似的。因此,漫游之余,我又忽生遐想:闻先生是湖北人,且曾几度寓居武昌,假如在行吟阁上,屈原馆中,另辟一室,先生的衣冠遗物、著作手稿以及金石创作,使这古今两位伟大的爱国诗人相得益彰,也许不见得是毫无意义的事情吧。作为一个景仰闻一多先生的学生,我是殷切地期望着的。

白发苏州

■ 余秋雨

一

前些年,美国刚刚庆祝过建国 200 周年。洛杉矶奥运会的开幕式把他们两个世纪的历史表演得辉煌壮丽。前些天,澳大利亚又在庆祝他们的 200 周年,海湾里千帆竞发,确实也激动人心。

与此同时,我们的苏州城,却悄悄地过了自己 2500 周年的生日。时间之长,简直有点让人发晕。

入夜,苏州人穿过 2500 年的街道,回到家里,观看美国和澳大利亚国庆的电视转播。窗外,古城门藤葛垂垂,虎丘塔隐入夜空。

在清理河道,说要变成东方的威尼斯。这些河道船楫如梭的时候,威尼斯还是荒原一片。

二

苏州是我常去之地。海内美景多得是,唯苏州,能给我一种真正的休憩。柔婉的言语,姣好的面容,精雅的园林,幽深的街道,处处给人以感官上的宁静和慰藉。现实生活常常搅得人心志烦乱,那么,苏州无数的古迹会让你熨帖着历史定一定情怀。有古迹必有题咏,大多是古代文人超迈的感叹,读一读,那种鸟瞰历史的达观又能把你心头的皱折慰抚得平平展展。看得多了,也便知道,这些文人大多也是到这里休憩来的。他们不想在这儿创建伟业，但在事成事败之后，却愿意到这里来走走。苏州，是中国文化宁谧的后院。

做了那么长时间的后院，我有时不禁感叹，苏州在中国文化史上的地位是不公平的。历来很有一些人，在这里吃饱了，玩足了，风雅够了，回去就写鄙薄苏州的文字。京城史官的眼光，更是很少在苏州停驻。直到近代，吴侬软语与玩物丧志同义。

理由是简明的：苏州缺少金陵王气。这里没有森然殿阙，只有园林。这里摆不开战场，徒造了几座城门。这里的曲巷通不过堂皇的官轿，这里的民风不崇拜肃杀的禁令。这里的流水太清，这里的桃花太艳，这里的弹唱有点撩人。这里的小食太甜，这里的女人太俏，这里的茶馆太多，这里的书肆太密，这里的书法过于流丽，这里的绘画不够苍凉遒劲，这里的诗歌缺少易水壮士低哑的喉音。

于是，苏州，背负着种种罪名，默默地端坐着，迎来送往，安分度日。却也不愿重整衣冠，去领受那份王气。反正已经老了，去吃那种追随之苦作甚？

三

说来话长，苏州的委屈，2000多年前已经受了。

当时正是春秋晚期，苏州一带的吴国和浙江的越国打得难分难解。其实吴、越本是一家，两国的首领都是外来的冒险家。先是越王勾践把吴王阖闾打死，然后又是继任的吴王夫差击败勾践。勾践利用计谋卑怯称臣，实际上发愤图强，终于在十年后卷土重来，成了春秋时代最后一个霸主。这事在中国差不多人所共知，原是一场分不清是非的混战，可惜后人只欣赏勾践的计谋和忍耐，嘲笑夫差的该死。千百年来，勾践的首府会稽，一直被称颂为"报仇雪耻之乡"，那么苏州呢，当然是亡国亡君之地。

细想吴越混战，最苦的是苏州百姓。吴越间打的几次大仗，有两次是野外战斗，一次在嘉兴南部，一次在太湖洞庭山，而第三次，则是勾践攻陷苏州，所遭惨状一想便知。早在勾践用计期间，苏州人也连续遭殃。勾践用煮过的稻子上贡吴国，吴国用以撒种，颗粒无收，灾荒由苏州人民领受；勾践怂恿夫差享乐，亭台楼阁建造无数，劳役由苏州人民承担。最后，亡国奴的滋味，又让苏州人民品尝。

传说勾践计谋中还有重要一项，就是把越国的美女西施进献给夫差，诱使夫差荒淫无度，慵理国事。计成，西施却被家乡来的官员投沉江中，因为她已与"亡国"二字相连，霸主最为忌讳。

苏州人心肠软，他们不计较这位姑娘给自己带来过多大的灾害，只觉得她可怜，真真假假地留着她的大量遗迹来纪念。据说今日苏州西郊灵岩山顶的灵岩寺，便是当初西施居住的所在，吴王曾名之"馆娃宫"。灵岩山是苏州一大胜景，游山时若能遇到几位热心的苏州老者，他们还会细细告诉你，何处是西施洞，何处是西施迹，何处是玩月池，何处是吴王井，处处与西施相关。正当会稽人不断为报仇雪耻的传统而自豪的时候，他们派出的西施姑娘却长期地躲避在对方的山巅。你做王他做王，管它亡不亡，苏州人不大理睬。这也就注定了历代帝王对苏州很少垂盼。

苏州人甚至还不甘心于西施姑娘被人利用后又被沉死的悲剧。明代梁辰鱼（苏州东邻昆山人）作《浣纱记》，让西施完成任务后与原先的情人范蠡泛舟太湖而隐遁。这确实是善良的，但这么一来，又产生了新的麻烦。这对情人既然原先已经爱深情笃，那么西施后来在吴国的奉献就太与人性相背。

前不久一位苏州作家给我看他的一部新作，写勾践灭吴后，越国正等着女英雄西施凯旋，但西施已经真正爱上了自己的夫君吴王夫差，甘愿陪着他一同流放边荒。

又有一位江苏作家更是奇想妙设，写越国隆重欢迎西施还乡的典礼上，人们看见，这位女主角竟是怀孕而来。于是，如何处置这个还未出生的吴国孽种，构成了一场政治、人性的大搏战。许多怪诞的境遇，接踵而来。

可怜的西施姑娘，到今天，终于被当作一个人，一个女性，一个妻子和母亲，让后人细细体谅。

我也算一个越人吧，家乡曾属会稽郡管辖。无论如何，我钦佩苏州的见识和度量。

四

吴越战争以降，苏州一直没有发出太大的音响。千年易过，直到明代，苏州突然变得坚挺起来。

对于遥远京城的腐败统治，竟然是苏州人反抗得最为厉害。先是苏州织工大暴动，再是东林党人反对魏忠贤，朝廷特务在苏州逮捕东林党人时，遭到苏州全城的反对。柔婉的苏州人这次是提着脑袋、踏着血泊冲击，冲击的对象，是皇帝最信任的"九千岁"。"九千岁"的事情，最后由朝廷主子的自然更替解决，正当朝野上下齐向京城欢呼谢恩的时候，苏州人只把五位抗争时被杀的普通市民，立了墓碑，葬在虎丘山脚下，让他们安享山色和夕阳。

这次浩荡突发，使整整一部中国史都对苏州人另眼相看。这座古城怎么啦？脾性一发让人再也认不出来，说他们含而不露，说他们忠奸分明，说他们报效朝廷，苏州人只笑一笑，又去过原先的日子。园林依然这样纤巧，桃花依然这样灿烂。

明代的苏州人，可享受的东西多得很。他们有一大批才华横溢的戏曲家，他们有盛况空前的虎丘山曲会，他们还有了唐伯虎和仇英的绘画。到后来，他们又有了一个金圣叹。

如此种种，又让京城的文化官员皱眉。轻柔悠扬，潇洒倜傥，放浪不驯、艳情漫漫，这似乎又不是圣朝气象。就拿那个名声最坏的唐伯虎来说吧，自称江南第一才子，也不干什么正事，也看不起大小官员，风流落拓，高高傲傲，只知写诗作画，不时拿几幅画到街上出卖。

> 不炼金丹不坐禅，
> 不为商贾不耕田，
> 闲来写幅青山卖，
> 不使人间造孽钱。

这样过日子，怎么不贫病而死呢！然而苏州人似乎挺喜欢他，亲亲热热叫他唐解元，在他死后把桃花庵修葺保存，还传播一个"三笑"故事让他多一桩艳遇。

唐伯虎是好是坏我们且不去论他。无论如何，他为中国增添了几页非官方文化。人品、艺品的平衡木实在让人走得太累，他有权利躲在桃花丛中做一个真正的艺术家。中国这么大，历史这么长，有几个才子型、浪子型的艺术家怕什么？深紫的色彩层层涂抹，够沉重了，涂几笔浅红淡绿，加几分俏皮洒泼，才有活气，才有活活泼泼的中国文化。

真正能够导致亡国的远不是这些才子艺术家。你看大明亡后，唯有苏州才子金圣叹哭声震天，他因痛哭而被杀。

近年苏州又重修了唐伯虎墓,这是应该的,不能让他们老这么委屈着。

五

一切都已过去了,不提也罢。现在我只困惑,人类最早的城邑之一,会不会、应不应淹没在后生晚辈的竞争之中?

山水还在,古迹还在,似乎精魂也有些许留存。最近一次去苏州,重游寒山寺,撞了几下钟,因俞樾题写的诗碑而想到曲园。曲园为新开,因有平伯先生等后人捐赠,原物原貌,适人心怀。曲园在一条狭窄的小巷里,由于这个普通门庭的存在,苏州一度成为晚清国学重镇。当时的苏州十分沉静,但无数的小巷中,无数的门庭里,藏匿着无数厚实的灵魂。正是这些灵魂,千百年来,以积聚久远的固执,使苏州保存了风韵的核心。

漫步在苏州的小巷中是一种奇特的经验。一排排鹅卵石,一级级台阶,一座座门庭,门都关闭着,让你去猜想它的蕴藏,猜想它以前、很早以前的主人。想得再奇也不要紧,2500年的时间,什么事情都可能发生。

如今的曲园,辟有一间茶室。巷子太深,门庭大小,茶客不多。但一听他们的谈论,却有些怪异。阵阵茶香中飘出一些名字,竟有戴东原、王念孙、焦理堂、章太炎、胡适之。茶客上了年纪,皆操吴侬软语,似有所争执,又继以笑声。几个年轻的茶客听着吃力,呷一口茶,清清嗓子,开始高声谈论陆文夫的作品。

未几,老人们起身了,他们在门口拱手作揖,转过身去,消失在狭狭的小巷里。

我也沿着小巷回去。依然是光光的鹅卵石,依然是座座关闭的门庭。

　　我突然有点害怕,怕哪个门庭突然打开,涌出来几个人:再是长髯老者,我会既满意又悲凉;若是时髦青年,我会既高兴又不无遗憾。

　　该是什么样的人?我一时找不到答案。

想象胡同

■ 铁　凝

少年时，由于父母去遥远的五七干校劳动，我被送至外婆家寄居，做了几年北京胡同里的孩子。

外婆家的胡同地处北京西城，胡同不长，有几个死弯。外婆的四合院是一所坐北朝南的两进院子，院落不算宽敞，院门的构造却规矩齐全，大约属屋宇式院门里的中型如意门。门框上方雕着"福""寿"的门簪，垂吊在门扇上用作敲门之用的黄铜门钹，以及迎门的青砖影壁和大门两侧各占一边的石头"抱鼓"，都有。或者，厚重的黑漆门扇上还镌刻着"总集福荫，备致嘉祥"之类的对联吧。只是当我作为寄居者走进这两扇黑漆大门时，门上的对联已换作了红纸黑字的"四海翻腾云水怒，五洲震荡风雷激"。

这样的对联，为当时的胡同增添着激荡的气氛。而在从前，在我更小的时候来外婆家作客，胡同里是安详的。那时所有的院门都关闭着，人们在自家的院子里，在自家的树下过着自家的生活。外婆的院里就有四棵大树，两棵矮的是丁香，两棵高的是枣树。五月里，丁香会喷出一院子雪白的芬芳；到了秋日，在寂静的中午我常常听见树上沉实的枣子落在青砖地上溅起的噗噗声。那时我便箭一般地窜出屋门，去寻找那些落地的大枣。

偶尔，有院门开了，那多半是哪家的女主人出门买菜或者买菜回来。她们把用一小块木纸包着的一小堆肉馅儿托在手中，或者是一小块报纸裹着的一小绺韭菜,于是胡同里就有了谦和热情、啰嗦而又不失利落的对话。说她们啰嗦,是因为那对话中总有无数个"您慢走""您有功夫过来""瞧您还惦记着""您呐……"等等等等。外婆隔壁院里有位旗人大妈,说话时礼儿就更多。说她们利落,是因为她们在对话中又很善于把句子简化,比如:

"春生来雪里蕻啦。"

"笔管儿有猫鱼。"

"春生"是指胡同北口的春生副食店,"笔管儿"是指挨着胡同西口的笔管胡同副食店。猫鱼是商店专为养猫人家准备的小杂鱼,一毛钱一堆,够两只猫吃两天。为了"春生"的雪里蕻和"笔管儿"的猫鱼,这一阵小小的欢腾不时为胡同增加着难以置信的快乐与祥和。她们心领神会着这简约的词汇再道些"您呐、您呐",或分手,或一起去北口的"春生"、西口的"笔管儿"。

当我成为外婆家长住的小客人之后,也曾无数次地去"春生"买雪里蕻,去"笔管儿"买猫鱼,剩下零钱还可以买果丹皮和粽子糖。我也学会了说"春生"和"笔管儿",才觉得自己真正被这条胡同所接纳。

后来,胡同更加激荡起来,这种啰嗦而利落的对话不见了。不久,又有规定让各家院门必须敞开,说若不敞开院中必有阴谋,晚上只有规定时间门方可关上。外婆的黑漆大门冲着胡同也敞开了,使人觉得这院子终日在众目睽睽之下。

那时,外婆院子的西屋住着一对没有子女的中年夫妇——崔先生和崔太太。崔先生是一个傲慢的孤僻男人,早年曾经留学日本,现任某自动化研究所的高级工程师。夫妇二人过得平和,都直呼着对方的名字相敬如宾。有一天,忽然有人从敞开的院门冲入院子抓走了崔先生,从此十年无消息。而崔太太就在那天夜里疯了,可能属于幻听症。她说她听到的所有声音都是在骂她,于是她开始逃离这个四合院和这条胡同,胳膊上常挎着一只印花小包袱,鬼使神差似的。听人说那包袱里还有黄金。她一次次地逃跑,一次次地被街道的干部大妈抓回。街道干部们传递着情况说:

"您是在哪儿瞧见她的?"

"在'春生',她正掏钱买烟呢,让我一把就攥住了她的手腕儿……"

或者:"她刚出'笔管儿',让我发现了。"

拎着酱油瓶子的我,就在"春生"见过这样的场面——崔太太被人抓住了手腕儿。

对于崔太太,按辈分我该称她崔姥姥的,这本是一个个子偏高、鼻头有些发红的善净女人。我看着她们扭着她的胳膊把她押回院子锁进西屋,还派专人看守。我曾经站在院里的枣树下希望崔太太逃跑成功,她是多么不该在离胡同那么近的"春生"买烟啊。不久崔太太因肺病死在了里屋,死时,偏高的身子缩得很短。

这一切,我总觉着和院门的敞开有关。

十几年之后胡同又恢复了平静,那些院门又关闭起来,人们在自己的院子里做着自己的事情。当长大成人的我再次走进外婆的四合院时,我得知崔先生已回到院中。但回家之后砸开西屋的锈锁他也疯了:他常常头戴白色法国盔,穿一身笔挺的黑呢中山装,手持一根楠木拐杖在胡同里游走、演说。他并且在两边的太阳穴上各贴一枚图钉(当然是无尖的),以增强脸上的恐怖。我没有听过他的演说,目击者都说,那是他模拟出的"施政演说"。除了作演说,他还特别喜欢在貌似悠然的行走中猛地回转身,将走在他身后的人吓那么一跳。之后，又没事人似的转过身去，继续他悠然的行走。

我曾经在夏日里一个安静的中午，穿过胡同向大街走，恰巧走在头戴法国盔的崔先生之后，便想着崔先生是否要猛然回身了。在幽深狭窄、街门紧闭的胡同里，这种猛然回身确能给后面的人以惊吓的。果然，就在我走近"笔管儿"时，离我仅两米之遥的崔先生来了一个猛然回身，于是我看见了一张黄白的略显浮肿的脸。可他并不看我，眼光绕过我，却使劲朝我的身后望去。那时我身后并无他人，只有我们的胡同和我们共同居住的那个院子。崔先生望了片刻便又返回身继续往前走了。

以后我再也没有见过崔先生，只不断听到关于他的一些花絮。比如，由于他的"施政演说"，他再次失踪又再次出现；比如，他曾得过一笔数额不小的补发工资，又被他一个京郊侄子骗去……

出人预料的是，当时我却没有受到崔先生的惊吓，只觉得那时崔先生的眼神是刹那的欣喜和欣喜之后的疑惑。他旁若无人地欣喜着自己只是向后看，然后便又疑惑着自己再转身朝前。

许多年过后，我仍然能清楚地回忆起崔先生那疾走乍停、猛向后看的神态，我也终于猜到了他驻步的缘由，那是他听见了崔太太对他那直呼其名的呼唤了吧？院门开了，崔太太站在门口告诉他，若去"笔管儿"，就顺便买些猫鱼回来。然而，崔先生很快又否定了自己，带着要演说的抱负朝前走去。

上海与北京

■ 王安忆

上海和北京的区别首先在于小和大。北京的马路、楼房、天空和风沙，体积都是上海的数倍。刮风的日子里，风在北京的天空浩浩荡荡地行军，它们看上去就像是没有似的，不动声色的。然而透明的空气却变成颗粒状的，有些沙沙的，还有，大地间充满着一股鸣声，无所不在的。上海的风则要琐细得多，它们在狭窄的街道与弄堂索索地穿行，在巴掌大的空地上盘旋，将纸屑和落叶吹得溜溜转，街道旁树的枝叶也在乱摇。当它们从两幢楼之间挤身而过时，便使劲地冲击一下，带了点撩拨的意思。北京的天坛和地坛就是让人领略辽阔的，它让人领略大的含义。它传达"大"的意境是以大见大的手法，坦荡和直接，它就是圈下泱泱然一片空旷，是坦言相告而不是暗示提醒。它的"大"还以正和直来表现，省略小零小碎，所谓大道不动干戈。它是让人面对着大而自识其小，面对着无涯自识其有限。它培养着人们的崇拜与敬仰的感情，也培养人们的自谦自卑，然后将人吞没，合二而一。上海的豫园却是供人欣赏精微、欣赏小的妙处，针眼里有洞天。山重水复，做着障眼法，乱石堆砌，以作高楼入云，迷径交错，好似山高路远。它乱着人的眼睛，迷着人的心。它是炫耀机巧和聪敏的。它是给个谜让人猜，也试试人的机巧和聪敏的，它是叫人又惊又喜，还有点得意的。它是世俗而非权威的，与人是平等相待，不企图去征服谁的。它和人是打成一片，且又你是你,我是我,并不含糊的。

即便是上海的寺庙也是人间烟火,而北京的民宅俚巷都有着庄严肃穆之感。北京的四合院是有等级的,是家长制的。它偏正分明,主次有别。它正襟危坐,慎言笃行。它也是叫人肃然起敬的。它是那种正宗传人的样子,理所当然,不由分说。当你走在两面高墙之下的巷道,会有压力之感,那巷道也是有权力的。上海的居民是平易近人的,老城厢的板壁小楼是可上演西门庆潘金莲的苟且之事。带花园的新式里弄房子,且是一枝红杏出墙来的。那些雕花栏杆的阳台,则是供西装旗袍剧作舞台的。豪富们的洋房,是眉飞色舞、极尽张扬的,富字挂在脸上,显得天真浮浅而非老于世故,既要拒人于门外,又想招人进来参观,有点沉不住气。

走在皇城根下的北京人有着深邃睿智的表情,他们的背影有一种从容追忆的神色。护城河则往事如烟地静淌。北京埋藏着许多辉煌的场景,还有惊心动魄的场景,如今已经沉寂在北京人心里。北京人的心是藏着许多事的。他们说出话来都有些源远流长似的,他们清脆的口音和如珠妙语已经过数朝数代的锤炼,他们的俏皮话也显得那么文雅,骂人也骂得文明:瞧您这德行!他们个个都有些诗人的气质,出口成章的。他们还都有些历史学家的气质,语言的背后有着许多典故。他们对人对事有一股潇洒劲,洞察世态的样子。上海人则要粗鲁得多,他们在几十年的殖民期里速成学来一些绅士和淑女的规矩,把些皮毛当学问。他们心中没有多少往事的,只有二十年的繁华旧梦,这梦是做也做不完的,如今也还沉醉其中。他们都不太惯于回忆这一类沉思的活动,却挺能梦想,他们做起梦来有点海阔天空的,他们像孩子似的被自己的美梦乐开了怀,他们行动的结果好坏各一份,他们的梦想则一半成真一半成假。他们是现实的,讲究效果的,以成败论英雄的。他们的言语是直接的,赤裸裸的,没有铺垫和伏笔的。他们把"利"字挂在口上,大言不惭的。他们的骂人话都是以贫为耻,比如"瘪三"、"乡下人"、"叫花子吃死蟹——只只鲜",没什么历史观,也不讲精神价值的。北京和上海相比更富于艺术感,后者则更具实用精神。

北京是感性的,倘若要去一个地方,不是凭地址路名,而是要以环境特征指示的:过了街口,朝北走,再过一个巷口,巷口有棵树,等等的。这富有人情味,有点诗情画意,使你觉得,这街,这巷,与你都有些渊源关系似的。北京的出租车司机,是凭亲闻历见认路的,他们也特别感性,他们感受和记忆的能力特别强,可说是过目不忘。但是,如果要他们带你去一个新地方,麻烦可就来了,他们拉着你一路一问地找过去,还要走些岔道。上海的出租车司机则有着概括推理的能力,他们凭着一纸路名,便可送你到要去的地方。他们认路的方法很简单,先问横马路,再弄清直马路,两路相交成一个坐标。这是数学化的头脑,挺管用。北京是文学化的城市,天安门广场是城市的主题,围绕它展开城市的情节,宫殿、城楼、庙宇、湖泊,是情节的波澜,那些深街窄巷则是细枝末节。但这文学也是帝王将相的文学,它义正辞严,大道直向,富丽堂皇。上海这城市却是数学化的,以坐标和数字编码组成,无论是多么矮小破陋的房屋都有编码,是严丝密缝的。上海是一个千位数,街道是百位数,弄堂是十位数,房屋是个位数,倘若是那种有着支弄的弄堂,便要加上小数点了。于是在这城市生活,就变得有些抽象化了,不是贴肤的那种,而是依着理念的一种,就好像标在地图上的一个存在。

北京是智慧的。上海却是凭公式计算的。因为北京是深奥难懂,要有灵感和学问的;上海则简单易解,可以以理类推。北京是美,上海是管用。如今,北京的幽雅却也是拆散了重来,高贵的京剧零散成一把两把胡琴,在花园的旮旯里吱吱呀呀地拉,清脆的北京话夹杂进没有来历的流行语,好像要来同上海合流。高架桥,超高楼,大商场,是拿来主义的,虽是有些贴不上,却是摩登,也还是个美。上海则是俗的,是埋头做生计的,螺蛳壳里做道场的,这生计越做越精致,竟也做出一份幽雅。这幽雅是精工车床上车出来的,可以复制的,是商品化的。如今这商品源源打向北京,像要一举攻城之战似的。

回老街走走

■ 舒　婷

有支流行歌曲叫《常回家看看》，歌词蛮动人的，唱得一些做父母的，鼻子一阵阵发酸。现代人的家，都在一格格的火柴盒里，外观千篇一律，里头的装修与格局也大同小异。游子们再健忘，可能走错楼栋，进错梯道，决不会叫错爹妈。

从前我们的家不是这样的。

城里的家，不是在什么胡同里，就是什么小巷深处，歪着一棵老槐或撑着两树枇杷（至于丁香和油纸伞，那是在戴望舒的雨巷才有的）。风大的时候，常有一两件衣裳从横架着的竹竿上飘落，罩在路人的肩或头，有些故事由此发生。乡下的家，再穷都有自己的院落，墙头摇曳着狗尾巴草，屋后一窝鸡两畦韭。孩子回家，当妈的急急去摸鸡屁股，捋一把嫩韭，炒得香味直钻入骨髓，多少年都不会忘。

城市这些年来致力于整容，胡同与小巷与陋屋，与倒马桶的尴尬岁月，逐一被大马路、住宅小区、防盗门与空调机所刷新。城市不但向高处生长出商厦、银行和行政大楼，还急剧扩张，蚕食了它周边的田园和村庄。即使在富裕一点的农村，也流行那种整齐划一的住宅区，无论设计是否仿西欧或仿希腊，一模一样的水泥建筑在严格的间距里，了无生趣，看上去都像兵营。

在欧洲那些富有传统的美丽小城里，街两旁的民居决不肯放弃个性。如果主人发现自己的门面与邻居有些雷同，他一定想方设法添点什么或减点什么,来突出自己的与众不同。

无论如何怀旧,决没有哪一个普通市民,愿意再当一回"七十二家房客"。大连会议上,有个女作家问市长:从前大连那些独特的日式房子哪里去了?市长回答:大连的老百姓会告诉你,那些没有取暖和卫生设备的房子居住起来多么不方便。

台湾的鹿港,部分老街被圈为保护区,不许随意更换门庭。那里的老百姓在巷口贴出抗议:"要文明不要落后!""我们不欢迎参观,还给房屋自主权。"更有甚者,自己动手把房子扒倒的。不少民居搬空了,导游指给我们看那些古老的瓦楞与滴水檐,上面荒草凄凄。

我所居住的鼓浪屿基本全是老房子,跟鹿港一样,明令不许改变原来结构,保护得比较好。但房子大多是三四十年代华侨私房,其风格、设备、布局都相当完善,所以居民能够安于现状。

我的童年是在外婆家度过的,住在八卦埕(想想这个地名有多么弯弯绕),厦门最老的区街之一。它那几条街巷的名字都极其生动传神:"打锡街",住的多是工匠;"夹板寮",房子的简陋可想而知;"曾姑娘巷",原是有个曾姑娘祠堂的,碑文说她有"闭月羞花之容,沉鱼落雁之貌"。放学后特地去看她的画像,扁扁的圆脸上一双细细的小眼睛罢了。十分失望,从此对古书中的形容词,甚怀疑。

只要有时间,我还是愿意回老街走走。

在城市的夹缝中,总有几处被遗忘的角落。比如开元路,没有酒楼没有超市也没有发廊,只有小杂货店和补鞋摊。比较现代化的是一部公共电话,从居家里逶迤拉出,搁在门口木凳上,由一个抠着趾缝的老头看守。稍过去一点的骑楼下,摆一张矮桌,乌黑的茶具,几个打牌的老人,押着一毛钱十根的筹码。日子在这里悠悠打了个旋，继续慢慢流了去。

又比如打锡街，那么窄，张着两只手，可以同时李家抓两根葱，王家讨一撮盐；那么短，站在这一端，可以看到那一端的大马路车水马龙，却又是这么兴旺，白天家家都摆出点什么卖卖：茯苓糕、鲜鸡蛋、烧肉粽、金箔银纸、本地青皮芒果；或者找点事做做：缝补、修伞、代书、打金器。总是熙熙攘攘，看起来好像是邻里之间的买来卖去而已。晚上，都把小饭桌摆到门口，人要路过，须侧着身，常常不是碰翻了这家的小酒盅，就是打撒了那家的海蛎面线汤。不过不要紧，进出这里的人至少有个点头交情。熟而又熟的走不到家门，就被揪住坐下喝两口。免不了吵架，吵起来声情并茂，平日里搓衣掌勺低眉顺眼的妇女，这个时候口才极好，倾街倾巷。

咳，老街。

我们怀念的不是拥挤、闷热、三代同室的往日时光，而是相濡以沫互通有无的凡间人情烟火。尤其当我们掏出一大串钥匙，打开公共铁门、自家的防盗门、房门，走到被钢栅密密封锁的阳台上，看看上下左右都是同样的铁笼子。你不知道隔壁阳台那个腆着啤酒肚浇花的男人在哪里工作，旁边那位风情万种的女子是不是他的妻子。当然他也不知道你，于是你觉得很安全，不想打破这种默契。

气闷的时候，孤独的时候，被吊在半空的时候，不妨到老街走走。

城市的标识

■ 张抗抗

我们的城市和城市,已经变得越来越像多胞胎了。

假如你在一个傍晚被掳掠到某地,你被关在一所封闭的房间里,仅仅依靠视线所及的建筑物和街道,你根本无法辨别自己的所在之处。你会发现这一座城市和另一座城市,它们彼此之间竟然是如此相像。

那些高耸的大厦和大楼,在夕阳下闪闪发光的玻璃幕墙,尖角或是翘角的屋顶,白色或是灰色的圆柱……使你觉得眼前的一切早已似曾相识。

那么街道呢,满街的霓虹灯和高架的立交桥,更让你茫然无措。你曾试图辨别街道——却只见窗东的"猎奇门"、窗西的"八佰伴"、南门的"肯德基"、北阳台下的"麦当劳"……都像是你所在的那个城市的"克隆"弟兄。就好像每个城市的商店宾馆,都用各自特制的拉链,把天下各处自家的门脸统统成了一个连体人。

还有街上川流不息的轿车,也都像是刚刚从你那个城市蜂拥而来。本田丰田奔驰捷达桑塔纳夏利……你被熟识的车牌团团包围。就连街上的人和街上的垃圾,竟也和你原来的生活一模一样呵。他们也穿"佐丹奴"和"杉杉",他们戴"西铁城"手表,持"摩托罗拉"手机;骑着山地车的人,衣服款式和面料,都和你每日相处的同事们大同小异。街角上扔着一只"可口可乐"的饮料空罐,还有一只"万宝路"的烟盒……

你迷失在被无数次复制过的城市里,你已找不到回家的路。

第二天天亮时分,你终于在楼角那儿,从太阳升起来的方向,发现了一棵树。

那棵树有一种端庄的王者风度,两人合抱粗的树干呈深黑色,树枝如巨大的龙爪,遒劲而伸展,缀满了繁密的树叶,即使在深冬也依然葱郁。树底下落着紫黑色的小果子,一阵若有若无的香气淡淡的袭来……

你知道那是一棵香樟树。北方没有香樟树,它立于江南,是杭州的标识。

后来你看见了一排树,整整一条街的两侧,宽大茂密的树叶,如一条长廊遮挡了阳光,马路被灰黑色的图案覆盖了,那是树叶的光影。高大粗壮的树干具有一种浪漫的气质,浅绿色的树皮上嵌着淡黄色的花纹,像一匹匹光滑的绸缎。

你明白你是在南京,但也许是上海。全城遍布蔚为壮观的法国梧桐,就像一排排绿色的盘扣,将城市偌大的袍子扣紧了。

你看见了,街中央有一座绿色的小岛,垂挂着浅褐色的流苏样密密的枝条,构成一片完整的森林。那是榕树——你在福州或是广州。你看见婀娜苗条迎风荡逸的椰树——你是在海口。你看见街边重重叠叠挺拔苍劲的油松——那是在长春。你看见一种树冠修整成一个绿色的圆球的矮树,那样地玲珑精致,那是你未见过的圆冠榆是新疆喀什市特有的标志。

最后你睁开眼,你看见了秀气而坚韧的国槐,细碎密集的树叶为街道铺就一片浓阴,白中透着淡黄色的小花,飘来久远而古老的京城气息……

拥挤熙攘，高楼林立的城市中，如今，惟有属于那个城市的树，如高扬的旗帜和火炬，从迷途的暗处闪现出来，为我们引领通往故乡的交叉小径。

我们曾经千姿百态、各具风韵的城市们，已被钢筋水泥、大同小异的高楼覆盖。最后只剩下了树，在忠心耿耿地守护着这一方水土；只剩下了树，在小心翼翼地维持着这座城池的性格；只剩下了树，用汁液和绿阴在滋润着这城市中芸芸众生干涸的心灵。在冷冰冰的建筑和街道中，它是最有耐心与人相伴的鲜活生命；在日益趋同的城市形状中，它是唯一不可被替代的印记，不可被置换的标识。

也许有一天，树将成为城市的灵魂。

以心去爱我们城市的树吧，那是大自然留给我们最后的馈赠，也是城市仅存的个性了。

从棣花到西安

■ 贾平凹

秦岭的南边有棣花,秦岭的北边是西安,路在秦岭上约三百里。世上的大虫是老虎,长虫是蛇,人实在是走虫。几十年里,我在棣花和西安生活着,也写作着,这条路就反复往返。

父亲告诉过我,他十多岁去西安求学,是步行的,得走七天,一路上随处都能看见破坏的草鞋。他原以为三伏天了,石头烫得要咬手,后来才知道三九天的石头也咬手,不敢摸,一摸皮就粘上了。到我去西安上学的时候,有了公路,一个县可以每天通一趟班车,买票却十分困难,要头一天从棣花赶去县城,成夜在车站排队购买。班车的窗子玻璃从来没有完整过,夏天里还能受,冬天里风刮进来,无数的刀子在空中舞,把火车头帽子的两个帽耳拉下来系好,哈出的气就变成霜,帽檐是白的,眉毛也是白的。时速至多是四十里吧,吭吭唧唧在盘山路上摇晃,头就发昏。不一会有人晕车,前边的人趴在窗口呕吐,风把脏物又吹到后边窗里,前后便开始叫骂。司机吼一声:甭出声!大家明白夫和妻是荣辱关系,乘客和司机却是生死关系,出声会影响司机的,立即全不说话。路太窄太陡了,冰又瓷溜溜的,车要数次停下来,不是需要挂防滑链,就是出了故障,司机爬到车底下,仰面躺着,露出两条腿来。到了秦岭主峰下,那个地方叫黑龙口,是解手和吃饭的固定点。穿着棉袄棉裤的乘客,一直是插萝卜一样挤在一起,要下车就都浑身麻木,必须揉腿。我才扳起一条腿来，旁边人说：那是我的腿。我就说：我那腿呢，我那腿呢？感觉我没了腿。一直挨到天黑，车才能进西安，从车顶上卸下行李了，所有人都在说：嗨，今日顺到！因为常有车在秦岭上翻了，死了的人在沟里冻硬，用不着抬，像捐椽一样捐上来。即使自己坐的车没有翻，前边的车出了事故，或者塌方了，那就得在山里没吃没喝冻一夜。

90年代初，这条公路改造了，不再是沙土路，铺了柏油，而且很宽，车和车相会没有减速停下，灯眨一下眼就过去了。过去车少，麦收天沿村庄的公路上，农民都把割下的麦子摊着让轧，狗也跟着撵。改造后的路不准摊麦了，车经过刷地一声，路边的废纸就煽得贴在屋墙上，半会落不下。狼越来越少了，连野兔也没了，车却黑日白日不停息。各个路边的村子都死过人，是望着车还远着，才穿过路一半，车却瞬间过来轧住了。棣花几年里有五个人被轧死，村人说这是祭路哩，大工程都要用人祭哩。以前棣花有两三个司机，在县运输公司开班车，体面荣耀。他们把车停在路边，提了酒和肉回家，那毛领棉大衣不穿，披上，风张着好像要上天，沿途的人见了都给笑脸，问候你回来啦？就有人猫腰跟着，偷声换气地乞求明日能不能捎一个人去省城。可现在，公路上啥车都有，连棣花也有人买了私家车。那一年，我父亲的坟地选在公路边，母亲就说离公路近，太吵吧，风水先生说：这可是好穴哇，坟前讲究要有水，你瞧，公路现在就是一条大河啊！

我每年十几次从西安到棣花，路经蓝关，就可怜了那个韩愈，他当年是"雪拥蓝关马不前"呀，便觉得我很幸福，坐车三个半小时就到了。

过了2000年，开始修铁路。棣花人听说过火车，没见过火车。

通车的那天，各家在通知着外村的亲戚都来，热闹得像过会。中午时分，铁路西边人山人海，火车刚一过来，一人喊：来了——！所有人就像喊欢迎口号：来了来了！等火车开过去了，一人喊：走了——！所有人又在喊口号：走了走了！但他们不走，还在敲锣打鼓。十天后我回棣花，邻居的一个老汉神秘地给我说：你知道火车过棣花说什么话吗？我说：说什么话？他就学着火车的响声，说：棣花——！不穷！不穷！不穷不穷，不穷不穷！我大笑，他也笑，他嘴里的牙脱落了，装了假牙，假牙床子就笑了出来。

有了火车，我却没有坐火车回过棣花，因为火车开通不久，一条高速路就开始修。那可是八车道的路面呀，洁净得能晾了凉粉。村里人把这条路叫金路，传说着那是一捆子一捆子人民币铺过来的，惊叹着国家咋有这么多钱啊！每到黄昏，村后的铁路上过火车，拉着的货物像一连串的山头在移动，村人有的在唱秦腔，有的在门口咿咿呀呀拉胡琴，火车的鸣笛不是音乐，可一鸣笛把什么声响都淹没了。火车过后，总有三五一伙端着老碗一边吃一边看村前的高速路，过来的车都是白光，过去的车都是红光，两条光就那么相对地奔流。他们遗憾的是高速路不能横穿，而谁家狗好奇，钻过铁丝网进去，竟迷糊得只顺着路跑，很快就被轧死了，一摊肉泥粘在路上。我第一回走高速路回棣花，没有打盹，头还扭来转去看窗外的景色，车就突然停了，司机说：到了。我说：到了？有些不相信，但我弟就站在老家门口，他正给我笑哩。我看看表，竟然仅一个半小时。从此，我更喜欢从西安回棣花了，经常是我给我弟打电话说我回去，我弟问：吃啥呀？我说：面条吧。我弟放下电话开始擀面，擀好面，烧开锅，一碗捞面端上桌了，我正好车停在门口。

在好长时间里，我老认为西安越来越大，像一张大嘴，吞吸着方圆几百里的财富和人才，而乡下，像我的老家棣花，却越来越小。但随着312公路改造后，铁路和高速路的相继修成，城与乡拉近了，它吞吸去了棣花的好多东西，又呼吐了好多东西给棣花，曾经瘪了的棣花慢慢鼓起了肚子。棣花已经成了旅游点，农家乐小饭馆到处都有。小洋楼一幢一幢盖了，有汽车的人家也多了，甚至荒废了十几年的那条老街重新翻建，一间房价由原来的几十元猛增到上万元。以前西安人来，皮鞋印子留在门口，舍不得扫；如今西安打一个喷嚏，棣花人就问：咱是不是感冒啦？他们啥事都知道，啥想法也都有。而我，更勤地从西安到棣花，从棣花到西安，我不再以出生在山里而自卑。车每每经过秦岭，看山峦苍茫，白云弥漫，就要念那首诗："啊，给我个杠杆吧，我会撬动地球；给我一棵树吧，我能把山川变成绿洲；只要你愿意嫁我，咱们就繁衍一个民族。"

就在上个月，又得到一个消息，还有一条铁路要从西安经过棣花，秋季里动工。

鸣笛香港

■ 韩少功

进入香港后的第一印象,就是不少高楼瘦长如棍,一根根戳在那里顶着天,让观望者悬心。

在全世界都少见这种棍子,这种用房屋叠出来的高空杂技。它们扛得住地震和狂风吗?那棍子里的灯火万家,那些蛀入了棍子的微小生物,就不曾惊恐于自己的四面临虚和飘飘欲坠?

我这次住九楼,想一想,才爬到棍子的膝部以下,似乎还有几分安稳。套间四十多平米,据说市值已过百万。家居设施一应俱全,连厨房里的小电视和小花盆也不缺。但卧房只容下一床,书房只容下一桌一椅,厨房更是单人掩体,狭窄得站不下第二人。我洗完澡时吓一大跳,发现客厅里竟冒出陌生汉子。细看之后才松了口气,发现对方不是强盗,不过是站在对角阳台上的邻居,透过没挂上窗帘的玻璃门,赫然闯入我的隐私。

他不在客厅里,但几乎就在客厅里,朝我笑了笑,说了句什么,在玻璃门外继续浇洒自家的盆花。

他是叫海伦还是汤姆?

我不知该如何招呼。

港人多有英文名字——多族裔机构里的职员更是如此。这些海伦或者汤姆在惜地如金的香港,如果没有祖传老宅或千万身家,一般都只能钻入这种小户型,成天活得蹑手蹑脚和小心翼翼,在邻居近如家人的空间里，享受着微型的幸福与自由。也许正是这一原因，人们擅长螺蛳壳里唱大戏，精细作风举世闻名。在这里，哪怕是一条破旧的小街，也常常被修补和打扫得整洁如新。哪怕是廉价的一碗车仔面或艇仔饭，也总是烹制得可口实惠。哪怕是一件不太重要的文件副本，也会被某位秘书当成大事，精心地打印、核对、装订、折叠、入袋、封口……所有动作都是一丝不苟按部就班，直至最后双手捧送向前，如呈交庄严的国书。

正因为如此，香港缺地皮，有世界上最大的人口密度、高楼密度、汽车密度，却仍是很多人留恋的居家福地。海伦们和汤姆们，即自家族谱里的阿珍们和阿雄们，哪怕在弹丸之地也能用一种生活微雕艺术，雕出了强大的现代服务业，雕出了曾经强大的现代制造业，雕出了或新潮或老派的各种整洁、便利、丰富、尊严以及透出滋补老汤味的生活满足感。毫无疑问，细活出精品，细活出高人，各种能工巧匠应运而生，一直得到外来人的信任。有时候，他们并不依靠高昂成本和先进设备，只是凭借一种专业精神与工艺传统的顽强优势，也能打造无可挑剔的名牌产品——这与内地某些地方豪阔之风下常见的马虎、潦草以及缺三少四，总是形成了鲜明的对照。

一些称之为 Mall 的商城同样有港式风格。它们是巨大的迷宫，有点像传统骑楼和现代超市的结合，集商铺、酒店、影院、街道、车站、学校、机关以及公园于一体，勾心斗角，盘根错节，四通八达，千回百转，让初来者总是晕头转向。它们似乎把整个城市压缩在恒温室内，压缩成五光十色的集大成。于是人们稍不留心，就会错觉自己在酒店里上地铁，在商铺里进学堂，在官府里选购皮鞋。想想看，这种时空压缩技术谁能想得出来？这种公私交集、雅俗连体、五味俱全、八宝荟萃、各业之间彼此融合、昼夜和季节的界限消失无痕的建筑文化，这种省地、节材、便民、促销的建筑奇观，在其他地方可有他例？

一代代移民来到这里打拼，用影碟机里快进二或快进四的速度，在茫茫人海里奔走，交际、打工或者消费，哪怕问候老母的电话也可能是快板，哪怕喝杯奶茶或拍张风景照也可能处于紧急状态。"你做什么？""你还做什么？""你除了这些还做什么？"……熟人们经常一见面就劈头三问，不相信对方没有兼职和再兼职，不相信时间可以不是金钱。显然，这种忙碌而拥挤的社会需要管理，近乎狂热的逐利人潮需要各种规则，否则就会乱成一团。十九世纪末的英国人肯定看到了这一点。他们面对维多利亚港湾两侧乱哄哄黑压压的殖民地，面对缺地、缺水、缺能源但独独不缺梦想的香港，不会掏出太多的民主，却不能不厉行法治。他们把香港当作一个破公司来治理。米字旗下的建章立制、严刑峻法、科层分明、令行禁止，成了英伦文化在香港最需要也最成功的移植。"政府忠告市民：不要鼓励行乞！"这种富有基督新教色彩的警示牌，也从欧洲舶来香港街头。

一次很不起眼的招待会，可能几个月前就开始预约和规划了。电话来又电话去，传真来又传真去，快递来又快递去，参与者必须接受各种有关时间、地点、议题、程序、身份、服装、座位、交通工具、注意事项之类的敲定。意向申明以后还得再次确认，传真告知以后还得书函告知，签了一次字以后还得再签两次字，一大堆文牍来往得轰轰烈烈。不仅如此，一次主要时间只是用于交换名片、介绍来宾、排队合影再加几句客套话的空洞活动结束之后，精美的文牍可能还会尾随而至：关于回顾或者致谢。

不难想象，应付这种繁重的文牍压力，很多人都需要秘书。香港的秘书队伍无比庞大当然事出有因。

也不难想象，港人在擅长土地节约之余，却习惯了秘书台上日复一日的巨量纸张耗费，让环保人士愤愤不满。

但没有文牍会怎么样？

口说无凭，以字为据。没有关于招待、合同、动议、决策、审计、清盘、核查、国际商法等方面的周到字据，出了差错谁负责？事后如何调查和追究？追究的尺度和权利又从何而来？……从这种意义来说，法治就是契约之治，就是必须不断产生契约的文牍之治——虽然文牍癖也有闹过头的时候，比方说秘书们为某些小事累得莫名其妙。

车载斗量的文牍，使香港人几乎都成了契约人，成了一个个精确的条款生物和责任活体。考虑到这一点，在庞大秘书行业之后再出现庞大的律师队伍之类，出现数不胜数的检控之类，大概也不难理解了。

有一位老港人向我抱怨，称这里最大的缺点是缺乏人情，缺乏深交的朋友。光是称呼就得循规蹈矩不得造次：mister，先生就是先生；doctor，博士就是博士；professor，教授就是教授——大学里的这三个称呼等级森严，不可漏叫更不可乱叫，以至只要你今天退休，你的"×教授"称呼明天立马消失，相关的待遇和服务准时撤除，相处多年的秘书或工友也忽如路人，其表情口气大幅度调整。这种情况——包括不至于这般极端的情况——当然都让很多大陆人和台湾人深感不适，免不了摇头一叹，人走茶凉啊。

但人走茶凉不也是法治所在么？倘若事情变成这样：人走了茶还不凉，人不在位还干其政，还要来看文件，写条子，打电话，参加会议，消费公款，甚至接受前呼后拥，有关契约还有何严肃性和威慑力？倘若人没走茶已凉，人来了茶不热，有些茶总是热，有些茶总是凉……那么谁还愿意把契约太当回事？

契约人就不再是自然人，须尽可能把感情与行为一刀两断，用条款和责任来约束行为。这样，缺乏人情是人生之憾，却不失为公法之幸，能使社会组织的机器低摩擦运转。面子不管用了，条子不管用了，亲切回忆什么的不管用了，虽然隐形关系网难以完全绝迹，但朋友的经济意义大减，徇私犯科的风险成本增高。香港由此避免了很多乱相，包括省掉了大批街头的电子眼，市政秩序却井井有条，少见司机乱闯红灯，摊贩擅占行道，路政工人粗野作业，行人随地吐痰、乱丢纸屑、违规抽烟、遛狗留下粪便……官家的各种"公仔（干部）"和"差佬（警察）"也怯于乱来。哪怕是面对一个最无理的"钉子户"，只要法院还未终结诉讼，再牛的公共工程也奈何它不得。政府只能忍受巨大预算损失，耐心等上一年半载，甚至最终改道易辙。

因为他们都知道，法治治民也治吏。违规必罚，犯禁必惩，一旦出了什么事，就有重罚或严刑在等着，没有哥们儿或姐们儿能来摆平，也难有活菩萨网开一面。那么，哪个鸡蛋敢碰石头？

无情法治的稍加扩展就是无情人生——或者这句话也可反过来说。

这样，我们对人情与秩序能否兼得？在难以兼得之时又如何痛苦地选择？

这当然是一个问题。说起来，香港人并非冷血，每日茶楼酒馆里流动着的不全是社交虚礼，其中很大一部分仍是友情。特别是节假日里，家庭成了人性取暖的最佳去处，合家饮茶或合家出游比比皆是，全家福的图景随处可见，显现出香港特别有中华文化味道的一面。父慈子孝，夫敬妇贤，其情殷殷，其乐融融，构成了百姓市井的亲情底色。

这些人不习惯西服革履，更喜欢休闲便装；不习惯道貌岸然，更愿意小节不拘自居庸常——包括挂着小腰包光顾赛马场和彩票。与之相联系的是，他们的阅读大多绕开高深，指向报上的地方新闻和娱乐八卦，还有情爱和武侠的小说。他们使用着最新款的随身听、数码相机、mp4、便携宽频多媒体，但大多热心于情场恩仇和商界沉浮一类个人故事——这是通俗歌曲和通俗电影里的常见内容。内地文化人对此最容易耸耸肩，摇摇头，讥之为"文化沙漠"。其实这里图书、音乐、书画、电影的同比产出量绝不在内地之下，大量人才藏龙卧虎。稍有区别的是，他们的文化主题常常是"儿女情"而非"天下事"，价值焦点常常落在"家人"而不是"家国"，多了一些就近务实的态度，与内地文化确实难以全面接轨。黄子平教授在北京大学作报告的时候，强调香港文学从总体上说最少国家意识形态，是一个特别品种，值得研究者关注。据他说，学子们对这个话题曾不以为然。

学子们也许不知道，他们与大多港人并没有共享的单数历史。在百年殖民史中，港英当局管理着这一块身份暧昧的东方飞地，既不会把黄肤黑发的港人视为不列颠高等同胞，也不愿意他们时常惦记自己的种族和文化之根，那么让他们非中非英最好，忘记"国家"这一码事最好——这与一个人贩子对待他人儿女的态度，大体相似。这种刻意空缺"国家"的教育，一种大力培养打工仔和执行者而非堂堂"国民"的百年教育，也许足以影响几代人的知识与心理。

再往前看，香港自古以来就是天高皇帝远，"帝力于我何有哉？"这里的先辈们难享国家之惠，也少受国家之害，遥远朝廷在他们眼里实在模糊。当中原族群反复受到北方集团侵掠或统治，那里的国家安危与个人的生死荣辱息息相通，国与家关系密切，忧国、亡国、思国、报国之情自然成了文化要件，"修齐"通向"治平"的古训便有了更多日常感受的支持，有了更强的逻辑力量。与此不同，香港偏安岭南一角，面对大海朝前望去，前面只有平和甚至虚弱的东南亚，一片来去自由、国界含混、治权零乱的南洋。在这样的地缘条件下，如果不是晚近的鸦片战争、抗日战争以及九七回归，他们的心目中那个抽象的"国家"在哪里？"国家"对于老百姓的衣食住行有多少意义？

大多数港人也修身，也齐家，但如果国家若有若无，那么"治国平天下"当然就不如"治业赚天下"更为可靠实用了。这样，他们精于商道，生意做遍全球，但不会像京城出租车司机们那样乐于议政，不会像中原农民们那样乐于说古。内地文化热点中那些宫廷秘史、朝代兴衰、报国志士、警世宏论、卫国或革命战争的伟业，在这里一般也票房冷落。国家政治对于很多港人来说是一个生疏而无趣的话题。更进一步说，如果国家的偶尔到场，不过是用外交条约把香港划来划去，使之今天东家，明天西家，今天姓张，明天姓李，一种流浪儿的孤独感也不会毫无根由。

殖民地都是精神和文化的流浪儿——香港不过他们中比较有钱的一个。想一想，这个流浪儿是应该责难还是应该抚慰？他们的文化在经受批评之前是否应该先得到几分理解？

1997年，很多港人在五星红旗下大喊一声"回家啦——"但这个家，对于他们来说还是比较陌生，比如有相对的贫穷，有较多的混乱和污染，有文化传统中炽热的国家观和天下观。但无论人们是珍爱这个家还是厌恶这个家，"国家"终于日渐逼近，不可回避了。

世界上并非所有人都有国家意识，都需要国籍的尊严感和自豪感。诗人北岛说，他曾经遇到一个保加利亚人。那人说保加利亚乏善可陈，从无名人，连革命家季米特洛夫还是北岛后来帮对方想起来的。但那人觉得这样正好，更方便他忘记自己的国族身份，从而能以世界文化为家。出于类似的道理，多年来几无国家可言的港人，是否一定需要国家这个权力结构？他们下有家庭，上有世界，是否就已经足够？他们国土视野和国史缅怀的缺失，诚然收窄了某种文化的纵深，但是否也能带来对狭隘国家主义的避免？

无可选择的是，国家是现代共同体的基本形式。历史上的国家功罪俱在，却从来不是抽象之物，不全是旗帜、帽徽、雕像、诗词、交响乐、博物馆、哲学家们的虚构。对于1997以后的很多港人来说，即使抗英、抗日的伤痛记忆已经淡薄，但国家也不仅仅意味着电影里的"内战"和书刊里的"文革"，而有了电影与书刊以外的更多现实内容。国家是化解金融危机时的巨额资金托市，是对数千种产品的零关税接纳，是越来越值钱的人民币，是越来越有用的普通话，是各种惠及特区的人才输入、观光客输入、股市资金输入、高校生源输入、廉价资源产品输入……一句话，国家是这里日常生活的一部分，正在成为真切可触的利益，正在散发出血温。

即便有些人对这一切不以为然，即便他们还是贬多褒少，但无论褒贬都透出更多北向的关切，与往日的两不相干大为异趣了。即便有些港人还不时上街呛声某些中央政策，但这种呛声同样标示出关切的强度。

汶川大地震后，我立在香港某公寓楼的一扇窗前，听到维多利亚港湾里一片笛声低回，林立高楼下填满街道的笛声尖啸，哀恸之潮扑面而来。各个政党和社团的募捐广告布满大街，各大媒体的激情图文和痛切呼吁引人注目，学生们含着眼泪在广场上高喊"四川坚强"和"中国坚强",而高楼电子屏幕上的赈灾款项总数记录,正以每秒数十万的速度不断跳翻……这一刻,我知道香港正在悄悄改变,一块殖民地的心灵流浪大概行将结束。

我隔着宽阔海面遥望港岛,那一片似乎无人区的千楼竞起,那一片形状各异的几何体,如神话中寂静而荒凉的巨石阵。

我知道那里有很多人,很多陌生而熟悉的人,只是眼下远得看不见而已。

感觉城市

■ 刘元举

都市最好的建筑大都是留在广场上。越老的广场越有味道,特别是那种椭圆形队列,极有耐心地组合成建筑博览系列,其风格的和谐与典雅令岁月粘稠。然而,到了今天,这些苍老的面孔对于周围的疾速变化却呈现一副凄哀的无奈状。高楼大厦争先恐后,顶天立地,倏忽间,竟形成了一个巨人家族,控制着广场的领空,从中透出一种现代城市的霸气。

城市的现代锋芒是无法收敛的。不管你喜欢不喜欢愿意不愿意,你就得接受就得适应。城市的表情在过去如果说是因含蓄而充满魅力的话,那么说城市的现在,则全然抛开了这份传统的服饰,变得简单而直露。不是吗,玻璃幕墙体通体透亮,还有什么含蓄可言?钢架交错,似裸露闪亮的筋骨,没有任何羞涩需要多余的遮掩。远去了,哥特式建筑;远去了,巴洛克的繁绮奢华;远去了,爱奥尼与陶立克柱子,就连我们古典的影壁墙、歇山顶、鸱吻、雕梁画栋也无法取悦都市的目光。大工业与现代化正在不可阻挡地改变着我们的城市的面孔,犹如一双粗暴的手,把城市陈旧的服饰一件件剥光。

有一位作家到日本后写了一本书,题为《裸体的日本》。这个题目一针见血地道出了现代化的日本城市的流向,是否越接近现代文明就越远离了掩饰和含蓄?

由城市及人,由城市的服饰演进说到人的装束变化,这是很有意思的。古罗马的著名建筑师威特鲁威早就给建筑下过这样的定义，他说，建筑就是组织人们的生活。城市建筑对于人们的生活的影响无论过去还是现在都是有目共睹的。城市在告别繁冗，在失去含蓄，城市中的人，势必也要适应这种流向。城市人生活状态的变化首先要从服装上表现出来。比如，过去的女人以包裹严实为尊为美，连衣裙是小翻领口，还是长袖的，腰间还有个捆扎的带子，不扎不端庄，不淑女，现在还有人穿这种连衣裙吗？不仅不穿长袖的，甚至连袖子都是多余的。由长袖而半袖，再由半袖而变成无袖；裙身过去长至膝下，甚至垂到脚面，走起路来风摆杨柳，婀婀娜娜，不乏古典韵致。从什么时候起时兴了超短？再看上衣，马甲、一些两件套装、三件套装，一些原本属于辅助性的衣服倒变成了正宗服饰，几乎取代了西服上衣西服裙，而且，这种取代没商量，马甲也好，上衣也好，越来越短，短到了可以露出肚脐眼。阳光下，上下衣之间因脱节而断层，透出的那一条子皮肤的白皙度犹如一道灿然的光带照亮行人的眼目时，城市建筑的玻璃幕墙体肯定会更加刺眼，更加热烈，城市的热情与城市的温度都会随之升高。那些阳光照不到的阴郁的古典柱廊以及浮雕的阴暗凹处，也会被这道肤浅的光芒洞穿吧？城市不会再有含蓄了，而更加易变的人们还能存留几多含蓄？

睡衣式的服饰可以堂皇出现在闹市，男人忘记的背心，却以一种新的面料成为了女性的抢眼时装。还有人愿穿翻领衣裙吗？越短越好，越露越好，越透越薄越性感越好。为什么牛仔裤被体形裤取代？又被裤袜特别是那种裤子式的裤袜代替？还有短裤，更具超越优势。过去人们出趟国，到日本，或者到香港深圳，回来给亲友捎带的最普遍的礼物就是丝裤袜，哪一位女性的家中没有一叠没拆封的塑料包装的棱角分明的长短丝裤袜呢？买的时候，肯定像藏书似的，看不看没关系，先买来搁家里摆着放着，那是一种喜悦，一种满足。那时候大概不会想到会有一天不再喜欢吧？时髦的女孩子现在谁还会在大热天任光滑的腿上套一条丝袜？不穿那东西是一种纯补，而纯补则成了一种新的时尚。

泳装更说明问题。比基尼正在成为一道风景线，尤其是海滨的城市。

由此，我想到了南方的园林建筑。那种奇妙的造园手笔可以用几个字概括：漏、透、瘦、皱。这四个字体现了造园艺术的精髓，体现出一种千古不变的神韵。按照这四个字造出的园林，无论到了什么时候，都不会是直白的，单调的，其中的含蓄是可以让游人驻足且流连忘返的。而流行时装这几个字则正与园林艺术达到的效果恰恰相反。

或许我不该进行这种比附，时装与园林原本就不是一回事，一种追求的是艺术的永恒，一种要的只是闪烁迷人的一瞬，多一点，长久一点，那都是犯大忌的。现代人的生活观念不恰恰是改变永恒吗？谁还讲白头到老？哪还有什么举案齐眉相濡以沫？哪来的永恒爱情？有那么一个瞬间就了不得了。所以，风靡的爱情歌曲只能是"让我一次爱个够""不求一生相守，但求一朝拥有""瞬间就是永恒"之类。

瞬间，只能是瞬间，再难忘的瞬间也还是瞬间，不可能代替永恒。而我，一个有着古典情结的中年北方男人更看重那种永恒。我曾冒着大雨赶到同里小镇，为的是去一睹那里的古建筑风采。那真是一批国宝：一处藻井就是一座展馆，被灰尘遮盖的彩绘极耐人寻味；一扇有着木雕的门扇就是一件艺术精品，如同屏风般的组合门扇叙述了一部《西厢记》，有莺莺，还有张生，张生与莺莺的约会是永恒的，令我感动。可惜这几道门扇朽了。燕翼楼造型奇特,特别是屋脊有着宁静的动感,有云流动时,更是神奇,跃跃欲飞,令我难过的是它已经折断了翅膀,塌了腰身。

  我们的城市正在日新月异,我们新的楼房都是从外部世界抄来的,很少有我们自己民族的底蕴,正像我们的服装,一茬茬虽然炫目,却也是从西方世界拿来的。"拿来主义"构成了我们城市的时尚。我们的城市正在洋化,我们的服装也正在洋化。洋化不是不好,却也不能说就是绝对的好。还应该有一点我们民族自己的东西,比如旗袍,比如蜡染的民族服饰,我都挺喜欢。我的最爱穿戴的妻子从来就不喜欢旗袍,但是,我给她买下了两件,一件是在广州买的,一件是在石狮买的。刚买回家时,她不喜欢不穿,但是,放了一段时间,她逐渐开始喜欢了,终于有一天她穿上街头。从后面看,她步态古雅,简直不像是我的老婆了。

永远的桂林

■ 梁　衡

　　桂林山水实在是一个老而又老的题目，人们却总在不停地谈论，又可见它的美丽不减，魅力无穷。因为人们还看不够，还没有把它弄明白，就要来欣赏，来探寻，并在探寻中获得美的享受。每年大约有一千万左右的人从世界各地到桂林来，就是为了看这里的山，这里的水，这里的石头。这几样东西哪里没有？但这里就是与别处不一样，美得让人吃惊，美得让人心醉。文人墨客艺术化了的溢美之词且不去说，陈毅的题词倒是一句大实话："愿做桂林人，不愿做神仙。"一个外国元首看罢桂林后说："上帝用第一个七天造了亚当、夏娃，用第二个七天造了桂林，下一个七天真不知还要造什么。"外国人信上帝，中国人信神。神也好，上帝也好，反正说不清的事情就先交给它。桂林确实是美得说不清。

　　新年刚过有桂林之游。我们先是乘船顺漓江由桂林到阳朔。水面清浅，浅得让你不敢相信，坐在船上能看见水里的石头。因为水浅，不起波，水面就平得像一面镜子。这么浅的水，却能漂得动这条百十来人的船，也亏了这水的平静，船是平底用不着多吃水，就像一块木片似的，稳稳地漂。这首先就让你感到很亲切，既不野，也不险。据说从桂林到阳朔八十公里，落差才只有三十八米。江面上偶然漂过几个竹筏，是七根竹子扎成，筏上总有一位渔翁，横一根竹篙，携两只鱼鹰。远看去绿波埋脚，人好像直接踩在水面上，神话里的八仙过海、观音出水大概就是学的这个样子。这时两岸的山就在水边稀稀疏疏地排开来，山头没有北方那样尖的峰或顶，总成一个柔和的弧，从平地突然钻出，像圆圆的馒头，像立起的田螺，虽在冬季还是披满草树。山，隔不远就一个，临水而立，随着水的弯弯千媚百态。这山并不高，一般也就四五十米。所以在船上什么都可以看个清楚。看山间的树，树间偶尔露出的红叶，看石头，石上的纹路。还有那些不知何时留下的摩崖题字。就像在城里的马路上闲走，看两边的高楼，谁家的阳台上晾着一件好看的衣服，谁家新漆了一扇窗户。江水贴着山根轻轻地转，说轻是轻到不知是流还是不流，没有浪，没有波，甚至没有涟漪。其实这水是专来为山做镜子的。你看水里的倒影，一丝不差，是几何学上标准的对称体。船过杨家坪，有山名羊角，那水里也就真的浸着一只大羊角。随着水的左曲右折，每一个山头就可以一个一个前后左右地看，还可以镜外看了镜里看。山水向来是叫人豪迈，叫人昂扬洒脱的，今天却像一件工艺品直跳到你的手上，叫你赏，叫你玩。"梳妆江畔立，顾影明镜里，为君来不易，叫您恣意看。"辛弃疾词："我见青山多妩媚，料青山见我应如是。"这里山也不阳刚，水却更阴柔，秀得很，也嫩得很。在这里你是无论如何也吼不得一声，喊不得一句的。过杨家坪不久，有半边渡。那是因为山一时向河边走得太近，将脚泡到了水里，人贴岸行走便断了路，还要搭几步船。说是渡船却又不来对岸，渡了半天却还在那一边继续走路。这时正有一帮小学生放学，像群羊羔撒欢，直颠得河中的树影乱颤。正当野渡无人舟自横，四五个小不点飞身上筏，一个稍大一点的就自觉殿后，竹篙一点，唿哨一声，红领巾便迎风燃起五六团火苗，眨眼就飘到了路那一端。河这岸有几个女子在浅水处的石头上捶衣，孩子在草窝里嬉戏，背后稍远处有农夫在耕地。因是冬末，没有常见的漓江烟雨，平林漠漠，景色清明。岸边不时闪过一丛丛的凤尾竹，竹后是农家袅袅的炊烟。往前方眺望，群峰起伏，如一队行进的骆驼，隐约驼铃在耳。回首来处，水天迷茫，山峰相连相叠，如长城的垛口，回环不绝。站在船上，我不时冒出这样的念头，这是真山真水吗？在北方，人行山里几天几夜出不去，不知道要钻多少一线天、扁担峡；车行山里，跃上峰巅，倒海翻江。而这山水却奇巧如盆景，美丽如童话。说是盆景，却是真的山水、树木；说是童话，我们又真真切切地置身其内。事物每当真假难分时，就像水墨画洇润出一种迷蒙的美，像无题诗传达着一种说不清的意，像舞台上反串后的角色透出一种新鲜与活泼。这是我初读桂林的印象。

　　上岸之后我们乘车从旱路往回返，这时没有了水光掩映，却又多了满野的绿风。路边的小山一个个兀立平野，近看像一座座圆头碉堡，像一个个麦垛。山不高，满头都披着茸茸的草树，恨不能停车伸手去摸摸它，或者一头扎到草堆，重做一场儿时的美梦。同车的一位青年朋友说："原来世上真有这样的山。小时候认识了象形的'山'字，总也找不到想象中的山，今天才算解了这个谜。"大家都哈哈大笑。这些麦垛大大小小地交错着，淡出淡入，绿枝蒙蒙，像一团团春风刚梳妆过的杨柳。远到天边就只剩下一痕痕绿色的曲线。我们是专门驱车去看月亮洞的。那实际上是远处的一座山峰，中穿一洞，这洞又被前面的山所遮掩。车子前行就渐渐看到一眉弯月，月亮由亏到圆，粲若小姑娘的笑脸，再行又渐为轻云所遮，如月食之变。那年美国总统尼克松来游，大声叫绝，非要上山去探个究竟。这本是苏州园林中惯用的"移步换形法"，不想大自然却早有创造在这里等着。

第二天我们又在城里看了一天山。城里看山，这本身就是一个新鲜话题。都市里怎么能有山？有也只能是公园里的假山。那年我在昆明登龙门，看到城近郊有那样的真山已是大吃一惊，不想这桂林却有几十个大大小小的山头直跑到城里的马路边，钻到机关的院子里，蹲到人家楼前的窗户下，或者就拦在十字路口看人来人往。孤山、穿山、象山、叠彩山、骆驼山、独秀峰就这样真真切切地和人厮混在一起，桂林人每天上班下班，车水马龙绕山走，假日里则摩肩接踵，在山坡上滚，山肚子里钻。相处久了连山也都有了灵气。最有名的是象鼻山，城边水旁一个四脚稳立的大象，长长的鼻子直伸到水里，水下又有一个同样的象。骆驼峰，就是一峰蹒跚西行的长毛驼，连背上的两个驼峰，前伸的鼻子和旅途劳顿的神态都惟妙惟肖。人说这是世界上最大的骆驼。这些山大都被改造成公园，真山真水，当然比景山、颐和园要好看得多。桂林的山中皆有洞，洞大不可言。我只上到穿山的一个洞里，传说这是伏波将军一箭射穿的。洞内可坐数百人，有石桌石凳，夏天退了休的老人就在这里下棋、打牌做神仙。这洞的上面又还有同样的一层。除了上山看洞，还可入地看洞。资格最老的当然是芦笛岩。在这个地下龙宫里，竟都是些石笋、石柱，石的瓜、果、桃、李，石的狮、虎、猴、龟。有的奇石任怎样高明的大师也雕绘不出这样惊天地的杰作。我奇怪这里大至山，小至石，怎么都如此逼近生命，凝聚着活力？桂林这块地方真是从山水到草木，从天上到地下，让灵气窜了个遍，浸了个透。人杰者，百代出一；地灵者，万里难觅。今独此地，除了上帝的垂青，鬼斧神工，又能作何解呢？

不知为什么在桂林我总要想起苏州。它们分别是从自然和人工的两头去逼近美，都是想把这两头拉过来挽成一朵美丽的花。人不但美食、美衣,还讲究择美而居。一种办法是选一块极富自然美的地方安营扎寨,这就是桂林。另一个办法是把自己居住的地方尽量打扮得靠近自然,这就是苏州。人类本来开始像小鸟恋窝一样依偎着自然,向往自然。古代有多少僧道隐者为享松竹之乐而逃离都市。但是随着人力的强大,人类又开始排斥自然,他们建起了现代的都市。用钢筋、水泥、玻璃、铝合金重垒了一个新窝,但同时也就开始接受应有的惩罚。而我们在桂林却找到了一个答案,像桂林山水一样珍贵的是桂林人与自然相契合的精神,像桂林山水一样令人羡慕的是桂林人的生存环境,他们在尽情实现人的价值的同时,既不是如僧看庙般地媚就自然,也不是如上海、广州那样赶走自然,而是在自然的怀抱里把现代文明发挥得恰到好处,把自然的美留到极限,让人对自然永存一分纯真,一分童心,人与自然相亲相融。我才理解到陈毅所说,愿做桂林人,不愿做神仙。神仙虽好,没有烟火。桂林是一个有烟火的仙境,一个真山真水的盆景,一个成年人的童心梦。

成都的茶铺

■ 李劼人

茶铺，这倒是成都城内的特景。全城不知道有多少，平均下来，一条街总有一家。有大有小，小的多半在铺子上摆二十来张桌子；大的或在门道内，或在庙宇内，或在人家祠堂内，或在什么公所内，桌子总在四十张以上。

茶铺，在成都人的生活中具有三种作用：一种是各业交易的市场。货色并不必拿去，只买主卖主走到茶铺里，自有当经纪的来同你们做买卖，说行市；这是有一定的街道，一定的茶铺，差不多还有一定的时间。这种茶铺的数目并不太多。

一种是集会和评理的场所。不管是固定的神会、善会，或是几个人几十个人要商量什么好事或歹事的临时约会，大抵都约在一家茶铺里，可以彰明较著地讨论、商议、乃至争执；要说秘密话，只管用内行术语或者切口，也没人来过问。假使你与人有了口角是非，必要分个曲直，争个面子，而又不喜欢打官司，或是作为打官司的初步，那你尽可邀约些人，自然如韩信将兵，多多益善——你的对方自然也一样的——相约到茶铺来。如其有一方势力大点，一方势力弱点，这理很好评，也很好解决，大家声势汹汹地吵一阵，由所谓中间人两面敷衍一阵，再把势弱的一方数说一阵，就算他的理输了。输了，也用不着赔礼道歉，只将两方几桌或十几桌的茶钱一并开消了事。如其两方势均力敌，而都不愿认输，则中间人便也不说话，让你们吵,吵到不能下台,让你们打,打的武器,先之以茶碗,继之以板凳,必待见了血,必待惊动了街坊怕打出人命,受拖累,而后街差啦,总爷啦,保正啦,才跑了来,才恨住吃亏的一方,先赔茶铺损失。这于是堂倌便忙了,架在楼上的破板凳,也赶快偷搬下来了,藏在柜房桶里的陈年破烂茶碗,也赶快偷拿出来了,如数照赔。所以差不多的茶铺,很高兴常有人来评理,可惜自从警察兴办以来,茶铺少了这项日常收入,而必要如此评理的,也大感动辄被挡往警察局去之寂寞无聊。这就是首任警察局总办周善培这人最初与人以不方便,而最初被骂为周秃子的第一件事。

另一种是普遍地作为中等以下人家的客厅或休息室。不过只限于男性使用,坤道人家也进了茶铺,那与钻烟馆的一样,必不是好货;除非只是去买开水端泡茶的,则不说了。下等人家无所谓会客与休息地方,需要茶铺,也不必说。中等人家,纵然有堂屋,堂屋之中,有桌椅,或者竟有所谓客厅书房,家里也有茶壶茶碗,也有泡茶送茶的什么人;但是都习惯了,客来,顶多说几句话,假使认为是朋友,就必要约你去吃茶。这其间有三层好处。第一层,是可以提高嗓子,无拘无束地畅谈,不管你说的是家常话,要紧话,或是骂人,或是谈故事,你尽可不必顾忌旁人,旁人也断断不顾忌你。因此,一到茶铺门前,便只听见一派绝大的嗡嗡,而夹杂着堂倌高出一切的声音在大喊:"茶来了!……开水来了!……茶钱给了!……多谢啦!……"第二层,无论春夏秋冬,假使你喜欢打赤膊,你只管脱光,比在人家里自由得多;假使你要剃头,或只是修脸打发辫,有的是待诏,哪怕你头屑四溅,短发乱飞,飞溅到别人茶碗里,通不妨事,因为"卫生"这个新名词虽已输入,大家也只是用作取笑的资料罢了;至于把袜子脱下,将脚伸去登在修脚匠的膝头上,这是桌子底下的事，更无碍已。第三层，如其你无话可说，尽可做自己的事，无事可做，尽可抱着膝头去听隔座人谈论，较之无聊赖地呆坐家中，既可以消遣辰光，又可以听新闻，广见识，而所谓吃茶，只不过存名而已。

如此好场合，假使花钱多了，也没有人常来。而当日的价值：雨前毛尖每碗制钱三文，春茶雀舌每碗制钱四文，还可以搭用毛钱。并且没有时间限制，先吃两道，可以将茶碗移在桌子中间，向堂倌招呼一声："留着！"隔一二小时，你仍可去吃。只要你灌得，一壶水两壶水满可以的，并且是道道圆。

不过，茶铺都不很干净。不大的黑油面红油脚的高桌子，大都有一层垢腻，桌栓上全是抱膝人踏上去的泥污，坐的是窄而轻的高脚板凳。地上千层泥高高低低；头上梁桁间，免不了既有灰尘，又有蛛网。茶碗哩，一百个之中，或许有十个是完整的，其余都是千巴万补的碎磁。而补碗匠的手艺也真高，他能用多种花色不同的破茶碗，并合拢来，不走圆与大的样子，还包你不漏。也有茶船，黄铜皮捶的，又薄又脏。

总而言之，坐茶铺，是成都人若干年来就形成了的一种生活方式。

一只松鼠的城市

■ 刘醒龙

作为城市的武汉越来越大了,即便对久居此地的人来说,因为越来越摸不着边际,也还是认为它太大了。就像巨人也有幼小的童年,哪怕城市大得都要超越我们的理智了,惟一不能改变的是它的缘起。对于在绝大多数时间里只能靠着感情维系的人类,这样的缘起更是一刻也少不得。也正是如此,只要有一点点理由,不管事隔多少年,也不管这些年的记忆中平添了多少事情,依然清晰地记得自己移居武汉后第一个早晨的情形。

那一天我醒得特别早,除了对新环境的不适应和身处新环境后免不了会出现的小兴奋,关键在于我后来才发现的:人在城中,永远也不可能比城市醒得更早。不比乡村,只要愿意,随便哪一天,都可以自由自在地抢在前头,仿佛不久后渐渐有了动静的乡村是被自己所唤醒的。从永远比人醒得更早的城市中醒来后,突然发现自己像是被置于街头。这种感觉让我情不自禁地生出一丝恐慌。那些从小到大一直陪伴着的清晨之清和自然之晨不见了,取而代之的是满屋浮尘气味。这样的气味当然不可能让一个突然闯入的陌生人心生踏实。

城市总在自以为是,哪怕一时一刻也不肯将先行醒来的机会让出去。从浮尘满天的时节中醒来后,我出了门。路灯大约是见惯了这些,不将城市醒来当回事,还在街道旁昏昏欲睡。也不是有过预设,但也决不是没有预计,我沿着很不习惯的空气与道路,我走向自己一心想在清晨去走一走的那个地方时,心里应该早就积淀了许多城市生活的法则:譬如早晨要去的公园,譬如傍晚要去的公园,譬如假日要去的公园,还有其他一些譬如相爱了、譬如忧伤了等等都要去一去的公园。就像必须会搭乘公共汽车,必须会站在街边大口大口地吃热干面,身居城市不会逛公园的生活同样是不可想象的。

  独自走进解放公园的那天早上,草地的平铺虽然是人意而非天意,树林也是按匠心而非天才栽种得整齐划一,包括那些假的山水,还是让我动心了。虽然无法体察每一棵树,更不可能去认识每一株草,我却相信多年之后自己一定还会记得这里的每一棵树和每一株草。事实上一点也没错,多年之后,我已走过太多的地方,天山上的雪莲,塔克拉玛干沙漠中的红柳,查果拉山口上的苔藓,棒槌岛海底的海草,记录的事物越多,值得记忆的事物便更加突出。那时候,我一点也不晓得解放公园的背景。直到现在我也仍然不在乎它在哪种地理范围内是为最大的城中森林公园。我只在乎一片树叶和半根草茎在自己心中的地位。我看重的是这叶片托起的清风,以及这草茎找到的水土。我看重的是如此清风能够洗礼人生际遇,以及如此水土能够护佑命运沉浮。

  在以后的日子,我总在这座公园里开始自己的新一天生活。我必须摘下轻轻一踮脚就能接触到的某棵树上的一片叶子,或者是随意弯一下腰就可以掐在指间中的某一根小草,放在鼻尖上嗅一嗅后,阳光才能从心中升起来。我曾经将此作为一个藏得很深不曾示人的细小秘密。事实上,在这个细小秘密的背后,还有一个更加细小的秘密。早晨的我来到早晨的公园,是想冲着那只细小的松鼠轻轻一笑。公园出现在我生活里最初的那个早上,是那些长在陌生地方的山水草木,帮我找回了心灵中最不能失散的熟悉。之后,便是那只最让我意料不到的小松鼠了。

　　因为是冬季,那天的草丛十分荒芜,小松鼠突然钻出来时,我倒是没有意外,也没有将它想成别的鼠类。因那一声格外清脆的"叮当",还使我望见了那只大概是头天夜里被谁弃下的易拉罐。大约是被小松鼠碰了一下,易拉罐还在草丛中轻轻地晃动,至于小松鼠,则是将那可爱的尾巴,像捉迷藏的孩子一样突然从草丛中竖起来,不待多想便轻盈地跃上一棵大树,再跃到另一棵大树上,这才回头将小黑豆一样的眼睛转两转,像是抛了媚眼过来。就在那一瞬间,我在心里笑了。很清楚,这是我来到这座城市后,头一次向着天籁而笑。笑过了,我才发现,相邻的另一棵树上,还有一只小松鼠。刚刚被我发现的小松鼠,正在用着相同的神情,朝着早一点出现的小松鼠妩媚地笑过去。这时候的我,孤单地笑得更加开心了。

　　几年后,我在华盛顿排着长队,等候进入美国国会大厦参观,旁边的公园里有几十只小松鼠在上蹿下跳。身在异国比之当年初涉异乡感觉又不一样,却有一样的松鼠在活跃着。我忍不住蹲下来,朝着离我最近的那只松鼠伸出手去,想不到的是,那只松鼠猛地蹿过来,在我的手腕上轻轻咬下一排齿印。疼痛之中,同行的作家们看到我手上的牙印,提醒我一定要注射狂犬疫苗。望着仍在咫尺之处独自嬉闹不止的松鼠,我说,有那个必要吗?说话时,我一直在笑,脑子里还浮现出在城市的第一个早晨里所见到的那些会妩媚微笑的小松鼠。

　　在公园的草木间行走得多了,对城市的心情也开始豁然开朗了。别人信不信,是不是如我所想,一点也不要紧,只要自己想出其中道理就行。于是在后来的日子,我一直在不断地对自己说,也对别人说,特别是那些执着于城市与乡村二元对立者:对于城市来说,公园其实是一处被微缩了的乡村,而乡村则是被过于放大的公园。无论一个人来自何处,在共同面对山水草木,或者如小松鼠一样的小动物时,只要是为着共同的原因而欣慰,我们的心灵深处就不会有太多的区别。公园是城市心灵的栖息地,乡村则是这类公园的过去与未来。

山顶上的国家

■ 熊育群

圣马力诺有意思的时候,是不完全是圣马力诺的时候,因为那天的夕阳迷惑了我们。夕阳是圣马力诺之外的事物,但它落在圣马力诺之上,它又似乎是圣马力诺的了。迷人并非来自天空,而是一座山——山上的房子、房子上的墙和玻璃窗、墙和玻璃窗上的夕阳——最后还是回到夕阳上,回到非圣马力诺的地方。于是,这个小小山国与浩茫宇宙连在一起,与苍茫与辽阔与无边时空联系在一起,也与我已遥远无踪的东方的时空连结为一体。镜头去抢拍的就是圣马力诺的房屋、圣马力诺的黄昏、圣马力诺折射的缥缥缈缈的虚空,像记忆模糊中的事物,回忆之上的回忆……暮色下暗红瓦片陈旧色彩紫色斑杂的光,是飘忽不定瞬息变化而又梦幻的凝视,是陈旧屋脊之上已逝岁月的暗示,是圣马力诺古老的呈现。

山脉在黯然的天际里是大地不二的起伏姿态:亚平宁的群山连绵一片,在蓝色剪影里失去土地沉重的本象。东西方没有区分的景象,不只是群山的涌动,不只是黑夜的来临,还有人情绪的晦黯不明。突然感受小小山国的孤独,一千多年里,靠险要地形与危崖上高耸的堡垒守住的岁月,是只能长眺夕阳低头短叹的人生苦度,小国之君该如何自处?

中国古人云"治国如烹小鲜",圣马力诺真的就像一道小炒,站在这座唯一的山头,眼底尽览自己的臣民,所有人都有一试小国君王的冲动,就像真的临厨掌勺的冲动一样,看自己能炒出一盘什么样的菜来。圣马力诺是否会因此而经常发生内讧呢?我想,如果有,这样的冲动一定是一个"原凶"。权力的欲望也是人的本性之一。若再加上一个阴谋家"皇后"在一旁怂恿,热血男儿哪个不会振臂一呼?也许,小国比大国更难得安宁。

但圣马力诺几百年间主旋律却是和平。在寻找和平原因时,我分出"内"因与"外"因,内因呢,是家族与民主的原因,让这样的纷争变得有序。它拥有自己的法律,并以单一的法律来调整、监督国家的民主生活。外因呢,中国智者在两千多年前就说过一个道理,那是借樗树说的故事:樗树没有什么用处,它才没被砍伐,长久地活在世上。无用之用正是樗树最大的用处。圣马力诺的和平也应是这个道理。一座贫瘠的山,再加上悬崖高耸,易守难攻,攻下来也没有什么用处,于是,它成了一个有着1700年历史的最古老的共和国。王国与王国间的战争它还够不上级别,意大利统一成一个国家时,还是让圣马力诺像一棵樗树一样遗世独立。

国中之国的圣马力诺泰然自处,除了无用之用的缘由,还有一个重要的原因,那就是宽容——古罗马培养的西方民主精神也能让"异类"和平共存。偶然冒出一个念头:这样的一棵"树",如果移栽到中国,在儒家文化的土壤里,它会有什么样的结果呢?《水浒》里的故事也许算得上一个版本。

也许,战争不是不可避免的;和平是可能的;军队或者残忍的力量并不一定意味着至高无上;圣马力诺的史实证明了另一个道理:少数和多数之间的和谐取决于法律的好坏和对法律的尊重。

圣马力诺的小,使它声名难彰。甚至它的历史,在外也有不同的流传,其中一种说,圣马力诺是一个人的名字,公元1世纪,圣马力诺信教，遭到迫害。他是一个石匠，在山下干着繁重的苦力，终于有一天他无法忍受这种折磨，揭竿而起，带领一帮人占山为王。另一种说法是：中世纪一个叫马力诺的神奇人物，在意大利半岛以种种善举普惠民众，深得人心。意大利皇太子深为嫉恨，欲加害马力诺。但太子不仅加害不成，自己还得了怪病。皇后请求马力诺为太子治病。马力诺不计前嫌，欣然答应，以非凡的医术将太子的怪病治好。以德报怨的马力诺得到意大利皇帝的领土赏赐。哪一个说法是正确的呢？从选择如此险峻的山峰而不是平畴良田来看，似乎第一种说法更接近历史的真实。何况圣马力诺并非没有经历过血与火的洗礼。从它石头的城墙和山头三个高耸的堡垒，可以看得出当年的浴血奋战是多么酷烈凶险。第一号古堡瑰塔（Guaita）内有一口水井，还建有小礼拜堂，这是持久战的标志；围墙大门对着碉堡的一个炮口，这已是考虑到攻破城墙后最糟糕的打算了。高耸的塔楼十分厚重，全由石头垒砌；一层一层木楼板，只要梯口盖一封，下面的人就无法上楼，这是最后坚持的据点。悬崖边一座塔楼连门也没有，上去只能架梯。堡垒每一步设防都作出了最悲壮的打算。小国圣马力诺在过去年代生存之艰险由此可见一斑，可以说得上是枕戈而眠。我想，这险要的地势一定强过水浒梁山千百倍。

　　有意思的是，窄窄的公众大楼广场，自由女神像也手握一杆标枪。这说明圣马力诺人还懂得另一个真理：和平离不开武力。这个世界只有武力的平衡与牵制，和平才会降临。也就是我们今天所说的多极世界。

　　晚上，住在山上一家大宾馆，说它大是因为它是圣马力诺国最大、也是最高档次的宾馆。但如果从规模来讲，中国内地许多县城的招待所比它还大。这里的大与小是不能以原有的概念来理解的。

就像你不能把它当成一座普通的宾馆，因为许多国家的元首来访也下榻在这里，中国的钱其琛就在这里住过。如果时间凑巧的话，你完全可能与"首脑人物"在不很长的走廊内擦肩而过，彼此礼貌地点头微笑。大家到了一个小国，连拉开身份的空间也没有了，只得平等，只得彼此彼此。

我们上山的时候，就有一辆警车开道，国宾车队跟在我们的车后。大家一路同行，但却不知身后那位来访的人物是哪国政要。我们车停下，他们也在同一个大门停车。这也算得上小国旅行的一种乐趣。我曾暗自揣度，圣马力诺的首脑与大国的首脑坐在一起会谈是个什么样的心态呢？从国家规模来说，他不比中国的一个镇大——面积61平方公里，人口2.4万。中国倡导的国家不分大小，一律平等的原则，得到全世界的响应，但同是国家首脑，心态会相同吗？会不会有让人忍俊不禁的时候呢？因为圣马力诺的小，它的官员也是平民化的官员，每天从别人屋檐下走过，前往公众大楼处理国务，它就没有办法不平民化。

换一个角度想，要与大国领袖平起平坐，你就去成立一个国家好了。

回到家里，我饶有兴味找到了钱其琛访问圣马力诺的新闻稿：

新华社圣马力诺1月16日电（记者袁锦林）圣马力诺执政官路易吉·马扎和马里诺·扎诺蒂26日上午举行仪式，热烈欢迎中国国务院副总理兼外交部长钱其琛访问圣马力诺。

圣马力诺执政官在致辞中说，钱其琛对圣马力诺进行的这次正式访问，是圣中两国紧密友好合作的证明。两国建交近27年来，双方关系得到了发展和巩固，合作范围非常广泛。执政官说，中国对圣马力诺的重视和友谊对圣是至关重要的。这证明，国家无论大小，完全可以根据各自的能力，为和平与进步进行合作。

执政官说："我们敬佩中国的历史及其几千年的文化，钦佩中国近年来在经贸方面取得的发展。尤其是在香港回归后，中国更加成为国际大市场中积极和充满活力的主角之一。"

钱其琛在致答谢辞时说："自1971年中圣建交以来，两国一直保持着友好的合作关系，交往日益增多。中国重视发展同圣马力诺的友好关系，一贯主张国家不分大小、贫富、强弱，都是国际社会的平等成员，都能够为世界的和平和发展事业作出自己的贡献。各国应当相互尊重，平等合作，共同进步。"

钱其琛说，圣马力诺是欧洲最古老的共和国之一，有着悠久的历史。中圣友好关系和中圣人民友谊是大国与小国合作与友谊的典范。

钱其琛是15日晚抵达圣马力诺进行访问的。晚上，他同圣马力诺外交部长加蒂举行了会谈。

从以上报道可以看出，大国与小国政要会见，主要内容是在反复强调、重申大国与小国平等的原则。他们坐在一起，大家面对面，各自以什么语气说这番话呢？面无表情、自顾自话肯定不行。从个人来讲，他们彼此是初次相识的陌生人，除去国家的背景，是个人与个人的相见，个体与个体平等地坐在一块。我想，除了职业外交的"模式化"表情，一定还有一丝不易察觉的表情从脸上掠过。因为他们彼此郑重其事强调的话，在这个世界还不完全成其为事实。

上山时导游的口吻也蛮有意思。她在离圣马力诺国境线还有一段距离时，就不断强调这里是圣马力诺，现在已经进入圣马力诺国界线，我们已经到了另一个国家。她唯恐别人不相信这是一个国家，而只是把它当成一个景点，只是过一道普通的门（那门也只是象征性的）。别的景点可能还要买门票，进圣马力诺可长驱直入，你不留神还不知道自己已经到了别人的国土上。

进了旅馆，卸下行装，放松心情，罗曼蒂克的情绪就弥漫了这个傍晚。以小国为背景，你会发现自己有浪漫的冲动。中国人如我也许浪漫只是内心的感受，来自美国的人就会把它变为行动。有人把电话打到了我的房间，是同行的一位美国小姐从大堂打来的，她说在总台好不容易找到我的房间号，她约我一起去吃晚饭。

我们在一家小餐馆要了意粉、比萨饼、咖啡和啤酒，没想到圣马力诺的比萨饼这样薄，而且坚硬无比，那顿晚餐，我的主要精力就是拿着刀叉对付它，又切又割，无法把它按照自己的意愿弄成口能容下的一小块一小块。她望着我，不好意思帮忙，我也不好意思用自己的手来撕，更不好意思弄出声响，让餐厅所有的人来给我行注目礼。肚子已经饿了，我又不能不吃。

结果，我们是餐馆最后出门的顾客。

在若有若无的灯光里，钻过古老山石铺就的巷道，石头房屋挤得小街窄而曲折。爬过斜坡和石级，一路往山顶上走，山下呈出一片灯海，如繁星一样闪烁，是夜编织的梦，显得这个悬在半空里的山顶寂寞又凄冷。谁能耐千年寂寞，不为山下生活所诱呢？只有成堆的岩石。

走近一块巨石，下面是万丈深渊，一门古炮架在两个铁轮上，炮口指向山下的万家灯火，一摸，铁的炮身冷得咬手。它也守在时间的深处，锈在流风巉岩之上。

山的主人呢？他们很早就呆在自己的石头房里了，让山顶独自承接黑夜和随同黑夜一起降落的寂寥。他们在山上守了已近两千年了。也许他们不愿隔着空间的距离俯瞰别人的繁华与富庶，感受自己与岩石一般的天荒地老。也许，他们都有一颗超凡脱俗之心——甘于寂寞，甘于清贫，只让生活在一片安宁和温馨里如水一样漫过自己的岁月——幸福人生的真谛就全在这一份写意之中。他们的确没有离自己的传统很远，没有现代人的浮躁，更没有匆迫的心态。

仰望浩渺星空，圣马力诺又不是孤立的。在无穷的时空里，它获得了一种永恒的感觉。

取出相机，支起三角架，守在镜头旁边：一只猫走过，一个少女走过，又一群人走过，它们都走进一张底片里，收藏在圣马力诺这一个夜里。衣衫单薄的美国小姐冷得发抖，她在另一个角度支开了三角架，不停地问你冷吗、你冷吗。后来她在一首诗里，把这天晚上的意象写成了星星、倾斜的道路、幽暗的灯光和穿过高天的罡风，还有我的关切和她对关切的渴望。我这时却在太虚幻境里体味一个人独自远行的滋味：我怎么到了这里呢？中午还在威尼斯，黄昏时突然就有一座山呈现在大地，它向着东方倾斜，山尖像鹰嘴一样伸向亚德里亚海，突兀的尖嘴后是一道蓝色山脉。平生第一次看到这样的山势，像童话一样不可思议。以为是一晃而过的路上风景，想不到自己会站到这个鹰嘴上来，在这样一个夜晚俯看沉沉大地灯火明灭，更想不到这个鹰嘴之上竟是一个国家。所有发生的一切是人力能为的吗？

黑暗中的城堡碉楼，它显示着一种虚幻的存在。过往的历史像被石头一样保存了，又像水落石出，历史的水逝去，现实的石头留下。圣马力诺第一个以山为家，我想象他当初上山的情景，怎样独立，怎样建国,那一定是非常艰难的抉择。古堡,引发并鼓励着我的妄想。站在它幢幢暗影下,觉得这一刻不完全是圣马力诺的了。想象,是圣马力诺现实之外的事物,但它落在圣马力诺之上,它又似乎是圣马力诺的了。

迷人并非来自夜色,而是这座山——山上的堡垒、堡垒中的墙与垛、墙和垛上的古老时空——最后还是回到想象上,回到非圣马力诺的地方。于是,这个小小山国与历史交融为一体了,像黑暗与大地交融在一起。

脆弱的城市

■ 张承志

一

中国人很难在思想上达到一致,所以人们总是看见枯燥的争论在不休地上演。唯有一个例外是环境问题,愈来愈多的人被卷了进来,购置山林的、义务植树的成了风潮,呼吁保护环境的大军,渐渐壮大遍及一切阶层。

除了对沙漠化自然的绿色行动主义,对文化环境的爱怜目光也在对焦。义愤填膺的声浪干涉着粗野短见的施工队,人人都成了文物保护者。强调讲究的文化,痛斥浅薄的建设,老外特别来劲;常听说哪位欧美国籍的夫人,在不辞辛苦地阻挡拆迁、保卫胡同。谁能说这不是一种社会进步呢?但任凭什么,也挡不住隆隆的工地轰鸣。一座城市又一座城市,历史的积累和宝贵的遗存,还是依次被拆光毁净。雷同的十字路高架桥,使本地人找不到家。乏情的银行楼大商厦,把粗犷北方和阴柔南方,统一成一个可憎的模式。在酷似70年代简易楼的种种叫卖欧陆加州的楼群中,更绞尽脑汁添造了鸟巢和锅盖;洋专家利用新潮的官僚心理,给害羞不已的都市再披上皇帝新衣。

一个词,一个叫做"市"的词汇,被滥用得暧昧可笑:不仅有若"定州市涿州市"之类的汉字悖义,在古老的草原上,你能理解如

"呼伦贝尔市海拉尔市满洲里市"这样的招牌么?并非夸张,文理不通的招牌,正挂在政府大楼的门口。而肆虐于市的瘾头似乎还远未过去,人们正静候哪天出现"中国市北京市八达岭市"的正式颁布。唐宋传奇中的天下军州、历史地图上的州府路道、哪怕革委会时代的县地省,一切历史沉积结晶的人类聚落描述——州、府、省、县、镇、集,无论大小轻重,不问功能内涵,都变成词义不明的"市"。头上是一刀切的高度,眼里是白晃晃的瓷砖,耳中再听着铲除古迹的消息,单调和疲惫的尽头,使人不再喜爱自己的家乡。

所幸这毕竟是一个允许议论的领域。如保护树林一样,谁都可以对破坏古城风貌者,狠狠骂上几句。甚至国家的标志剧院尚未落成,就读到咒它"王八蛋式建筑"的文字。最早的呼吁者,那些在这个领域尚带有浓烈政治意味时呼吁的人们,其实早已绝望地沉默。

二

也许,对我们这个感性迟钝的民族,唯有到了历史城市消亡的时刻,对城市史的观察才可能开始。非要到了仿古街道一条条被伪造出来、而且错觉随之发生,连我们也真要把它们当做古迹——新历史城市已经悖逆人意登堂入室,管你愿意与否——人才静心转过身,注意珍贵的历史城市。

人类文明的进程,在远古的岔路口上分开的时候,城市的类型,呈现了不同的思路。也就是说,我们拥有的城市,其实在最初就有一些先天的弱点。今天有心思比较地中海的一些名城了,才发现它们沿袭了不同的规划。

比如,格拉纳达是在一条山脊上,沿着地势走向和起伏,先营造了宫殿即王城。然后在要塞的墙外,随意地兴起了百姓的民居。

广场即是市集，借邻家外壁做我家的前墙，顺着几户邻里的小径，勾连成城市蛛网般的通路。家居和土地的私有，限制了国家的霸道意志，一个街区与另一个街区之间是交通大路，它们沿着泉眼流水，给后代留下了改造的依据。都市营建中，借助自然的思路，使人类获得了说不清的好处。千年过去之后，整个那种布局，更显现出一种迷宫的魅力。难怪数百步之内的王城和居民区，阿兰布拉宫和阿尔巴辛窑洞区，两处都早早被定为人类文化遗产。

而在中国人的脑子里，规划就是礼制。从《周礼·考工记》的时代，九经九纬的大平面，任凭改朝换代沧海桑田，未曾有一点更改。这是统治者逞示威严的平面，而不是居住舒适与合理的设计。这样的布局规划，必然把城市选择在平原上，而平原城市除了对水患与战争的无力，它放弃了建筑的落差，其实也就是丢失了城市的奥深。

礼制规划的缺陷，不能单从平原的安置来追究。僵化的不仅是切豆腐式的划分，理念中的其他因素，也使城市难得长命。不用说安阳的殷墟，不用说《清明上河图》的汴京，即便那万国来朝的伟大长安，它天下闻名的里坊，为什么后来荡然无存了呢？值得反省的例证不胜枚举。喀什噶尔也坐落在平原上，它的魅力为什么那么诱人呢？顺便说一句：喀什市的愚蠢改造，也正以消灭魅力为纲领，以九经九纬为图纸，日以继夜地进行着。

除了平面之外，建筑材料也是一处软肋。从殷墟到战国的高台（如赵国丛台楚之章华），古代的材料只有夯土。木头加夯土的速朽，是不言而喻的。后来添些硬材料，中国建筑走上了漫长的土木材料之路。这种建材作为城市的细胞材料，它的易损速蚀，造成了古代蕴藏的保存难度。它无法和比如地中海东岸的阿拉颇——那座石筑古城相媲美。遍地的古建，其实都必须百年一落架，三十年一补修，看是碑文上写着远溯唐宋,其实眼前的寺庙殿堂,一色几乎都是清代重建。我们缺乏使用石头的传统。无边的平原上,昔日星点分布着烧砖窑,今天到处兴建着水泥厂。那么也就没有如阿拉颇,没有那种沿着地中海的、上溯纪元前后依然巍峨屹立的罗马遗迹。土木材料的廉价和限制,滋生着都市营建的投机和短见。抽时间遛一遛石材市场开人眼界:原来根本就没谁打算建一座石头的建筑,只有人把石头切成片,"干挂"在劣质材料的骨头上!

如此建筑,如此建筑堆积而成的城市,它的难存韵味,它的历史遗存,早已是危若累卵。

三

布罗代尔在《地中海史》里归纳了城市的一些要素,诸如城市诞生的地理原因,以及它与市场和交通的关系,城市的官僚、商业、工业、手工业、宗教、军事等诸多功能,指出了城市含有的粮食、政治、交通、人口等病灶,最后总结了城市的早期资本主义,即银行时代。他说:"如果说城市生活是分阶段发展的,那么,它也是分阶段衰退的。城市的诞生、发展以及衰落与整体经济形势息息相关。城市在衰退过程中,陆续放弃它们的力量根源。"

但在 16 世纪导致资本主义城市兴起的交通因素,尚未如今天一样发展为城市之癌。交通是城市的脉管,它一旦痈肿伤炎,城市便高烧瘫痪。发展交通,这是一个神圣的名义。交通难题是一切阴谋和腐败的掩体。房地产的巨额利润,当然也在这种掩体背后暗暗计算。城市是脆弱的:仅仅一个交通的借口,就可以把每一个北京胡同的路口都变成立交怪物。城市里的人更是脆弱的:工程队和开发商的背后是"不可抗拒力",人只能接受从自己的家离走迁徙的判决。隔离桩、铁栅栏，为了交通七十老翁在爬高高的过街桥，然而汽车仍然如蝗灾般疯狂涌来。拓宽，把每一条路都拓宽到八十米、一百米，碍事的九经九纬，可以在它的八十一个交叉点都建起恐怖的立交桥。不远的未来，可以畅想人行横道上通了摆渡般的过街公交车。区区胡同就盛不下你的乡愁么？为了交通、汽车、楼盘，为了长官意志和肥腴利润，可以把一切文明剜骨剔肉，拆个精光！

我想起摩洛哥的菲斯城。那座古城连同今日的生活，都是联合国的文化遗产。它也建在一个大致平坦的地面，材料也不是坚硬的花岗石，它居然用毛驴车的单行线对付交通问题。关键是在那里的城市建设中，对文化的珍惜是绝对的，如同禁忌一般，没有人敢动古城一根毫毛。而在缺乏社会监督和异议表达的规划中，毫无禁忌，唯有霸道。

曾见过郑州城关的旧景顷刻消失，又看到昆明木造的老街逐间拆毁。前年不见了伊犁汉人巴扎的风情，此刻又目击喀什的帖姆巴旦被围困——城市如同历史，脆弱且可以涂改。遗憾已经化成了悲哀，早已是墨虽浓惊无语。难道我们竞争传递古城拆毁的消息、难道我们比赛对滥拆运动的诅咒么？再听到谁絮叨北京的胡同，我感到心烦。

但良知无论早晚，总是应该支持的。愈来愈多的知识分子与普通民众的介入，使得失速的古城删改，毕竟拦上了群众舆论的绳子。冯骥才早就呼吁与收藏双管齐下，十数年沉溺其中，推行抢救的运动。李江树握着相机和散文两种武器，企图对文化的浩劫，作他个人的批判。

周末的江树骑着自行车，在尚未拆除或已经拆光的街上徘徊。我说，太晚了，算了吧。他不被我的悲观论传染，总觉得只要大家都行动，就可能救出灭顶的街巷，至少安慰忐忑的良心。他在残存的地点支上三脚架，和满腹怨愤的老人娓娓交谈。在流水的日子中，他补充了学识，也洗练了语言，包括建筑的语言。他对建筑与其环境的种种分析，是因为不敢奢想而被自行放弃的、人对建筑及城市有权提出的要求。抚摸着文学和摄影两件心爱的东西，他对自己的力量所及和正义形式，摸索得日渐清晰了。不仅如此，这并非只是书市新添的一本文化环保小册子，从谭嗣同到鲁迅，他在这部记录里实行着文化批评，他的从来慎于表达的义愤，提示着一种普通善良人的观点。作为他多年的好友，我怎能不被这样的行为感染呢？所以反省自己的虚无，也琢磨再做些什么。

　　随着推土机的凯歌声，新的一年隆隆而至。愿我们的心情，能在这苦恼人的声浪中变得强韧。

云南云

■ 公 刘

　　除去盲者，谁没有见过云？只要不是一碧如洗，仰望苍穹，必定有那么三片两片在徜徉飘浮；倘或赶上了包裹大地的无缝天衣，其时，我们就会感到自身宛如密封于罐头中的沙丁鱼了。这就是无所不在的普普通通的云。

　　还有一种云，没有形体，却有分量，它的特殊之处，端在于只能凭借心灵去感知，这便是人们嘴上不说心中明白的所谓疑云；它重若铅块，堵塞胸腔，拂之不去，轻则使人失态，沉则使人失眠。

　　然而，领略过云南云的人有福了，云南云不仅能化解一切积郁的疑云，且能令你心旷神怡，如悟道的迦叶会心一笑：从前看过的那种东西算得上云么？这才叫云呐。

　　在我国浩如烟海的卷帙中，有多少关于云的描摹？泰山云，庐山云，黄山云，各有千秋。不过，我认为，臻于纯美的惟有云南云，即云岭之南的云。

　　我猜度，第一个欣赏云南云，讴歌云南云的歌者当是大作家沈从文。日寇犯境，京华沦陷，北大、清华内迁组成临时性的又是历史性的西南联大，沈先生执鞭于斯。为了躲避敌机的狂轰滥炸，也由于生活的困窘熬煎，沈先生一家卜居乡野；想必是在警报拉响后，眯缝双眼，搜寻那播种死亡的大和鬼魂时；想必是将妇携雏种蔬灌园，忽而油然兴起故土之思，不自主怅望长空之际；经过了持久的凝神观察，终于体会到了云南云的非凡品格。结果，他写下了一大段精彩的"云论"。我因手头无书可查，只能复述其大意。沈先生将云南云比作喜马拉雅雪峰冰川与南亚热带椰雨蕉风交媾分娩的宁馨儿。但愿我不曾歪曲沈先生。此刻，我还分明听见了他的浓重湘西口音的一声羡叹哩。我是佩服沈先生的化学定性般的精密分析的。

说起云南云，当代的诗人、作家似乎都有好感。我忘不了白桦的那一曲骊歌：《云南云》；邵燕祥南行也迟，待他引领环顾，立刻为之心折，吟哦起《云南的云》来，万分荣幸的是，他把副题标作"致公刘"。

前些日子，彭荆风也曾以斩钉截铁的语气宣告：云南的云就是与众不同。他甚至断言，假若沈从文先生不是局促于昆明一隅，有机会去滇南、滇西、佤山、玉龙山住上三年五载，那些千姿百态的云，当更会令他梦笔生翼。

此言不虚。我本人就有深切的领悟。1950年初到1955年初，我在云南生活了整整五年。因为部队新华社分社和军区《国防战士》报工作的便利，足迹几乎遍及全滇。我的确屡屡捕捉到无数云南的云，总想深究它的底蕴，洞悉它的奥秘，莫可奈何的是，至今尚未成功。

在永必烈哨口，在一所百分之百的竹构建筑的兵营中，我信笔记录了一次奇异的经历：

> 我推开窗子，
> 一朵云飞进来，
> 带着深谷底层的寒气，
> 带着难以捉摸的旭日的光彩。

这是一首题为《西盟的早晨》的小诗的前四行。诗在《人民文学》发表后，不承想，竟得到了我素来景仰却并未谋面的大诗人艾青的激赏。他亲笔写下了据传是他的第一篇评论文章：《公刘的诗》，刊于《文艺报》头条。这自然是云南云赐予我的荣耀。我要感谢云南云。

　　云会像鸟儿一样破窗而入？一般人恐怕说来不信，但却是绝对的写实。那朵云是永必烈的云，如今，永必烈已划归缅甸了，我非常怀念它，我希望，有朝一日，我能去访问缅甸，重晤那朵极富人性的云。

　　距离大理不远，有一座小城，名字干脆叫作祥云。祥云的云同样颇足一观，那是一种类似攀枝花蒲团般质感软和的五彩祥云。

　　说起大理，就更和云难舍难分了。大理是古南诏国的首邑，面洱海，背苍山，勤劳善良多才多艺的白族人民双手创造了灿烂的文明。无数的民间传说中，以动人的"望夫云"最为家喻户晓。人们无不以最高级最富有感情色彩的词汇去描述她，把她形容为一位盛装的公主，一旦出现，必然亭亭玉立于苍山之巅；裙裾飘曳，颦眉凝眸，苦苦地俯瞰着洱海，企待着她那被妖僧罗刹打成石骡冤沉海底的心上人归来团聚。故事情节是如此之凄婉，善恶界限是如此之鲜明，吸引了许多诗人和作家争相二度创造。徐嘉瑞、金重、徐迟等人写过诗，杨明写过剧本。我虽不才，也从自己选定的角度创作过一首千行长诗。五十年代中期，陈斐琴主持《解放军文艺》，破例在只发表军事文学的版面上全文揭载，旋又列为"解放军文艺丛书"之一，出了单行本，画家林凡绘制了极其精美的工笔画插图。1979年，我的错划"右派"一案得到改正，中国青年出版社准备重印，我没有同意，心想：那朵神奇的云，我并未完全写活，不如日后重写，另出新版。这段往事，已足以表明我不敢亵渎云南云的虔敬之忱了。

和这差不多的是,1957年,根据长诗的初稿,我又和林予合作,改写同名电影剧本,由于众所周知的原因,未及搬上银幕;我想也好,避免了一宗"遗憾的艺术"。有生命的云是很难定格的。

记得很清楚,我奉调北京离开昆明时,乘的是军用机,跨越云岭途中,机翼轧轧,颠簸剧烈,这时,我忽然怆然发觉,舷窗外的云絮仿佛一齐伸出了它们的手和我握别,我多么想拉住它们搂进怀中啊。于是孕育了《南望云岭》。

1979年,在睽离这片热土二十四载之后,复得以自由之身重游旧地,然而不幸,那并非旅行,而是参战——对越自卫反击作战。自金平到河口,自马关到麻栗坡,目光所及,所有亲爱的云都被硝烟所扼杀,令人不胜惆怅。

也许是命运的眷顾,又过了十一度春秋,今年七月,我和女儿刘粹实现了再回云南的宿愿。这个"再"字,于从未领略过云南云的冰晶玉洁、旖旎绚丽的女儿,同样管用,她记住我平日的絮叨,早已心向往之了。24号,我们搭波音757升空,座位不很理想,既没有A,又没有F,当巨鸟飞渡关山,将贵州甩在身后时,我赶忙央求舷窗旁的乘客稍稍偏身,让刘粹见识云南云。女儿表情庄重中透着亲昵,低声喃喃:"我看见它了,我看见它了。"

接着,又有西双版纳之行。车过思茅,天色将暮,女儿忽然惊呼:"爸,快看那云!两朵云!"我抬眼遥望,不错,它们垂天直下,沉重而饱满,犹如一对鼓胀待哺的黑牛乳房。女儿补充道:"换了别的地方,这样墨黑墨黑的云,早已大雨倾盆了。"我笑了笑,还她一个故作玄妙的回答:"它就是不喷不溅,憋着母亲的痛苦,同时享受着母性的幸福。"

上述种种,只不过是云南云的魔幻点滴。还有镶着金丝银边的云,还有斑斓如孔雀开屏的云,还有艳丽胜边地织锦的云,还有方解石般棱角峥嵘偏又晶莹剔透的云,还有怒涛汹涌席卷一切无声无息极富威慑力的云,还有似雾似雨沾湿衣衫的云,当然,更多的是观音菩萨式的慈眉善目的云。

云南云,如龙如马,似仙似佛,因此,我在一次笔会上发言:云南省级文学刊物,不是打算更换刊名么?何不索性称作《云南云》!比起《边疆文艺》、《大西南文学》来,更确切,更形象,更蕴藉,也更具独一无二的优势。

云南云,正意味着文学追求的最高境界呢。

香港故事

■ 小　思

香港，一个身世十分朦胧的城市！

身世朦胧，大概来自一股历史悲情。回避，是忘记悲情的良方。如果我们说香港人没有历史感，这句话不一定包含贬斥的意思。路过宋皇台公园，看见那块有点呆头呆脑的方块石，很难想象七百多年前，那大得可以站上几个人的巨石样子，自然更无法联想宋朝末代小皇帝，站在那儿临海饮泣的故事了。

香港，没有时间回头关注过去的身世，她只有努力朝向前方，紧紧追随着世界大流适应急剧的新陈代谢，这是她的生命节奏。好些老香港，离开这都市一段短时期，再回来，往往会站在原来熟悉的街头无所适从，有时还得像个异乡人一般向人问路，因为还算不上旧的楼房已被拆掉，什么后现代主义的建筑及高架天桥全现在眼前，一切景物变得如此陌生新鲜。

身为一个土生土长的香港人，我常常想总结一下香港的个性和特色，以便向远方友人介绍，可是，做起来原来并不容易，也许是她的多变，也许是每当仔细想起她，我就会陷入浓烈的感情魔网中……爱恨很不分明。只要提起我童年生命背景的湾仔，就可说明这种爱恨交缠的境况。

说湾仔是一个与海争地的旧区，并不过分，因她大部分土地都是从海夺过来的，老街坊站在轩尼诗道上，就会咀嚼着沧海桑田的滋味。当初在填海土地上建成的房子已经残旧,给人一幢一幢拆掉,代替的是更高更遮天的大厦。偶然一座不知何故可以苟延残喘夹在新厦中间的旧楼,寒碜得叫人凄酸。有时,我宁愿它也赶快被拆掉,可是,又会庆幸它的存在,正好牵系着我的童年回忆。洛克道、谢菲道,曾经是有名的烟花之地,自从那苏丝黄故事出现之后,湾仔这个名字,在许多外国浪子心中,引起无数蛊惑联想。每逢维多利亚港口停泊着外国舰只时,我就很怕人家提起湾仔。我曾经厌恶自己生长在这个老区,但别人说她的不是,我又会非常生气,甚至不顾一切为她辩护。在回忆里,尽管是寻常街巷,都具温馨。现在,湾仔已经面目全新了,新型的酒店商厦,给予她另一种华丽生命。我本该为她高兴才对,但随着她容貌个性的变易,仿佛连我的童年记忆也逐渐退色,湾仔已经变得一切与我无干了。

　　文化,是一座城的个性所在。香港的个性呢?有人说她中西交汇,有人说她是个沙漠。是丰腴多彩?还是干枯苦涩?应该如何描绘她?可惜,从来没有一个心思细密的丹青妙手,给她逼真造像。文化沙漠,倒是人人叫得响亮,一叫几十年,好像理所当然似的,也没有人认真地查根究底。难道几百万人就活在一片荒漠上么?多少年来,南来北往的过客,虽然未尝以此为家,毕竟留下许多开垦的痕迹,假如她到如今还是荒芜,那又该由谁来负责呢?这样说罢,香港的文化个性也很朦胧?不同文化背景的人为她添上一草一木,结果形成奇异园地。西方人来,想从她身上找寻东方特质,中国人来,又稍嫌她洋化,我们自己呢?一时说不清,只好顺水推舟,昂起头来接受了"中西文化交流中心"的称誉,又逆来顺受人云亦云地承认了"文化沙漠"的恶名。只求生存,一切不在乎,香港就这样成为许多人瞩目的城市了。

　　不知不觉,无声岁月流逝。蓦然,我们这一代人发现,自己的生命与香港的生命，变得难解难分。离她而去的，在异地风霜里，就不禁惦念着这地方曾有的护荫。而留下来的，也不得不从头细看这抚我育我的土地；于是，一切都变得很在乎。但，没有时间回头关注过去的身世了，前面还有漫漫长路要走。

远方朋友到香港来，我总喜欢带他们到太平山顶看香港夜景。不是为了旅游广告的宣传："亿万金元巨制的堂堂灯火"，而是——

乘缆车上山，我们不能不注意那种特殊感觉。车子自山下启程，人坐在车厢里，背靠着椅子，必须回过头来看山下的景物。在一种要把人往下吸拉的力度中，就看见沿途的建筑物都倾斜了，尽管我们不自觉地调校了坐姿，把视线与建筑物平行起来，但其实我们是用倾斜角度看山下一切。到了终站，当满城灯火在我们脚下时，我往往保持沉默，可以用什么语言来描述香港呢？倒不如就让在黑夜显得十分璀璨的人间灯火去说明好了。说实话，我也正沉醉在过客的啧啧称奇中。

香港的夜里风光，可谓最为耐人寻味。层层叠叠深深浅浅的闪烁，演成无尽的层次感。我总爱半眯着眼睛看山上山下的灯光，就如一幅迷锦乱绣。正因看不真切，那才迷人。过客也不必深究，这场灯火景致，永留心中，那就足够记住香港了。

我常对朋友说，香港既是一个朦胧之城，生长其中的人，自当也具备这种朦胧个性。香港人不容易让人理解，因为我们自己也无法说得清楚。生于斯长于斯，血脉相连着，我们已经与香港订下一种爱恨交缠的关系。对于她，我们有时很骄傲，有时很自卑，这矛盾缠成不解之结，就是远远离她而去的人，还会时在心头。

倾城之恋，朦胧而缠绵，这是香港与香港人的故事。

香港的高楼和北京的大树

■ 汪曾祺

香港多高楼,无大树。

中环一带,高楼林立,车如流水。楼多在五六十层以上。因为都很高,所以也不显出哪一座特别突出。建筑材料钢筋水泥已经少见了。飞机钢、合金铝、透亮的玻璃,纯黑的大理石。香港马路窄,无林荫树。寸土如金,无隙地可种树也。

这个城市,五光十色,只是缺少必要的、足够的绿。

半山有树。

山顶有树。

只是似乎没有人注意这些树,欣赏这些树。树被人忽略了。

海洋公园有树,都修剪得很整洁。这里有从世界各地移植来的植物。扶桑花皆如碗大,有深红、浅红、白色的,内地少见。但是游人极少在这些过于鲜明的花木之间流连。到这里来的目的是乘坐"疯狂飞天车"、浪船、"八脚鱼"之类的富于刺激性的、使人晕眩的游乐玩意。

我对这些玩意全都不敢领教,只是吮吸着可口可乐,看看年轻人乘坐这些玩意的兴奋紧张的神情,听他们在危险的瞬间发出的惊呼。我老了。

我坐在酒店的房间里,想起北京的大树,中山公园、劳动人民文化宫、天坛的柏树,北海的白皮松。

渡海到大屿岛梅窝参加大陆和香港作家的交流营，住了两天。这是香港人度假的地方，很安静。海、沙滩、礁石。错错落落，不很高的建筑。上山的小道。我现在明白了，为什么居住在高度现代化的城市的人需要度假。他们需要暂时离开紧张的生活节奏，需要安静，需要清闲。

古华看看大屿山，两次提出疑问："为什么山上没有大树？"他说："如果有十棵大松树，不要多，有十棵，就大不一样了！"山上是有树的。台湾相思树，树叶都很美。只是大树确实是没有。

没有古华家乡的大松树。

也没有北京的大柏树、白皮松。

"所谓故国者非有乔木之谓也"。然而没有乔木，是不成其为故国的。《金瓶梅》潘金莲有言："南京的沈万三，北京的大树，人的名儿，树的影儿。"至少在明朝的时候，北京的大树就有了名了。北京有大树，北京才成其为北京。

回北京，下了飞机，坐在"的士"里，与同车作家谈起香港的速度。司机在前面搭话："北京将来也会有那样的速度的！"他的话不错。北京也是要高度现代化的，会有高速度的。现代化、高速度以后北京会是什么样子呢？想起那些大树，我就觉得安心了。现代化之后的北京，还会是北京。

南昌的孤独与爱

■ 范晓波

　　一个人对一座城市的情感和认知，也许要到了七年之痒的程度才会积淀到一定的宽度和厚度。七年了，远方拉近为原点，异乡演变成家乡。他初到这座城市时胸腔里翻涌着的那些东西，该飞扬的飞扬，该消遁的消遁，该沉潜的沉潜。一个人钟摆似的出没在失去了象征和隐喻意味的街道上，他的表情时而麻木，时而爱恨交织。不断延长的高楼的阴影，时而吞没他，时而把他交还给阳光。

　　雨把火车站广场淋得像一个打破的铁锅，黑亮的水把人和其他杂物冲得四处溃散，广场上漂浮着一些伞状浮萍。我背着沉甸甸的牛仔包，经过一夜的轮船颠簸，从县城赶到南昌。买不到当天去广州的票是自然的结局。那年头，去广东对于许多内地青年就像是去天堂，车票当然特别紧俏。一个年轻丰满的女青年（我觉得叫她少女、小姐或其他什么称呼都不对）把我从黑雨伞的乱阵里拉到广场边上，说可以给我买到明天的火车票，条件是去她熟悉的一个旅店住宿。和其他那些矮胖粗俗的女拉客不同，她脸上的笑散发着月亮的光辉，普通话也很纯正。我心甘情愿接受了笑容里具有陷阱意味的部分，心里甚至还萌生出一丝对于艳遇的危险期待。

　　我被她安置在火车站右侧一个胡同里的私人小旅社。房间潮湿逼仄，壁上布满来历不明的液体画出的诡异图案，显然是细菌的家园。她借了我的伞出去办事，到晚上才牵着一串垂头丧气的旅客回来（像押解俘虏）。我原本想让她带我去附近的歌厅，心里忽然犹疑不安。第二天我花了比实际价格高许多的钱，总算拿到了一张去广州的票。1993年夏天的雨水以缓慢拖沓的节奏，把我在南昌度过的这个夜晚刻画得极其孤独难受。

此前和此后的一些日子，我都是南昌的过客。1997年底，一次面向全国的招聘考试改变了我和南昌的关系，我成为一家当时在全国都颇具影响力的青年期刊的编辑，也成为南昌的居民。我和四五个试用编辑刺猬一样窝居在单位的集体宿舍，竞争像毒气一样在幽暗的居所和同事之间咝咝作响。那一年，我体味到人群中的孤独和悲哀。每天晚上骑着车在市区乱逛，半夜站在八一桥弧形的桥身上发呆，有时就在某个老乡的单身宿舍里睡觉。那时我发现南昌和我刚刚逃离的县城一样世故。

我拒绝为了日常生活的便利学习这座城市的方言，到现在都是如此。南昌方言没有拐走我的爱情，我和从老家带来的女朋友用鄱阳方言把恋爱谈到结婚的水平。我的爱情和其他许多东西都隐居在老家的方言里。我愿意做这座城市文化上的异乡人。2002年以前，除了看电影、逛超市和书店，我基本和南昌没有关系。我的工作大多和外省人发生联系，不断坐火车去全国其他城市组稿和采访，和外省的女孩讨论爱情。活在南昌的，只是躯壳，我用一次次出行忽略了这个城市最市民化的性格。

孺子路和沿江路交汇处，搽着金粉的夜总会后面，有几栋被油烟熏黑的宿舍楼，第一栋的七楼之上，有我租住的房子。从1999年到2002年5月，我一直住在那里。从单身到结婚，从结婚到成为父亲。六十平米，两室一厅，这座城市真正属于我的面积就是这些。一个房间放着双人床和电视，一个房间放着电脑、吉他和一些乱七八糟的书刊。我想起多年前看过的一幅油画《微巢》，房间很小，但主人心里不时腾跃出的空虚感使微巢成为巨大的精神的场。特别是女儿来到我们中间以前，我觉得自己对人生的观感和那些流浪艺术家有许多暗合之处。睡眠于高而老的楼房里，就像鸟把巢筑在丛树的主体中飘逸而出的枝丫之上。许多个夜晚，听到街道和夜总会隆隆的响声，巢穴仿佛在微微抖动。

我习惯于晚饭后去街对面的良友超市待一会儿，去那里买香烟、咖啡、奥立奥饼干，观赏各种各样的洋酒和酒具。超市里有块巨大的广告牌，一个欧洲男子（面容既灿烂又伤情）穿着毛衣坐在上面品酒。我每天都会去看他一下。他是我那段时间的朋友。超市的合金柜台和各色物品在灯光下折射出亮晶晶的光，购物或享受免费空调的人在里面悠闲地走动，目光温和。城市在巨型超市里释放出最文明最人性的一面。

超市往南，抚河边上，是一块狭长的公共绿地，一年四季，凉亭附近聚集着老人、孕妇和她们的宠物狗。我也常去那里，尤其是春天和夏天。我爱那里的迎春花、柳树和几株低矮的桃树。二三月份的时候，柳条一天比一天茁壮，再往后，铁枝似的桃树也有了颜色。相对于季节，城市是个中性人，只在极少的部位显露性别。元宵之后，我每天傍晚去河边看季节在那些植物身上留下的足迹。春天的雨雾中，桃花湿淋淋的笑容令我忧愁。我常一个人面对黑漆漆的流水，想一些过去和将来的事。

一个1992年在老家乡下中学认识的学生，因为爱好写东西曾和我有过短暂的交往，七八年后忽然在南昌街头被我认出来，他告诉我已经在这里待了快一年，为东北一家制药厂做江西的销售经理。他和两个同事租住在绳金塔附近拥挤的居民区，脏衣服扔得满床。

这个城市对他而言只是一座座医院，以及一张张必须用回扣去解冻的冷脸。他和这座城市的关系比我还简单无趣，没有心情享受它为正式居民准备的那些公共设施，甚至也没有机会和它的一百四十万人口中的某人发生点情感故事。他随时都要做好去另一个省份驻点的准备。不工作的时间，他猫在出租屋里睡觉，唱卡拉OK，看从巷口租来的最新港台片。他们在这座城市里的生活似乎也是租来的。

我成为他南昌记忆中的一个意外的章节，他对我亦然。结婚前的那一年，我常去他那里喝酒，谈些关于1992年的事，然后看影碟到凌晨。我骑着山地车回到自己的出租屋时，大部分的街道都睡着了。一个冬天的夜晚，我去时街道是黑的，回来时全是绵软的白色了。那是那年的最后一场雪。

我以为日子就会这样过下去。一段时间后，我打他手机想去那里看影碟，被告知那个号码已欠费停机，号码已变成空号。他从此就像空号一样从这个城市的街道被删去了。那以后，我也再没有机会去他曾经租住过的街区，好像那里并不是这个城市的一部分。

2000年8月之后，我成为一个女孩的父亲。她孕育于南昌，出生地却在鄱阳，而且两岁以前大多数时间都住在那里。我宁愿每个周末赶数百里路回老家去看她，也不想让她待在漂泊感很重的出租屋里。从户籍的意义上来讲，那时我们都已是这个城市的居民，但我从没有做好在这里过下去的打算，我始终相信，还有一个更好的城市在等待着我的加盟。女儿的出生加剧了我逃离的欲望。整个2001年，我在北京和广东之间跑来跑去，一会儿想去北京当个流浪作家，一会儿又对女儿内疚不已，决意要去广州多挣一些钱好好养她。2001年秋天，北京的一家杂志社已经把办公桌给我准备好了，广东的一家著名家电企业也允诺给我一个新闻传播中心经理的职位。

在最后抛硬币的抉择中，我的热情忽然倒向了南方。

那段经历，让我对许多事情的看法改变很大。我发现人们正从病态地尊崇精神，突然变为病态地尊崇物质。我想，为什么要成为极端潮流里的一个小小泡沫？为什么不能像礁石一样在时代之外去寻找坐标？另一个最大的改变是，我忽然爱上了南昌，爱上了它慵懒、多元、享乐的城市性格，爱上了它不同于广东的四季分明。一个人如果没有对四季刻骨的思念，没有从追求卓越时代回到平凡生活的勇气，他也许不能理解我2002年5月末举家从广东逃回南昌的行动。我带着爱人、刚学会走路的女儿坐上北上的火车时，脑子里浮现出一些二战电影里的镜头：犹太人在德占区经历九死一生的逃亡后，终于踏上了开往中立国瑞士的火车。没有被硝烟熏黑的绿色山川从窗外波浪似的滑过，他努力控制着内心翻涌的幸福，眼泪始终没有滑落下来。

我在赣江边租了一套七十多平米的新房子，位于省委滨江宾馆左侧，周边有开阔的绿地。买了空调和冰箱，地上也铺了地塑，条件比以前好很多。以前和爱人逛街，回出租屋只说回住处，因为女儿也和我们住在了一起，现在改说回家了。2004年8月以前，我们一直住在那里，每天接送女儿去省委机关保育院上幼儿园，从小班读到中班。

2002年以后，我以前服务的那家青年期刊像一个晚期癌症患者，连走路都摇摇晃晃了。最初，这些对我的情绪没有很大影响，我是为了享受平凡生活才回来的。我把主要精力都放在写作上，平常就去另一家期刊做兼职编辑。2002年后期，我和两个在省文联工作的朋友常去苏圃路的名典咖啡喝咖啡谈散文，也经常去一些歌厅唱歌。

从2003年后期开始，许多支撑着我的情绪又朝着消退的方向走去。这期间我在南昌的昌北新区按揭买了套属于自己的房子，有了在这里定居下去的意思，而单位已经奄奄一息。我做过一些尝试，在这样讲求人力资源成本的年代，要换一个可以与定居的意愿相适应的稳定工作是困难的。写作并不能解决这些，它只能使我和正常的职业距离更远。我第一次因为现实因素而烦恼，我把自己关在家里画画，一画就是几个星期。傍晚在江边散步，逐渐变成了徘徊。有时我一整天不去上班，陪女儿在楼顶上看云。我会突然紧紧地抱住小小的女儿，她笑得越无忧，我的心就收缩得越紧。我认定自己是世界上最自私的爸爸，焦虑和愧疚像毒蛇纠缠我在南昌的心情。

他是省文联分管文学的副主席，我和他从未有过私交，只是偶尔在一些笔会上听他给作家们讲话。有一年除夕，他坐在灯下看我的一些文字，冲动得想写评论……这是一个朋友告诉我的。我以为这样的转述有许多文学化的处理。

一天，我在文联的一个办公室和两个朋友聊天。他走进来，突然对我说：你想不想到文联来？他的声音很低很慢，一截一截地在中午的空气里闪动，以至于我无法判断耳朵传递来的声波是否有误。这是 2004 年春天的一个普通瞬间。阳光从窗户外树阴间穿透进来，晃得我无法看清眼前的许多事物。2005 年 1 月以后，和那两个写散文的朋友一样，我可以每天去省文联的俄式办公楼（50 年代的中苏友好馆）上班，在那里编文学报，写东西，文学成为谋生的职业。这样的变化，从未在我的构想中出现过。迄今为止，我不知道这对我意味着什么，但我想，从此我不会忘记一个人。他也许很少和你说话，却用一句话，改变了你的人生运势。这个人，也是南昌品质的一个部分。

每天早晨骑赛车穿过八一大桥，沿八一大道到八一广场附近的中苏友好馆，傍晚又原路返回。在新居里喂八哥，听音乐，看电视，写东西，偶尔去山里采风。日子又像钟摆似的安静单调起来。大概就是从2005年开始吧，忽然很少再三个人一起去咖啡厅谈散文了，成为同事后，许多可以谈的东西反倒谈得少了。这期间很少回老家（我不知鄱阳和南昌哪个更像是我的家乡了），对四季的轮回也不如2002年敏感和珍惜（身在福中确实容易不知福），甚至很少出去和圈内圈外的朋友喝酒，熟人在增加，朋友却似乎在减少。我似乎正在以疏离的方式，在这座城市里陷落得越来越深，对它的空气、阳光和丑陋都越来越习以为常，就如同当年在鄱阳县城，不是沉醉，更像是隐居。有时我会忘了，这个国家还有许多我曾那么向往过的城市，有时又觉得，一个还算年轻的人就这样把剩余的大把岁月交给一个城市，也许会有许多遗憾。

事实证明，无论哪一年，无论命运对我做了什么，在南昌，孤独总还是免不了的，但是有了现在所拥有的这些爱，我想，我不会再轻易离开这个城市。

南京人

■ 叶兆言

一

南京人只是个大致的说法,是个大概,那意思就是生活在这个城市的人。

纯粹的南京人只能从理论上去探讨,对于生活在这个城市里的人来说,活生生的南京人就是你,就是你周围的人。南京人就是那些天天在你眼皮底下活动的人流。不在乎你的祖籍是否在这里,也不在乎你是否在这里出生长大,一方水土养一方人,你在这个城市里生存的若干年,充分地呼吸过了这里的空气,喝了这个城市的水,吃了在这个城市里买的米,那么,你就是南京人,南京人就是你。南京人就是那些上下班时匆匆从街上走过的男男女女,是那些站在电话亭里回拷机的小伙子,是那些站在路口吃羊肉串的年轻姑娘。南京人就是你天天耳闻目睹的那些人。

南京人从来就是一个宽泛的概念,宽泛难免挂一漏万。南京人的特点是宽容,南京从来就是一个宽容的城市。事实上,生活在这个城市里的人,很少去思索自己究竟是不是南京人。调查表明,很多被问到自己是不是南京人的人,在一怔以后,首先想到的是自己的祖籍,人们都习惯于用祖籍来回答问题,于是绝大多数人都会告诉你,自己不是南京人。有关部门对171位南京居民进行抽样调查,结果只有一成的人,自称祖籍是南京。近一半的人认为自己不是南京人,虽然他们就出生在这座城市。

南京人对自己是不是南京人这样的话题,不太热衷,不像上海人那样,动辄说"阿拉上海人"如何如何。南京人缺少上海人那样的凝聚力,上海人口的组成,远比南京人口组成更复杂,但是上海人天生有一种整体感,天生有一种自己是上海人的认同感。南京人从来不排外,上海人常常使用"外地人"、"乡下人"这些带有鄙视语调的词,这些排斥别人突出自己的词里面,充分体现了一种优越感。

南京人没有这种优越感。历史和现实也不经常赋予南京人这种优越感。南京人有时候也想天真地做一做抖抖自己威风的事,譬如针对"京派"、"海派",提出一个"宁派"的概念来,但这种说法更多的是像自说自话,不仅别的地方人不会这么认同,就是南京人自己也不会认同。南京人散漫惯了,结不了帮也成不了派,思想一向不统一。南京人是很难概括的,因为南京人的秉性向来让人捉摸不透。

二

就说看电视剧,肖复兴在谈到北京人看《孽债》时,曾说过由此可见上海人的小家子气,因为这里面的故事实在不至于这么折腾。自己的亲骨肉,没费什么事,由别人替你养大了,等于白白捡了个孩子,高兴还来不及,有什么必要去寻死觅活?北京人绝不会让五个孩子风尘仆仆来了,结果三个孩子又回云南,留下一个是断腿的,另一个进了公安局。这种结局,在北京人眼里,上海人太没人情味。而上海人看王朔的电视剧,也是莫名其妙地肝火旺。我不止一次听到过这种指责：油嘴滑舌，耍贫嘴，京油子，甚至忿忿不平地把《爱你没商量》，说成"不看你没商量"。

南京人却完全不同。南京人没什么完全一致的看法，说好的有，说不好的也有。可能今天说好，到明天就改了口。南京人口无遮拦，天生喜欢自说自话。有一次，在一家商场里，我听见两个女售货员眉飞色舞地谈论王朔，长得很好看的那位激动地说："我太喜欢王朔了，只要是他的东西，我就爱看。"十足的南京话中，为了表达对王朔的感情，硬把舌头卷起来，带着一种很怪的京腔，南京人说普通话，真是很为难的一件事。而《孽债》播放时，满街同样都在议论，原著作者叶辛到南京来签名售书，许多热心的读者都以亲眼目睹叶辛为荣。南京人胃口特别好，什么都能接受。南京人好发疯，什么都喜欢凑热闹。南京人没有什么自以为是的固执观点。看"海派"的东西会流眼泪，看"京派"的东西也会伤心，南京人最容易骗。

"海派"和"京派"这些概念，即使上海人和北京人自己不这么说，别人也能很轻易地感觉出来。无论上海人或是北京人，他们只要是在中国的地盘上混，就永远摆脱不了那种优越感。上海人是靠经商发起来的，所以言谈屡屡离不开钱；北京人生活在天子脚下，因此动不动就会说一些未经证实的内部消息。上海人会挣钱，北京人能当官。上海人的理想是口袋里有用不完的钱，北京人却希望自己能当的官越大越好。钱和官分别是上海人北京人傲气的本钱，有了钱当了官，于是敢优越、敢自尊、敢这样敢那样。就是没钱的上海人和没做官的北京人，近朱者赤，近墨者黑，由于受了这种风气的熏陶，也都是一样的毛病。

南京人往好里说，是什么都有些不在乎。南京人不会因为自己是南京人，就像上海人或北京人那样，觉得高人半截儿。南京人还轮不上有这种感觉良好的毛病，确实也没什么可以感觉良好。南京人对自己不自信，也不自尊，更不自卑。典型的南京人都是悠闲懒散的，很多事都随它去。不羡慕当官的，也不嫉妒有钱的，因为大部分的南京人既不会当官，也不会挣钱。在南京当官的都是外地人，在南京挣大钱的也是外地人。眼睁睁地看着外来者做官挣钱，竟然不眼红，也不在乎，这就是南京人。

三

在全国这盘棋上，南京人的位置不南不北。在江苏省的地界上，作为省会的南京仍然不南不北。苏南人习惯上把南京人看成是江北人，尽管在地图上，南京明明白白地位于长江南岸。"江北人"的称呼和上海人动辄称"外地人"、"乡下人"一样，包含着一种鄙视。

苏南一带的老百姓，对于省会南京，历来不怎么放在眼里。有一次，在重庆开往上海的火车上，上海的作家陈村跟我开玩笑，说南京是上海的郊区，我当时就和他争了起来。结果为了检验，我们求助于不远处的一位旅客，当我们问他是什么地方人的时候，他大言不惭地说自己是上海人。我和陈村都吃了一惊，因为这个伪上海人说的显然不是上海话。仔细问下去，原来他是江苏溧阳人。我顿时很气愤，无论是以距离而论，还是看属于谁的管辖，溧阳人都不应该说自己是上海人。溧阳现在属于常州市，离南京比离上海近得多。这回答让陈村感到非常得意。

整个苏南好像都忘了南京是省府的所在地，忘了在这座古老的城市里，住着他们的顶头上司。无锡市在宣传自己的旅游优势时，公开的说无锡是上海的后花园，而说这番话的时候，江苏省旅游部门的领导人，就端坐在主席台上。这种公开的讨好上海人的态度，其中虽然包含了想赚上海人口袋里钞票的用心，但是也客观地说明了省会南京的尴尬地位，说明了南京人口袋里的钱显然不多，还不能够入精明的无锡人的法眼。

南京是江苏这个经济大省的中间质。作为省会，南京似乎并不像作为首都北京那样得天独厚。南京永远是这样，说好，轮不上，说坏，也轮不上。苏南经济好一些，苏北弱一些，拔尖轮不上南京，扶贫也轮不上南京。南京人再有钱，想到富裕的苏南就蔫了，南京人再穷，想到苏北的贫困地区立刻宽心。南京人似乎天生甘心位于中游，不妒人有，也不笑人无。南京人不会去想自己应该在江苏起带头作用，也从来不担心自己会落到江苏的尾巴上去。南京人从来没有忧患意识，过去没有，现在没有，将来可能也不会有。

四

南京是一座没有太大压力的城市。正是因为没有压力，也就造成了南京人的特色。南京人没有太强的竞争意识，就是有，也往往比别人要慢半拍。南京人不仅宽容，而且淳朴，天生的不着急。南京大萝卜实在是一个非常形象的说法，南京人天生的从容，不知道什么叫着急，也不知道什么叫要紧。即使明天天要塌下来，南京人也仍然可以不紧不慢，仍然可以在大街上聊天，在床上睡觉，在电视机前看电视，在麻将桌上打麻将。

把南京人看得太好无疑是错的，把南京人看得太坏也不对。南京人充分体现了中庸之道。1995年11月2日凌晨，陈列在南京中华门城堡的两万多盆鲜花，遭到许多人的哄抢。此事引起不少人的义愤，觉得这是给南京人丢脸。同时引起有识之士忿忿不平的，还有市内的磁卡电话，新安装的十部磁卡电话，竟然有好几部已经被人弄坏。由此可以得出一个简单的结论：南京人的素质太坏。

其实说句公道话，说这两件事，真不能代表南京人素质如何坏，因为这类不光彩的事情，在中国绝大多数的城市都可能发生。哄抢鲜花这样的报道，显然不是从南京人开始的，也不可能以这一次南京人的丑行而告结束，不相信我们继续注意留心报纸就行。至于磁卡电话，岂止是南京，哪个城市没有这样让人气愤的事？好一些的大概只有深圳。因此只能以磁卡电话不被人恶意损害，来评价一座城市的好，而不能反过来论证一个城市如何坏。

一年前，南京莫愁湖公园举办"大地走红"的活动，整个活动期间，几万把红伞无一被偷，这事为南京人争了些荣誉。不过也没必要高兴得太早，哄抢花盆和不顺手牵羊拿走一把伞，都充分说明了南京人性格的某一个方面，这就是南京人没什么一定之规。南京人是性情中人，总是带着一种随意性，在做什么事以前，并没有太多地去想，这事应该还是不应该做。南京人就是南京人，对好对坏都不在乎。南京人似乎从来不在乎别人会怎么想他们。

揭秘"卫嘴子"

■ 林 希

为什么说天津人都是"卫嘴子"？

"京油子"、"卫嘴子"，是中国人对北京人和天津人的总体界定，它把北京人和天津人的性格特点做了最根本的概括。

北京人为什么被人们认定是"京油子"，与本文无关，但天津人被人们说成是"卫嘴子"，笔者却有义务对此做一些深究。因为这本书（《其实你不懂天津人》）既然写的是天津人，那就必须先把天津人的基本性格特点说清楚，否则读者就无从打开天津人的心灵门户，也就无法对天津人有一个准确的了解。

最有趣的现象是，说北京人是"京油子"，北京人非常反感；而说天津人是"卫嘴子"，天津人却为此感到非常骄傲。我自己是天津人，在我的感觉里，大家说天津人是"卫嘴子"，此中并没有什么贬义，在某种程度上，这里面还包含着对天津人的好感。每次到外地，一说自己是天津人，立即，人们就会说："哟，卫嘴子。"说大家对我歧视，谈不上；说大家看不起天津人，也上不了这么高的纲。尽管有的地方人们常常把中国人分做三六九等，好像中国人之中，也是身价不同的，一说"阿拉上海人"不用花钱就能吃上香饽饽，而一说"我是天津人"，那就无论花多少钱，你也吃不上热窝头。人的身价是不能以地域分的，四海之内皆兄弟也，难道天津人就不在四海之内了吗？

也有本乡人士认为"卫嘴子"是贬义词,是在拿天津人"遭改"。"遭改"者,丑化也,或者比丑化略轻一些,是在开玩笑,调侃。前不久在一个座谈会上,我提到"卫嘴子"一说,就有人反对:"嘛叫卫嘴子,卫嘴子是对天津人的侮辱。"

真那么严重吗?

天津人能说,爱说,天津人语言表达能力强,这是个优点。善于挖掘语言潜能,更是天津人的生存本能。天津人说话表情活泼,话语幽默,语音动听,内容丰富。请问,说天津人是"卫嘴子"有什么不恭之处?

天津人何以被人们认为是"卫嘴子",而天津人又何以认为自己就是"卫嘴子"呢?这其中有许多原因,我们不妨做一些探讨,也好解开这个"卫嘴子"之谜。

"卫嘴子",可能包括几个方面的内容:

既然是"卫嘴子",一定爱说。这一点没错儿,天津人是爱说,从小孩儿就爱说,街头巷尾,常见到一些孩子们在一起,也不做什么游戏,也没有什么事情要做,就是凑到一起说天道地,一个接着一个地说,说起来没完没了。再大一些,一群一群的青年人,也是爱说,常听见老人们问孩子:"你干嘛去?"要出门的孩子回答他的老人说:"我找谁谁谁说说话去。"你看,没有正经的事情要做,就是说说话。

亲朋往来,上海人"来我家白相呀"。"白相"其中有说话的内容,但也可能是打麻将、唱曲呀什么的。天津人亲朋往来,内容单一,"上我们家说说话"。"白相"的内容只是说话。

说话,是天津人的一项生活乐趣。没有指定话题,没有预定议程,说话就是想说什么说什么,说到哪里是哪里,绝对东拉西扯,除了政治之外，什么都可以说。衣食住行，亲朋近况，往年旧账，吃喝玩乐，说起来就是大半天。天津居民区妇女，天刚明就出来，提着板凳儿，坐在大院里，也不必有人开头，才见面就说起来了，一直说到午饭，午饭后稍事休息再出来，再一直说到黄昏，晚上不出来了，看电视剧。

天津人爱说话，首先是因天津的地理位置造成的。天津地处九河下梢，南运河、北运河、子牙河、大清河和永定河在天津汇合成海河流入大海，此外还有子牙新河、独流减河、永定新河、潮白新河流入天津。在陆路交通还不发达的过去，天津有了这九条大河，那就已经是一个八方民众聚会的地方了。这许多天南地北的人聚到一起，第一件事，就是要互相沟通，用什么沟通？自然是用语言。这一下，天津人就要说话了，先要说说自己是从哪里来的，再要说说自己的家乡是个什么样子，然后再听你说说你们家乡是什么情形，还要听你说说你为什么到天津来，这样你说我说，综合到一起，那就是天津人一起在说。

也是一种有趣的现象，陆地上的人见了面，未必全都要说话，但是两只船遇到一起，那是一定要相互说上几句。所以，依附于土地的人，就沉默；而生活于行船上的人，就爱说话。

唐代诗人崔颢，写过一首叫作《长干行》的诗，诗中写到在两只相互驶来的船上，一男一女的对唱。那女子先问："君家何处住？妾住在横塘；停船暂借问，或恐是同乡。"然后那个男子就回答说："家临九江水，来去九江侧；同是长干人，生小不相识。"唱得真是何等的美丽委婉。

两船相遇，一个女子和一个陌生男人尚且要说上两句话，而一条大船由南而上，另一条大船又自北而下，每条船上又是商人、又是船家，还有纤夫，这样的两行人等对面相见，你想想，他们能彼此不说一句话吗？就是一个人说上一句，那也是很壮观的场面了。天津人的爱说话，其渊源，可能也就在这里了。

九河下梢、八方居民杂处，天津人需要相互沟通，需要自我表白，需要申诉，所以，天津人就需要不停地说。在这一点上，天津人和北京人不同，住在北京，全都是老门老户，人们每天见面，只要点一下头，就算是把一切该说的全说到了，没有说到的，彼此也就无须再问了。而上海人则又是一种活法儿，上海人怕别人对自己的事情知道得太多，所以上海人一不需要述说，二又不能询问，这样彼此就免去了好多的话，相互匆匆地见上一面，能看上一眼，也就是够交情的了，多说了，就没意思了。

天津人被称为"卫嘴子"，还有第二个原因，那就是天津人见多识广。从九条大河来的人，也算得上是来自五湖四海了，后来再加上开埠通商，办洋务，天津又成了一个开放城市。小时候，常听见市井间的城市民谣，那没有腔调的民谣里唱着："你吃过洋白面吗？你喝过自来水吗？你打过特律封吗？你坐过四轮电吗？"由此，人们不难看出天津人见识确实比外地人要多得多。洋白面，自然就是进口的白面，那时候天津米面铺卖的是美国"兵船"牌的进口面，还不是后来以加拿大小麦为原料在国内加工制成的面粉；四轮电就是有轨电车；特律封是电话；自来水么，现在虽然没有什么新鲜的了，但是那时，这也和喝大河里的水不同，仍然是一种区别。

天津卫有这么多新鲜事，见到外地人，天津人能不向他们炫耀炫耀自己的见识吗？所以，和外地人在一起，天津人就是爱说，天津人成堆儿的地方，那就更是说得没完没了。这样，天津人就落了一个"卫嘴子"的绰号，应该说是名副其实。

天津人所以成为"卫嘴子"的另一个原因，那就是天津人说完的话，随后自己也就忘掉了。九河下梢嘛，大家在船上说的话，说完之后，开船走了，谁也不会去调查，自然也就不怕有人追究。天津人和北京人不同的地方，就在于北京人说的话，有人去核对，你说前门楼子上边长了一棵梧桐树，立即就有人说他刚从那里来，怎么就没有看见你说的那棵梧桐树？你再说别的，也就没有人相信了。天津人就不同，天津人什么都敢说，说过之后，一走了之，就是有人调查出真相来了，再找这个说话的人，你也是找不到了。所以，天津人有一句老话，叫作："哪儿说，哪儿了。"这句话的意思，就是说天津人对于自己说的话，从来不负任何责任。说到什么地方，就是什么地方；说到什么程度，就是什么程度。你们谁也别和天津人"较真儿"，天津人说的话，水份多。

这样，天津人就给人留下了一个不好的印象，大江南北，举国上下，全对天津人有一种看法，觉得天津人说话不牢靠。但是对于天津人来说，语言的真实性并不很重要，语言自身的价值在于它本身的能量。说得明白些，就是看你能不能把死人说活了，能把死人说活，就是语言的力量，说不活，语言就毫无意义。

天津人真的能把死人说活了吗？看来倒也未必，历史上的几位大说客，没有一个是天津人。诸葛亮舌战群儒，那是一个能把死人说活的人，可是诸葛亮是山东人。西周时，主张"连横"的张仪是山西人，另一个主张"合纵"的苏秦则是河南人。自然，那时候，中国的版图上还没有天津这么一个地方，可是到后来有了天津，也没见天津出过什么有名的说客。就是到了明清时期，和洋人办交涉时，也没见谈判桌上有过天津人，由此可见，天津人的能说，说的全都是"闲白"，真正关乎国家命运、人类前途的话题，天津人一概谈不来。天津人常常说自己说的话"没正文儿",那就是说天津人的爱说,也不过就是说些没有多少用处的闲话罢了。

那么"卫嘴子"又有什么价值呢?

做生意。当然也做不成大生意,真正的石油、军火生意,天津人是做不成的。但是做小本生意,天津人是高手。过去天津有一种职业叫"跑合",也就是后来所说的"经纪人",全中国中数天津人最多;而全中国的皮包公司,天津人开的则只比上海人少一些。

直到现在,无论走到哪里,只要是几个人凑到一起说起来没完没了的,那一定是天津人;而一些人在一起,大家听一个人说话的,那个说话的人也一定是天津人。火车上、轮船上、旅馆里,只要有了天津人,就一定是热闹非凡。所以,"卫嘴子"有"卫嘴子"的价值,那就是可以活跃气氛,可以促进友谊,可以使人们相互信任,更可以使人们感到开心。长途旅行,能够和天津人结伴,那是一种福气,无论是多远的路,只要天津人一"白话",不多的时间,就到地方了。到这时,你真舍不得和这位天津人分手,分手后,要想再听他"白话"一段,那就不知要到哪年哪月了。

尊重城市

■ 方　方

我们现在所居住的城市正以日新月异的速度改变着面貌。

科技的发达，也为改变城市提供了最大的可能。新的建筑材料，新的电气设施，新的居住条件，新的外观色泽以及新的工作方式，诸如此类，都使得年代已久的老建筑在与之相对应时显得老旧而笨拙。加上政府对老建筑长久疏于维修的原因，新老建筑更是显示出巨大的反差。于是，在全国各个城市里，一片一片、一条街一条街地拆除老建筑成了潮流。科技人员有了大展身手的舞台，政府官员有了向上级展示的政绩，当然，老百姓的居住条件也相应会有改善。一眼望去，城市与以前相比，洋气多了，气派多了，整洁多了，也金碧辉煌多了。

但是，相应的问题也摆在了我们面前：是不是只有经济快速发展，科技高度发达，城市建设一派繁荣，百姓生活富裕，就意味着一个国际大都市的诞生呢？是不是一座城市只要有了外观漂亮、设施齐全的现代化大楼或者再加上宽大的种着绿树和鲜花的马路，就意味着这个城市拥有了它想要的品位？

在很多的场合下，回答多半都是否定的。

文化对于一座城市的意义一点也不少于那些支撑着城市外观的高楼大厦。巴黎的光彩夺目并不仅仅靠它新建的大楼。杭州的令人向往也不以它各个漂亮的小区建筑。上海作为人们的梦想之地，也不仅就是外滩的银行和繁华的南京路。就是首都北京,有着无数的现代化高楼,但落在人们心上、流在人们血里的还是它的历史以及与这份历史交融在一起的文化。

文化是一座城市的血肉和情感。剥离了这些东西,再漂亮的城市也只如槁木。你看不到它面容上的表情,也听不到它带着脉动的心跳。现在我们时兴讲国民素质,或人文素质,离开了城市丰富的鲜活的文化,只注重城市气派的外表,这些素质又何从谈起。

以我居住的城市武汉为例。

我居住的城市武汉地处内陆,这是一个有着传奇的历史以及辉煌往事的城市。

自经历近代开埠以及张之洞督鄂之后,武汉由一个默默无闻的内陆城市在几十年间突飞猛进,一跃而为中国著名的大都市,曾被人称为"东方芝加哥"。因为这样的历史,武汉的文化便抹上了东西方杂交的内容。

1861 年自英国人登陆汉口,在汉口划定了自己的租界后,此后的近 40 年内,另 4 个国家德、俄、法、日也相继向汉口官府讨要到自己的地盘。五大租界在汉口将长江南起江汉路,顺流而下,北至黄埔路,长达七八里的沿岸地盘全部占据,总面积达三千多亩。此外还有 10 个未辟租界的国家在汉口设有领事馆。

虽然这是一颗带着血泪的苦果,是中国因失败而孱弱的象征。但从另一角度,它们却给武汉带去了向世界敞开、让世界看到武汉以及让武汉看到世界的机会。洋人们在长江的岸边盖建了风格与本土完全不同的建筑群。高楼大厦风一样快速地矗立在了长江边上。花园和草地,硬面马路和水泥洋房,赛马场和跳舞厅,以及电灯电话,以及脚踏车自来水,以及汽车洒水车,以及煤气自鸣钟,诸如此类在西方日常生活中不可缺少的生活娱乐设施和物品,都被整体搬迁到长江北岸的这片曾经无人打理的荒原上。一时间汉口洋行遍地,银行林立,金发碧眼之洋人在汉口四处出没。

租界的一切存在,悄然而有力地改变着武汉人的经商理念和生活方式。一种对西式文明生活的向往,在汉口民间自然形成。有钱人几乎都搬入了舒适的租界居住。与租界相邻的华界地盘也迅速地繁华起来。从此,整个汉口的商贸中心,便摆脱汉水岸边的小街小巷,而逐渐东移。来汉的过客,目光和印象也都落在洋汉口上。西方人的生活方式、西方人的物质文明以及西方人的文化习惯,使得一座与旧汉口全然不同面貌的新汉口得以诞生。

与此同时,张之洞在武汉大办实业,汉阳炼铁厂、兵工厂等等,以及京汉铁路的贯通,又使得民族工业得到迅速的发展。民族资本家的兴起,亦仿洋人建筑起高楼大厦,使得汉口华界中心地带的繁华也不输于租界。

从这个时候起,大汉口的形象就基本定格。也正是有了那样的时候,也才有武汉今天的规模。

近百年业已过去,当年殖民者留下来的建筑还立在汉口的长江边上,它们外观老旧,满面沧桑。原有的建筑意义和实用的商业意义均已随时间的流逝而已然消退,余下的只是历史与文化的标识。它们已成为历史的见证,成为武汉这座城市成长的记忆。而在百年间里,它们与武汉人朝夕相处,也已成为武汉游子乡游的载体,成为满带着武汉人感情的建筑。它们具有了新的生命。

但是,近年来为盖高楼,修新路,为建设新的小区,开发商们大面积地拆除老建筑。虽然拆旧造新是件好事,城市的景观得到改造,居民的生活环境得到改善,但这种拆旧应该有所甄别。比如那些曾经与我们这座城市历史有关的建筑，那些建筑风格呈异样风情的建筑，那些著名人士的故居以及那些影响着这座城市人的感情的建筑，都应该留下来。它们的存在，可以让我们看到武汉这座城市成长的历程以及这座城市曾经有过的形态。而不能光顾造新的，光顾眼前的利益，而将一些带着浓厚历史痕迹的旧建筑一拆而尽。

诸多的开发商只为利益驱动，对老建筑毫无珍爱之心。比方汉口日租界一幢百年左右的三菱公司的老房子，立在江边，屋子上三菱的标识还清晰可见。整个建筑非常完整，富有特色。有一天，我们去那里时，听住在这房子里的居民说，这里要开发，这幢房子马上就要拆了。听到这个情况，我们立即求助媒体，希望制止。结果，开发商一听这消息，立即抢先行动。等媒体呼吁时，那房子已经拆了一半。此外，像汉口的法租界一带也都被拆得面目全非，老城区竖起了许多现代高楼，新老房子，风格迥异。新与旧的比较，高大与低矮的相衬，使得老建筑萎琐不堪。混在一条街一条路上或一个狭小的区域里，毫无美感，反显得格外不伦不类。

对国民的素质教育，何曾只是学学文件看看书，或是唱几首歌听几场模范标兵作报告？城市的状态，以及它所展示出来的历史、文化和景观是素质教育更重要的内容，因为人们每天在这里面来来去去。他的所见所闻都影响着他的思想和感受。城市的成长历史以及城市的文脉，以及老建筑所散发出来的意味，建筑的谐调诸如此类，都会直接给他以熏陶。我们现在看到的全国城市，大同小异，那些老的有个性的，带着历史沧桑感的建筑物都拆得差不多了，而新的建筑却又风格大多雷同。走一座城市，便如同看到了全国，有的地方连路灯都完全一样，真是令人感叹不已。

在我们的城市，老建筑从来都不是孤立地站在那里的，它的背后拖泥带水地牵扯着发生在那里的无数人和事以及整个城市的发展轨迹。经过岁月的洗礼，它已不可能只是砖瓦水泥没有生命的房子。它老派的风格，它沧桑的外容，它矗立的位置，和它历经的往事，都使它拥有了超出自身之外的价值，使它珍贵难得。一去不返的时间，用了它近百年的耐心，把它变为了历史，变为了文化，变为了我们蓦然回首间凝视的地方，变为了我们凝视它时的万千感受，变为了我们对自己所生活的城市的热爱和怀念，变为了漂泊者们一份永难释怀的乡愁，变为了都市永恒的记忆。

尊重历史文化就是尊重城市，更是尊重我们自己。

弄 堂

■ 穆木天

如果一个异乡的,而尤其是远处的异乡的旅人在他的不断的旅途中,在这东方的巴黎里停滞上几天的话,他心中会唤起来巡礼者的情绪的。乘着电车或公共汽车,在大上海的大动脉般的街道上,循环了一遭,在车舟纷忙人群杂沓之中,在摩天楼,夜街市的灯光闪耀之中,他对着种种不同国度不同地方的人们的面孔,倾听着他们嘈杂的话语,望着他们奇形怪状的衣服装饰,他是会千奇百怪地纳闷着的。他怕会在心里自问:"高鼻碧眼的大人们,总会有他们的安乐之巢,可是,那些侬阿侬地说话的中国人,究竟是住在哪里呢?"

也许那个旅人,在他的家乡中,或者在他的旅途中,听见过人家说在上海有所谓"弄堂"的那个字眼。可是"弄堂"这个字眼,对于他,是神秘的,是不可解的。那是同"猪猡","台基"等等字眼同样地不可解。翻遍了各样的大字典,他恐怕都找不出来"猪猡"是什么意义,同样,恐怕他翻遍了字典也找不出来"弄堂"是一种什么情形的东西。如您翻开法国的拉露丝大字典,您可以晓得法国建筑的构造图,可是弄堂的构造图,在中国的好些大字典中,怕是发现不到的。

"弄堂"这个字眼,对于他是神秘的,"弄堂"的实际情形,对于他更是神秘的,如果那一个旅人不在上海居住一个长期的时间的话。可是,在摩天楼的拱抱中,在汽车,电车,人力车,手推车的交流的缠绕中,"弄堂"的存在,的确是一种神秘。现实的神秘!殖民地的神秘!

如果有人向您问:"弄堂"是一个什么样的东西?那么,您得怎样回答呢?您可以说:"弄堂"是四四方方一座城,里边是一排一排的房子,一层楼的,二层楼的,三层楼的,还有四层楼的单间或双间房子,构成了好多好多的小胡同子,可是,那座小城的围墙,同封建的城垣不一样,而是一些朝着马路开门的市房。也许,您的回答,使听者更为莫名其妙的。实在说,不亲临其境的人,不实践"弄堂"生活的人,是不会晓得什么是"弄堂"的奥妙的。

有一些弄堂,是具有着浓厚的氛围气的。那种典型的地方色彩,在我们的异乡人的眼睛中看来,是非常古老而且鲜艳的。那里住着典型的说"啊啦"话的人家,在过着典型的地道生活。如果您走那里去的话,可以得到好些好些见所未见闻所未闻的事。那些事情,是在有"红头阿三"(注:上海称印度巡捕为阿三)把门的高等华人居住的弄堂中所目睹不见的形形色色。而那种形形色色,在异乡人的目前,更呈出一种特别的印象来。

如果您是一个异乡的旅人,想要在上海居住一个期间的话,假定您的生活条件并不优裕,您是尽可以到那些"弄堂"里去租一间房间。但是最好是要找一个朋友作向导和翻译。若不然,不但连房子都找不到,而且还要挨女二房东的臭骂。被"老上海"或冒充"老上海"的朋友领导着,是可以很合路线地去找房子的。沿街走去,可以注意到在电线杆上和两边墙壁上有一些红纸帖。那些红纸帖是招租广告,不过写着"天皇皇地皇皇"的字样的红纸帖也不少。如果向导不指给您看弄堂门口的话,也许您不得其门而入都说不定。街口多半是有油盐店,酱园一类的商店,在弄堂门祠里,十九是可以发现到一个掌破鞋的靴匠摊子,和一个卖连环图书的旧书摊。那您可以在弄堂口上把招租纸再检阅一下。随后,就可以到弄堂里去寻找出租的房号了。初次见弄堂里的房屋,或者会疑惑到那是一些放大的鸽子笼或缩形的庙宇,或者也会联想到那同前门外的八大胡同一类的地方有点相似。如果您要找哪一家的房子的话,可以敲他家的后门。在上海,靠作二房东生活的人家,多半是由后门出入的。当您看一看要租的房间的势局时,二房东则一定要问您做什么生意,然后,讲好房金,付好定洋,就可以随时搬进去了。那样一来,您就可以开始做弄堂生活的欣赏啦。

下午您搬进的房间里,如果不是夏天的话,您倒感不到特别地异样的景象。不管您住的前楼还是亭子间还是什么名目的房间,您总会觉得这回是进了牢笼了。四处都是房子,除了仰头到四十五度的角度以上才看得见的天空,再不会瞅见其他任何的自然,大都市的激动的神经强烈的刺激,也更到不了您那里来。在人群的中间待着,您会感到比在沙漠旷野更为孤独。每日的饮食,以及大小便,简直成为一个极难解决的问题。也许您当时一时想不到解决办法,除非您的向导顺便地给您买一马桶来。总之,初次的弄堂生活的印象,只是孤独与无聊。

到第二天早晨醒过来,那您就觉得到了另一个世界了。如跑马的奔驰声音,如庙里的木鱼声动,又如在日本东京清早的木屐响声,您听见弄堂里响起不调和的合奏乐。永远是同样的乐器,接接连连地合奏着。那足足持续到一个钟头两个钟头的光景。不细细地去思索,真不晓得是一些什么器乐。您起来,您可以听见有一些山歌般地"咿唔哀哑"的调子喊叫起来了。这时,开始了弄堂中的交响乐,您就越发要觉得神秘了。如果您出去到被称作"老虎灶"的开水铺里去打白开水的话,那就可以,对于您适才听到的合奏乐,用您的联想,作出一个答案!从后门口望去,家家都有一个或两个红油漆的马桶,在后门口陈列着。那种罗列成行的样子,又令人想起像是一种大阅兵式,方才的马桶合奏乐,又令人怀疑到是野战的演习了。卖青菜的挑子,在弄堂里巡游着。家家的主妇或女仆,在后门外,同卖菜者争讲着,调情的样子,吵闹着。到处水渍,膻气,那令您不得已要在嘴里含一支香烟。也许您会因之就坠入沉思,想象着上海的马桶和汽车的文化来了。

馄饨担子,骗小孩子的卖玩具的小车,卖油炸豆腐的卖酒酿的,一切的叫卖,一切的喧声,又构成弄堂的交响乐。如果是冬季或春秋的话,那些比较地道的弄堂,这一类交响乐,大都是限制于上午的。在不和谐的弄堂交响乐中,更可以看见在后门外有各种不同的滑稽小戏的表演。东家的主妇,西家的女仆,在那里制造弄堂的新闻,鼓吹弄堂的舆论。如果您能够懂他们的侬啊侬的话语的话,就可以听到好多好多的珍闻轶事。就是不懂那些话语,您也可以把那当为一幕一幕的哑剧去观赏。在那种哑剧中,又以看东家的男仆同西家的主妇是身份平等,您也看出来一切的表情上的生动真实。为的买青菜省一个铜元,勤俭治家的主妇,有时,也舍得向卖菜人送一个飞动的秋波。这种弄堂里的活剧,若是到了夏天,更要大规模地扮演了。母夜叉孙二娘穿着黑香云纱裤子,手拿着鹅毛扇,可以在弄堂里表演她的神通。到处摆着椅凳,人们团团地聚坐着,尤其是晚上,到处可以看出人浪来。女人的黑裤,排列起来,如果您不小心,她们的突出的臀部的双曲线就会碰到您的身上。这时做看门巡捕的,又有了很好的享受的时机。在习习的晚风里,产生了浪漫史和悲喜剧的连环图画。马桶之神所统治着的那些弄堂,又成了一个没有一根草的夜花园了。那也就是黑裤党的大沪饭店和百乐门跳舞厅啊。

弄堂房子中的那些密集的房间，是有一些美丽的名称的：后楼，阁楼，亭子间。可是，那些美的名称，正是给人以相反的印象。若是小姐住在后楼里，一定会想找一个不管什么样的丈夫好搬到前楼里头，亭子间，倒不像亭子，而像是一个水门汀的套橄，阁楼原来是棚板上的一块空间，更是徒有虚名了。然而，这样，才是同马桶文明相调和呢！

现在，这种马桶文明的弄堂，越发不景气了。马路大街中，终年看得见大减价的招牌，弄堂的门口，招租纸也是终年地张贴着。到处演着减租和欠租的悲喜剧，可是，马桶的交响曲，是不是也奏出悲音来了呢！恐怕珍闻轶事在量上是更丰富了。然而坐在马桶上谈笑自如的一家之主妇，怕要更加坚决地去保持她的传统啦。

聆听西藏

■ 扎西达娃

太　阳

　　冬天的上午，西藏高原万里无云，蔚蓝色的天空阳光炽烈。一群群的人在屋外坐着晒太阳，无论你形容他们呆若木鸡也罢，昏昏沉沉也罢，憨头憨脑也罢，他们并不理会外人的评价。重要的是，你别站在他们面前挡住了阳光。

　　沐浴在阳光下，人们的脾气个个都很好，心平气和地交谈，闲聊，默默地朗诵着六字真言，整个上午处在一种和平宁静的状态中。这个时候似乎不太可能发生暴力凶杀交通事故婚变什么的要紧事，那一切都是黄昏和深夜留下的故事。现在只是晒太阳，个个脸上都那么的安详、平和、闲暇和宁静，仿佛昨夜的痛苦和罪恶变成了一缕神话，遥远得像悠久的历史，而面对一轮初升的太阳，整个民族在同一时刻集体进入了冥想。

　　西藏人，这个离太阳最近所以被阳光宠坏了的民族，在创造出众多的诸神中，却没有创造出一个辉煌的太阳神，这使他们的后代迷惑不解。

　　坐在太阳下静止地冥想，没有动感，没有故事情节，然而却包含着灵魂巨大的力量和在冥想中达到的境界。也许他们并没有去思索命运，但命运却思索他们的存在。梅特林克在《卑微者的财富》

一文中阐述了在宁静状态下呈现出的悲剧性远比激情中的冒险和戏剧冲突要深刻得多。然而西藏人对于悲剧的意义远不是从日常生活而是从神秘莫测的大自然中感悟出来的。在严酷无情的大自然以恶魔的形式摧残着弱小的人类同时，大自然宝贵的彩色投在海拔很高空气透明的高原上又奇妙地烘托出一种美和欢乐之善；这种大自然的光明与黑暗，善与恶的强烈对比，是形成西藏佛教的重要因素之一。西藏人在冥想中听见了宇宙的呼吸声，他们早已接受人类并不伟大这一事实，人类的实现并不是最终目的，不过是在通往涅槃的道路上注定要成为一个不算高级的生灵。

我相信这个非人类的伟大思想是我们的祖先在晒太阳时面对神秘的宇宙聆听到的神的启示。

也许是神秘主义倾向作孽，晒太阳这种静止的状态使西藏作家对这一题材颇感兴趣。青年女作家央珍和白玛娜珍写了《晒太阳》和《阳光下的对话》，我也曾写过一个短篇叫《阳光下》（瞧瞧，连题目都那么不约而同），但这些小说更多的都是些情趣的东西，还没能够从中发掘出更深层的意义。不过这一领域显然已被作家们注意到，相信有一天他们能真正走进去并发现一个奇妙的天地。

在路上

这是一个没有什么特色的题目，却有一部以此为题目的小说成了经典名著，那是美国作家克晋亚克写的一本60年代嬉皮士们的故事。一切故事都在路上发生。

由于历史的变迁，西藏人从一个在马背上勇猛好战的游牧民族变成了整天坐着念经坐着干手工活坐着冥想并且一有机会就坐下来的好静的民族。这一动一静的气质在今天的西藏人身上奇妙地混合在一起。一个草原牧人经过数月艰辛跋涉来到拉萨后,却能一连几个星期寄宿在亲戚家一动不动。我的祖先是西藏东部人,被人称为康巴人,他们剽悍好斗,憎爱分明,只有幽默,没有含蓄,天性喜爱流浪,是西藏的"吉卜赛人"。直到今天,在西藏各地还能看见他们流浪的身影。我觉得他们是最自由也是最痛苦的一群人;也许由于千百年沿袭下来的集体无意识使得他们在流浪的路上永远不停地寻找什么,却永远也找不到。他们在路上发生的故事令我着迷,令我震撼,令我迷惘。我也写过康巴人在路上的故事,《朝佛》、《去拉萨的路上》、《系在皮绳扣上的魂》等等,我还将继续写下去,有朝一日我会以《康巴人》这个平凡而又响亮的名字来命名我的一个小说集。

  在我的血液中,也流淌着这种动与静的气质。闲来无事,除了偶尔写点东西,我会非常自觉非常惬意的作茧自缚把自己封闭在家中,有时一个月也不迈出大门,时间却飞速地流逝。我习惯于深夜写作,写得出写不出也要坐上一个通宵,轻松地迎接黎明的到来。这个臭毛病是在剧团养成的,那时从事舞台美术工作,常常深夜在剧院装台,熬夜便成了家常便饭,在18岁以前就过早地修炼出来了。现在,坐在深夜的灯光下,面对万籁俱静的黑夜,有一种唯我独醒的超然。长年与黑夜为伴,渐渐进入了一个鲜为人知的时空,黑夜有它独特的声音和气浪,它像一具有生命的躯体在悄悄蠕动;它给我灵感和启示,我总是能聆听到一个神秘的圣歌在天际的一隅喃喃低语。当我进入写作状态时,这个声音像魔法一般笼罩我的整个身心,使我在脑海中涌现出刻在岩石上的咒语,在静谧的微风中拂动的五色经幡旗,黄昏下金色的寺庙缓缓走过一队步态庄重的绛红色的喇嘛,一个在现代城市和古老的村庄中间迷失方位的年轻人……等等一切发生了怪诞的变形。什么是真?什么是假?时间是怎样发生的?

空间是怎样呈现的？我进入了一个扑朔迷离的世界。

黑夜是我灵感的源泉。

有时也破门而出到外面的世界走上一遭，没有动机没有功利没有目的地走向村庄，走向草原，走向戈壁，走向森林和海滨，回来后不写任何游记散文。仿佛梦游一般地回来了。一路上所见所闻，感受到的激情和想象出的情节通通抛在脑后。我相信一个人的眼睛和其他器官接受到的任何信息都被储在容量无限的大脑中了，忘记是不存在的，它无非是潜藏在记忆库的深处，如果需要它随时会蹦出来，如果蹦不出来就表明你其实并不真的需要它，尽管你有时自以为很需要而干着急，但这不过暗示着这种需要并不是灵魂中所真实的需要。

像深藏在地窖里的酒一样，将外部世界的感受储藏在大脑中，时间一长就会发生质的变化。有时灵感赋予出的一个个栩栩如生的细节和奇妙的人物甚至不可思议的情节，我已无法辨认出究竟是出自生活的原型还是想象虚构的产物。总之，真实和幻想被混合被浓缩而变形了。

小说源于生活，但并不高于生活，它只是另一种意义上的生活。

有时，一走就走得很远，去了德国，去了美国。在那个陌生的国度却有一种似曾相见的熟悉，一个神秘的声音在暗示我：我曾在这里存在过。我没有修习过密宗，我不知道我的灵魂是否曾经来到这个国家一游过。走在摩天大楼林立的曼哈顿街头，溶汇进各种肤色的人流中，心中坦然，我就是纽约人中的一员。熟悉并不意味着漠然，只有在熟悉中才会发现更多的新奇，所以我忘记了旅馆卫生间里那些奇特的装置，麦迪逊广场耸立着什么内容的广告牌，联合航空公司的班机上供应什么样的午餐和饮料……。但我却无法忘记林肯纪念堂的看门老人跟我闲聊起有关三、六、九这些数字的意义，芝加哥的艾维宾丝夫人戴着一只西藏的铜手镯开着她那辆红色的丰田汽车，说起她年轻时想当一位好莱坞明星的梦想，依利诺州一个小城的麦瑞给她的两个三四岁的孩子和我，在汽车快餐店里每人买了一份冰激凌后大家一起发出莫名其妙的欢乐的吼叫……，他们并不是我在美国小说中读到的人物，也不是我有一天来到他们身边，在我心中他们很早就存在，我们在另外一个世界里早就相识，这一切不过是老朋友的再次相见。所以，我没有伤感没有惆怅和失落，而是平静地转眼间又回到了西藏。有一天，我梦见了自己来到南美洲的一个印地安人小镇，梦中提醒我这是真的，绝不是马尔克斯鲁尔佛卡彭铁尔富恩特斯等人小说中的小镇。我对梦说：你别多嘴，我当然知道这是真的。我至今还能看见一个棕色皮肤的老太婆坐在一棵树下嚼着槟榔手搭凉篷似乎在等待她的儿子，我甚至还能闻到从那幢白色房子里散发出的令人窒息的腐烂的玫瑰花和来苏水的气味。

南美洲有没有这么一座小镇并不重要。对我来说，重要的是我体验到了一种完全的真实。

时　间

是一个永恒的圆圈。

夏日辉煌

我发现冬天是个写作的好季节。寒冷的天气使人头脑清醒，思维活跃。在过去的一年即将结束和准备迎接新的一年来临的冬季，会使人产生许多新的想法。

冬夜里，一阵阵狂风呼啸而过。到半夜，又变得很谧静。风疲倦了，人们也进入了梦乡，我开始缅怀夏日，向往夏日，那是一个躁动的季节,一个辉煌的季节,在那个季节发生的故事最让人难忘,随着时间的流逝,这些故事渐渐凸现出来,显示出它的意义。《夏天酸溜溜的日子》、《夏天蓝色的棒球帽》、《谜样的黄昏》、《泛音》、《巴桑和她的弟妹们》……这一系列夏天的故事,都是在漫长的冬天里写成的。

　　西藏的冬天,最令人振奋的是一年一度的祈愿大法会,万人空巷,场面壮观,弥漫着浓烈的宗教气氛。这个被西方人称之为"西藏的狂欢节"的盛大节日,是为了迎接未来佛的早日降临。根据西藏的经书记载:只有当一千零八尊佛(又称千佛)全部降临后,人类才能得到最后的解脱,到那时世界将是一片和平的净土,再也不会有六道轮回,不再有转生无趣(畜牲道、饿鬼、地狱)之事。佛经释迦牟尼不过是千佛中的第四位,在他之后的五亿七千万年时,第五尊佛慈尊弥勒佛(即这个时代所呼唤的未来佛)降临人间。那么到第六尊,第七尊……第一千零八尊最后的名叫人类导师遍照佛(又称燃灯佛)的全部降临,还需要多长时间呢?这是一个无限庞大的天文数字,是一个无限漫长令人绝望的过程。然而西藏人是乐观的,他们对人类的未来充满了信心而从来没有丧失信仰,满怀虔诚地在每年的祈愿大法会上一遍遍呼唤着未来佛的早日诞生。当法会结束,人们离开圣城拉萨上路返回远远近近的家乡的时候,你可以听见人们充满信心地不断重复这样的口头禅:"拉萨的祈愿法会结束了,慈爱之王(未来佛)也请来了。"西藏人,这个居住在地球之巅的民族,是正在被人类神往还是正在被人类遗忘?

　　我的笔能够写出一个民族的历程和光荣的梦想么?

　　我感到迷惘。

启 事

《中国百年散文典藏书系》收纳了百年以来的中国经典散文。读者可以从这数百篇文学佳作中，体味到散文的经典气象，领悟到不同的人生和社会内容。

书系在编选过程中，努力联系各位作者，承蒙他们的热情帮助和支持，本书才得以顺利出版，在此深表谢忱。遗憾的是，也有部分作者经多方联系未果，恳请相关作者及时拨冗与我们联系，我们将做出妥善处理。

编　者

电　　话：010-65369521

通讯地址：北京市朝阳区金台西路 2 号人民日报出版社